dtv

Queens, N.Y. 1995: Anthony, 23 Jahre alt, hat mehr Probleme als sein fragiles Lebenskonzept vertragen kann. Ohne Collegeabschluss, dafür mit 150 Kilo unterm feinen hell-lila Anzug, Gelegenheitsjobs in der Hausputzbranche und einem exzentrischen Hang zu Horrorfilmen, findet er vorübergehend wieder Unterschlupf bei seiner nicht minder schrägen afrika-stämmigen Familie. Während Anthony für alle ein Riesen-Frühstück brät, verstecken sich die zum Jähzorn neigende Großmutter und Mama, vom Schlankheitswahn befallen und immer auf Haldol, sowie die geliebte kleine Schwester, die sich gern als Miss Unschuld bewirbt. Sie haben Angst vor ihm. – Am Ende, nach einer Endloskette aberwitziger Ereignisse, zieht Anthony wieder aus und hat seine Lektion gelernt. Und der Leser, vom Ich-Erzähler wohltuend ironisch auf Distanz gehalten und zugleich voller Sympathie für ihn, staunt. »Prosa komplett von der Rolle.« (i.s. in ›Der Standard‹)

Victor D. LaValle wurde 1972 geboren, wuchs auf in Queens, N.Y., – nicht die beste Adresse – und ist schwarz. Er studierte an der Cornell und der Columbia University. Bereits sein Erzählungsband ›Slapboxing with Jesus‹ machte amerikanische Leser mit der Titelfigur dieses ersten Romans bekannt: eine Figur *bigger than life*, was Charakter, Neurose und Körperfülle angeht.

Victor D. LaValle

MONSTER
oder Homunculus

Roman

Aus dem Englischen
von Klaus Modick

Deutscher Taschenbuch Verlag

April 2008
Deutscher Taschenbuch Verlag GmbH & Co. KG,
München
www.dtv.de
Titel der Originalausgabe:
›The Ecstatic or, Homunculus‹
erschienen bei Crown Publishers, New York
© 2002 by Victor D. LaValle
© der deutschsprachigen Ausgabe:
2004 Verlag C.H. Beck oHG, München
Umschlaggestaltung: Stephanie Weischer
unter Verwendung einer Illustration von
gettyimages/Robert Daly
Satz: Fotosatz Amann, Aichstetten
Druck und Bindung: Druckerei C.H. Beck, Nördlingen
Gedruckt auf säurefreiem, chlorfrei gebleichtem Papier
Printed in Germany · ISBN 978-3-423-13650-1

FÜR VIRGINIA SMITH,
eine großartige Schriftstellerin
und Redakteurin
und ein großartiges menschliches Wesen.
Wer hätte gedacht, daß jemand alles
auf einmal sein kann?

Tief unter allem höre ich Panflöten blasen
und einen Pferdefuß die Stunden schlagen.
John Fahey

INHALT

TEIL 1
DER WAL

1

In einem grünen Leihwagen fuhren sie quer durch New York State, um mich als wilden Mann in meiner Wohnung aufzuspüren. Hatte eine Brille mit gesplitterten Gläsern auf der Nase, und auf meinem Kopf türmten sich die Haare als gigantischer Afroblumenkohl. Ich wog dreihundertundfünfzehn Pfund. Mein Zustand war chaotisch, aber das Haus war blitzsauber. Sie klopften an, und als ich die Tür öffnete, standen drei Erzengel auf der Schwelle. Meine Schwester rieb mir das Ohr, als ich weinte. Sie flüsterte: – Zieh dir doch erst mal deine Klamotten an.

Meine Familie brachte mich nach Hause, nach Queens, und verfrachtete mich da in den Keller. Wenn ich allein nach draußen wollte, redeten sie mir das aus. Wenn wir zum Supermarkt gingen, führte mich meine Schwester an der Hand. Beim Essen schnitt Mama für mich das Fleisch klein. Sie behandelten mich, als wäre ich das, was manche Leute immer noch als mongoloid bezeichnen. Ein paar Tage lang empfindet man das durchaus als Zärtlichkeit, aber nach zwei Wochen wird's eher zur Strafe. Das Gespenst des Vorwurfs lauerte in jeder Ecke.

Ihre Fürsorge war wunderbar, aber ihre herablassende Art war tödlich – und überraschend. Bevor ich sie in meine Wohnung gelassen hatte, hatte ich wirklich gedacht, daß mein Leben schon Würze zur Genüge hatte.

Drei Wochen nach meiner Rückkehr nach Rosedale kochte ich meiner Familie ein großes, rotes Frühstück, nur um zu beweisen, daß ich dazu noch in der Lage war. Nicht nur ihnen, sondern auch mir selbst. Das war am 25. September 1995. An bestimmte Daten erinnere ich mich, um meine

Katastrophe in den Griff zu bekommen und zu verstehen. Ohne solche Daten ist mein Gehirn ein Massengrab.

Es war ein rotes Frühstück, weil ich Ketchup zu den Eiern gab, als ich sie rührte. Und auch zum Speck, während er sich in der Pfanne kringelte. Nennt mich geschmacklos, aber Ketchup ist nun mal das einzige Gewürz, das ich brauche.

Ich war derart nervös, daß ich mich an jenem Morgen sogar richtig schick anzog. Den hell-lila Anzug, der locker saß und meine Titten verbarg. Ich sah darin aus wie ein Zweihundertfünfzig-Pfund-Mann.

Unser Herd war so heiß, daß ich aufpassen mußte, nicht ins Essen zu schwitzen. Ich wischte mir die Stirn mit dem Schlips ab, nahm Butter aus dem Kühlschrank, stellte sie neben einen Teller mit Toast, und wenn nicht einmal das sie glücklich machen würde, dann wußte ich auch nicht mehr weiter.

Aber sie erschienen gar nicht. Ich wartete sehr lange auf sie.

Obwohl ich ihre Betten quietschen hörte und dann Schritte auf dem Fußboden, ließen sie sich nicht blicken. Es war, als hätten sie sich in Luft aufgelöst. Ich stocherte im Speck herum, aber ohne Begeisterung. Er brutzelte noch nicht richtig. In der Hoffnung, cool auszusehen, schob ich die linke Hand in die Hosentasche. Um meine Nervosität zu überspielen, zählte ich Schäfchen.

Ich stellte die Gasflammen kleiner. Ich wusch Geschirr ab, das noch von gestern abend in der Spüle stand, und stellte es in die Hängeschränke. Sonnenlicht begrüßte die Fenster.

Die schlimmste aller Ängste ist das Gefühl, verlassen worden zu sein. Schließlich mußte ich einfach wissen, wo sie steckten. Die weißen Linoleumfliesen tickten gegen die Sohlen meiner schicken Schuhe.

Im Flur war ich ganz leise. Da es hier keine Fenster gab, war es dunkel, und die Decke schien besonders hoch zu sein. Das Tappen meiner Hände an der Wand war wie das Echo aus einer hohlen Bombe. Sie hatten sich im Badezimmer versteckt. Mama lehnte am Waschbecken, während Oma auf dem Klo saß, und meine Schwester Nabisase hockte auf dem Badewannenrand. Drei Versionen der gleichen Frau, Vergangenheit, Gegenwart und Zukunft, auf engstem Raum versammelt. Weil die Tür halb geschlossen war, blieb ich von ihnen ungesehen und getrennt.

Mama flüsterte: – Wir sollten zu ihm gehen.

– Ja. Oma stimmte ihr zu, aber sie blieben, wo sie waren.

Meine Familie hatte Angst vor mir.

Eigentlich erwartete ich mehr Zuneigung von ihnen, weil ich keineswegs der erste in meiner Sippschaft war, dessen Schrauben locker saßen. Ihr hättet mal meine Mutter sehen sollen, wie sie 1983 nackt durch den Flushing Meadow Park gerodelt war. Vier Polizisten verpackten sie in ihre Jacken und schleppten sie ins Krankenhaus. Eltern auf dem Rodelhügel hielten Mama für eine bumsfidele Unholdin, die ihre Kinder entführen wollte. Ihre Krankeit ließ sie oft sexuell ausflippen. Wenn sie ihre Anfälle bekam, mutierte die Frau zu einer offenen Muschi, aber dank Haldol war Mamas Geisteszustand nun schon seit Jahren stabil.

Und dann gab's da ja auch noch meinen Onkel Isaac, der 1986 von New York bis zur kanadischen Grenze marschiert war und sich mit einem Gewehr das Gehirn aus dem Schädel gepustet hatte. Deshalb erfaßten Mama und Oma die Situation sofort, als sie mich in der Wohnung in Ithaca aufstöberten. Ihr Junge war ein Narwal geworden.

Ich stieß die Badezimmertür auf, um sie zu überraschen, aber statt zusammenzuzucken, seufzten sie nur.

– Guten Morgen, murmelte Oma.

– Ich hab Eier gemacht.

Nabisase lächelte. – Das ist sehr lieb von dir!

Sie war verwirrt und wütend. Sie war dreizehn Jahre alt und somit nur eingeschränkt menschlich, wenn es um Mitgefühl ging. Ich bin zwar ihr um zehn Jahre älterer Bruder, aber um mir damals in der ersten Woche die Haare zu schneiden, mußte Nabisase mich praktisch fesseln. Ich sagte nur immer, daß ich doch gut aussähe. Das kann doch kein Mensch aushalten. Ihre milde Rache bestand aus Sarkasmus.

Mama und Oma waren da schon entschieden hilfreicher; für alles, was ich tat, erntete ich Lob. Hätte ich einen besonders kräftigen Furz losgelassen, hätten sie mir zur Belohnung eine Quietsche-Ente geschenkt.

Nabisase fragte: – Ist der Herd noch an?

– Herd?

– Das Ding, mit dem man kocht, erklärte Nabisase langsam.

– Kann sein, gab ich zu.

Sie stürmten an mir vorbei. Was red ich! Über mich hinweg.

Mit ihren dreiundneunzig Jahren sprang sogar Oma über meine wabbeligen Schultern und raste in die Küche. Wo Mama sofort die Gasregler ausstellte, auf Punkt sechs Uhr.

– Ich hätt schon keinen Brand gelegt, sagte ich zu ihnen.

– Woher willst du das denn wissen? fragte Nabisase.

Neville Chamberlain glaubte, Hitler wäre schon zufrieden gewesen, wenn man ihm nur ein Schnapsgläschen der Tschechoslowakei eingeschenkt hätte. Meine Familie wußte, daß ich nicht geistig behindert war, aber allein die Vorstellung, noch einen paranoiden Schizophrenen in unserer Sippe zu haben, ruinierte ihren gesunden Menschenverstand so gründlich, daß sie Worte wie Medikamente, Klinik oder Untersuchung nicht einmal in den Mund nahmen. Wieso auch? Sie wünschten sich so sehr, daß ich labil war, aber kein Amokläufer, und genau deshalb wurde ich einer. Sie faßten mich mit Samthandschuhen an.

Omas Englisch war etwas schräg. Sie stammte aus Ostafrika, genauer gesagt, aus Uganda. Meine Mutter war auch noch dort geboren, aber Nabisase und ich waren schon aus Queens. Oma sagte: – Also, dann sollten wir uns mal hübsche Kleider anziehen.

– Zum Frühstück?

Oma sagte: – Du trägst einen Anzug. Wir sollten uns lange Hosen anziehen.

Während sie sich umzogen, kochte ich das Essen fertig. Ich setzte die Bratpfannen wieder aufs Feuer; der Geruch des Schweinefleischs wärmte mir das Herz. Die Eier waren genau richtig; nicht trocken, sondern fest, und ich hatte so viel Fett in der Pfanne, daß die Eier gemütlich darin dümpelten wie Kinder in einem Planschbecken. An einer Schilddrüsenfehlfunktion lag es jedenfalls nicht, daß ich fett war.

Wir wohnten in Rosedale, am südöstlichen Rand von Queens, einem New Yorker Vorort, der erfüllt war vom Brummen der Autos, die aus den Einfahrten fuhren. Motorengeräusche bereiteten mir Freude.

Zuerst kam Oma in einem gelben Hauskleid und schwarzen, flachen Schuhen zurück. Sie ging durch den Flur ins Wohnzimmer, setzte sich dann aufs Sofa der Sitzecke und wartete darauf, bedient zu werden. Auf der gegenüberliegenden Straßenseite setzte ein Ehemann sein Wohnmobil rückwärts auf den Hof eines Hauses, in dem er mit seiner Ehefrau lebte. Meine Familie gehörte zur Mittelschicht, und das gefiel mir.

Aber dann fiel meine Schwester wie der Teufel in seinen besten, rosa Schuhen über meine Mutter her. Ein Blitzkrieg,

Bombendetonationen und Geschrei. Mündungsfeuer hinter Mamas Schlafzimmertür.

Meine Mutter raste durch den Flur, verfolgt von ihrer Tochter, die einen Fön schwang und Mamas Namen brüllte. Nabisase hämmerte Mama den Fön auf den Hinterkopf, die Düse zerbrach, und Plastikstückchen flogen durchs Zimmer. Nabisase packte mit beiden Händen Mamas Haare und zerrte sie daran wie an Griffen mit dem Gesicht nach unten zu Boden.

Oma versuchte aufzustehen, aber das Sofa wankte zu heftig, weil Mama Nabisase so geschubst hatte, daß sie jetzt hintenüber drauffiel. Meine Mutter hätte Nabisase womöglich erwürgt, wenn meine Schwester ihr nicht die Haut von den Händen gekratzt hätte.

Nabisase riß den Fernseher aus unserem grauen Unterhaltungsregal. Hätte der Fuß meiner Mutter den Fall nicht gedämpft, hätte es noch viel lauter gekracht. Vielleicht hatte sie sich dabei einen Zeh gebrochen. Meine Schwester hätte sich bestimmt darüber gefreut.

Meine Mutter hatte künstlerische Ambitionen – zum Beispiel Modedesign und Bildhauerei. Der einzige Beweis dafür stand in Form einer grauenhaften Statue oben auf dem Unterhaltungsregal, eine kleine Büste, die Sidney Poitier ähnlich sehen sollte, nur daß beide Ohren auf der gleichen Kopfseite des armen Manns angebracht waren. Als der Fernseher zu Boden krachte, geriet auch die kleine Büste ins Schwanken und wäre heruntergefallen, wenn meine Mutter sie nicht auf dem Fußboden in Sicherheit gebracht hätte. An der Wand lehnte auch noch ein Besen, den Mama an sich riß und dann wie mit einem Schlagstock Nabisase zwei Hiebe in die Rippen verpaßte. Das ließ meine Schwester zu Boden gehen.

Und ausgerechnet ich sollte ein Problem haben?

Oma schrie: – Anthony! Komm. Anthony! Bitte.

Als ich mich zwischen meine Schwester und meine Mutter warf, umkreisten sie mich. In der Hoffnung, meine Mutter zu treffen, schmiß meine Schwester Sofakissen über meinen Kopf, nicht um Mama zu verletzen, sondern um sie zu ärgern, was ja eine prima Alternative war.

Mama schleuderte einen kleinen Bilderrahmen unter meinem ausgestreckten Arm hindurch, und er schepperte gegen eine Wand, daß die Farbe absplitterte. – Ich hol mir ein neues Schloß für mein Schlafzimmer, verkündete Mama. Ich hol's mir noch heute.

In diesem Moment erhob Oma ihre Stimme. Die alte Dame kletterte aufs Sofa. – Ihr verrückten drei Schlampen! brüllte sie. Wegen euch krieg ich noch 'nen Herzinfarkt!

Sie sackte zurück, fing sich aber wieder. Das gelbe Hauskleid schlabberte zwischen ihren Schenkeln. Mit ihren spindeldürren, alten Armen und Beinen sah sie aus wie eine vibrierende Riesenspinne. Knirschte mit den Zähnen und schrie, und der gelbe Stoff waberte unter ihr wie ein schwankender Seidenfaden. Ein Schemen des Todes. Wir flohen vor Angst.

Es gab wirklich schlimmere Fälle als meinen. Mütter und Töchter bedeuten Krieg.

Ich möchte nicht monomanisch erscheinen, aber da gab es immer noch acht Eier, acht Scheiben Toast, sechs Butterportionen, vier Gläser Orangensaft, zwei Tassen Tee, sechs Frühstückswürstchen und dreizehn Speckstreifen, die darauf warteten, verzehrt zu werden. Wie konnte man die bloß vergessen?

Meine Mutter und Nabisase verließen die Küche, um sich anzuziehen, als ob sich dort nichts Eßbares befände. So etwas könnte ich einfach nicht. Ich verstand nicht, wieso meine Mutter das konnte. Früher war sie so schwach wie ich gewesen, aber nun war ich der einzige, der dem Lockruf der Speisekammer erlag. Es gibt Leute, die gern essen, und es gibt Leute, die nicht gern essen. Meine Mutter mochte sich verändert haben, aber ich war immer noch ein Mann, der Komplikationen nach einer guten Mahlzeit weniger kompliziert fand.

Ich nahm unsere größte Salatschüssel aus einem der Schränke über der Spüle und knallte die sechs Eier hinein. Ich kippte noch eine halbe Tasse Ketchup und einen Teelöffel Salz dazu.

Mit einem Holzlöffel verquirlte ich Ketchup, Eier, Würstchen, Salz und etwas Sirup. Bis sich eine rotgelbe, zehn Zentimeter tiefe Pampe ergab, zäher als Harz. Mein Plan bestand darin, dieses Gemisch zur Gärung zu bringen und mich dann in den Keller zu verziehen, wo ich es in aller Ruhe auf meinem Bett verschlingen würde. Wann immer jemand der Meinung ist, mir erklären zu müssen, daß ich unter Eßstörungen leide, verweise ich auf all die hilfsbereiten Klugscheißer, die Schlange stehen, um mich am Arsch lecken zu dürfen.

Und ich hätte das Zeug auch nach unten geschafft, wäre ich des Specks zuliebe nicht noch einmal umgekehrt.

Auf dem Absatz der Kellertreppe fiel mir ein, daß die dreizehn Speckstreifen noch in einer Schüssel neben dem Pfefferstreuer lagen. Wenn ich sie mir nicht sofort unter den Nagel risse, würde Mama sie vernichten, um ihren eigenen Heißhungerattacken einen Riegel vorzuschieben. Ich schoß in die Küche, griff mir den Speck, schmiß ihn in meine große Schüssel und war drauf und dran, wohlgemut von dannen zu scharwenzeln, aber bevor ich mich von der Matte machen konnte, wurde ich bereits von Mama und meiner Schwester eingerahmt.

– Oho, das ist aber viel zu viel Essen für eine einzelne Person, sagte meine Mutter.

Meine Schwester legte mir den Arm auf die Schulter.

– Wirf das mal lieber in den Müll.

– In den Müll?

Mama schätzte Nabisases Gezicke nicht besonders, aber ihr Ton war auch nicht viel besser. Der Unterschied war der, daß meine Mutter nicht mal wußte, wie man gönnerhaft buchstabiert, ganz zu schweigen davon, daß sie nicht merkte, daß sie genau das war.

Sie fragte: – Du willst doch bestimmt keine Bauchschmerzen kriegen, oder?

Ich sagte: – Ist euch beiden eigentlich klar, daß ich der erste aus dieser Familie bin, der es bis aufs College geschafft hat?

– Wir waren alle auf der Universität, sagte Mama. Ich, dein Onkel. Sogar Oma. Und wir haben unsere Examen bestanden.

– Aber das war in Uganda. Ich war zwei Jahre lang in der Ivy League.

Meine Schwester berührte meinen Arm. – Heutzutage würdest du aber höchstens ein Examen an der *McDonald's*-Universität schaffen.

Mama sagte: – Ich schmeiß es für dich weg.

Ich warf einen traurigen Blick auf das Gemisch. Ich hätte mich mit meiner Mutter anlegen können, aber was soll's? Ich kippte die Pampe in den Mülleimer. Das machte meine Mama glücklich.

Sie war dreiundfünfzig und hatte graue Stoppel auf dem Kinn. Während der Zeit, die ich auf dem College verbrachte, wurde Mama richtig schön, indem sie neunzig Pfund abspeckte. Jetzt war sie gesund und schlank. Wenn ich mit Kekskrümeln im Haar durch die City von Ithaka schlenderte, joggte Mama durch den Brookville Park. Das Wiedersehen mit ihr war die Härte. Bevor ich auf die Cornell ging, waren wir ein Versagerpaar. Eine komplette Louisiana-Crunch-Torte verdrückten wir in zwanzig Minuten, wobei wir uns vor Nabisase und Oma im Badezimmer versteckten.

Aber glaubt ihr, daß unsere Welt eine alchemistische Komödie ist? Ich glaub's nämlich.

Zuhause war ich ein dreiundzwanzigjähriger Studienabbrecher, ein fauler Fettsack, des Schwachsinns feiste Beute, aber wenn ich aus der Haustür trat, verwandelte ich mich in den stinknormalen, jungen Mann, der in einem ansonsten hysterischen Haushalt lebte.

In dem Monat vor meiner Rückkehr war die New Yorker Polizei viermal zu unserem Haus gerufen worden. Schwester gegen Mutter. Mutter gegen Schwester. Einmal hetzte Oma die Polizei gleich beiden auf den Hals. Verhaftet wurde nie jemand, aber am Kühlschrank hing unter einem bananenförmigen Magneten ein Quartett rosafarbiger Polizeiprotokolle.

Im Freien waren die Damen verrückt und ich ein neuer Mensch.

Ich ging über die Außentreppe und zog unsere grüne Mülltonne von der Hauswand auf den Gehweg. Ich bewarb mich somit für die Rolle des verantwortungsbewußten Haushaltsvorstands. Nachdem ich den Müll rausgestellt hatte, rollte ich den Gartenschlauch in der Einfahrt zusammen.

Der Mann von gegenüber, der mit dem Wohnmobil, sagte: – Wenn man ein Haus hat, wird man nie mit der Arbeit fertig, stimmt's?

Seine Frau stand neben ihm; wir unterhielten uns über den Gartenzaun hinweg. – Aber wir freuen uns, daß das bei Ihnen überhaupt jemand macht, sagte sie.

Drinnen brüllten sich Nabisase und meine Mutter schon wieder an.

Meine Schwester entschwand durch die schwarze Sicherheitstür der Küche. Wenn sie rausging, ließ sie die Metalltür immer so laut knallen, daß ein Gongschlag sämtliche schlafenden Hunde von Rosedale weckte. Es war erst sieben Uhr morgens, aber jetzt kläfften sie, als wär's bereits Mittag.

Als andere Nachbarn einen Blick riskierten, sahen sie, wie ich Supermarktwerbung in den Müll warf, während nun auch Mama die Küchentür öffnete, noch lauter knallen ließ und dann den Motor des Oldsmobile Firenza zum Aufheulen brachte, indem sie den Zündschlüssel zu heftig drehte.

– Sie halten den Laden schon zusammen, sagten der Ehemann und die Ehefrau zu mir.

Rosedale war wirklich eine reizende Gegend. Neben hohen Straßenlaternen wuchsen Bäume, auf den kahlen Zweigen der Platanen hockten Stare. Das ideale Wohnviertel für Lehrer und Steuerberater, den Geschäftsführer eines Supermarkts, eine Familie, die eine eigene Schlachterei führte; ihre Spezialität war Ziege.

Zwei Abteilungsleiter der Telefongesellschaft *Bell Atlantic.*

Zwei Busfahrer.

Krankenschwestern.

Ich verbrachte die nächste Stunde im Vorgarten mit einem Rechen in der Hand und beschäftigte mich theatralisch ächzend mit leichter Feldarbeit. Ich tat das, weil Nachbarn erwarten, daß in einer Familie alle mit anpacken. Ich weiß, es ist blöd, sich nach den Vorstellungen anderer Leute zu richten, aber ich legte Wert darauf, daß alle eine hohe Meinung von mir bekamen.

Ich sah auf den Verandastufen nach, ob Post gekommen war, aber es war noch zu früh. Meine Schwester hatte mir die Haare bis auf den nackten Schädel gestutzt. Der kalte Wind war beißend, aber einen Hut setzte ich nicht auf.

Nachdem ich die Eingangstür geöffnet hatte, verweigerten mir mein linker und rechter Fuß den Zutritt. Mal ehrlich: Wer verzichtet schon gerne auf seine Männlichkeit? Auf so viele Vorteile? Die Welt da draußen verneigte sich vor mir.

– Mach die Tür zu! schrie Oma vom Sofa. Sie sah sich im Fernsehen die Nachrichten an und las gleichzeitig in einer Ausgabe von *The Globe*.

Ich ließ die Tür zufallen und stolperte über das im Weg stehende Bügelbrett.

Als Oma grummelte, entschuldigte ich mich.

Ich weiß noch, wie sie sich in dem grünen Leihwagen umgedreht hatte. Während der ganzen Fahrt von Ithaca sagte meine Großmutter nur ein einziges Mal etwas. Sie saß auf dem Beifahrersitz, zog sich lose Fäden aus dem BH und gab sie meiner Mutter. Es war der 3. September 1995, als meine Großmutter sich zu mir umdrehte und sagte: – Dich kriegen wir schon wieder hin.

2

Sie wunderten sich, als ich ein Essen im Familienkreis ausschlug. Sie wollten meine Heimkehr feiern, aber das Essen stellten sie sich so vor, daß wir vier im Hof Würstchen auf einem winzigen Grill braten sollten. Bei so einem Szenario würde Mama mir den ganzen Nachmittag den Reis vorkauen. Nein, danke. Ich verlangte nach Gästen.

– Wen denn? fragte Nabisase.

– In den anderen Gebäuden wohnen auch Leute, wußtest du das noch nicht?

– Nachbarn einladen!? schrie Oma.

Mama ging zum Vorderfenster und zog die Jalousie runter. – Wie sollen wir den Leuten denn erklären, warum du wieder da bist?

Ich sagte: – Die fragen gar nicht erst.

Andere Leute haben's vermutlich einfacher, wenn sie Parties schmeißen. Laden Leute ein und sehen zu, wie die dann eintrudeln. Ich aber war bemüht, im Hinblick auf meine Familie objektiv zu bleiben; wir würden die Leute schon bestechen müssen. Ich druckte Handzettel und schob sie unter Scheibenwischer, verteilte sie in Briefkästen. Ich klebte sie an Bäume. Die beiden unwiderstehlichsten Worte waren fett gedruckt: **Umsonst** und **Essen**.

Obwohl Holzkohle die Steaks bräunte und harmlose Soulmusik aus einem tragbaren Radio säuselte, strömten noch keine Gäste in unseren Hof. Ich wartete im Keller auf meinen großen Auftritt, als meine Schwester die Treppe runterkam. Sie sagte: – Sie sind schon auf dem Gehweg.

– Dann mach die Gartenpforte auf.

– Sie fragen alle nur nach dir.

Nabisase war von alttestamentarischer Schönheit: grimmige, privilegierte Anmut. Ein kleines Mädchen mit langen Beinen und kräftigen Oberschenkeln. Ihr Gesicht bestand fast nur aus Lippen und Kinn. In dreizehn Jahren war sie bei vierzehn Mißwahlen angetreten, ohne je zu gewinnen oder auch nur in die engere Wahl zu geraten. Meine Schwester nahm die Veranstaltungen nicht ernst genug, wollte einfach nur mitmachen. In einem Koffer unter ihrem Bett lagen jede Menge Teilnehmerschärpen. Sie gehörte zu jenen gutaussehenden Frauen, die mit ihrer natürlichen Pracht derart sorglos umgehen, daß man ihnen am liebsten eine scheuern würde.

Neben ihr wäre ich mir unscheinbar vorgekommen, hätte ich nicht meinen purpurroten Anzug angehabt. Den hatte ich mir von meinen Ersparnissen gekauft. Viel hatte ich nicht auf der hohen Kante, aber der Anzug war auch nicht viel wert. Der Stoff war knitterfrei. Im Jackenfutter klebte ein Zettel mit der Waschanleitung.

Trotzdem trug ich Hose, Schlips, Schuhe, alles komplett, weil ein Anzug der Ausweis eines Mannes gegenüber der Welt ist. Er verschafft ihm Ansehen und Respekt. Mein formelles Äußeres war keine Tarnung, sondern eine öffentliche Kundgebung.

Auf der Rückfahrt von Ithaca hatte Nabisase mir Kartentricks gezeigt. Sie übte für einen Wettbewerb im November. Selbst als es ihr langweilig wurde, wirbelte Nabisase immer noch Spielkarten durchs Auto, um mich von meinem Trübsinn abzulenken.

Noch trüberem Trübsinn.

– Sie wollen den Hausherrn offiziell begrüßen, sagte ich.

Nabisase nickte. – Dann schick ich ihnen halt Mama.

Auf dem Gehweg standen die Nachbarn und plauderten lautstark miteinander. Ich öffnete die Gartenpforte, sie marschierten herein. Es war Samstag, der 7. Oktober. Ein klarer, aber kalter Tag mitten im Winter. Die Leute trugen Mäntel, Schals, Kopftücher.

Eine Frau ging an mir vorbei, dann zwei weitere. Einfach so. Frauen. Frauen. Diese ganzen Frauen und ich.

Nabisase tippte mir auf die Schulter. – Hättest du nicht auch ein paar Kerle einladen können?

– Ich glaub nicht, daß es noch andere Männer in der Nachbarschaft gibt.

– Und was ist mit den beiden da? Ich kann's denen ja gleich mal sagen.

Bevor sie weiterreden konnte, legte ich ihr die Hand auf den Mund. – Die sehen beschäftigt aus, sagte ich.

Die beiden Typen waren etwa in meinem Alter und lümmelten sich keine sieben Meter entfernt auf einer Veranda herum. Der eine war muskulös, und der andere war dünn. Dreimal dürft ihr raten, warum ich die ignoriert hatte. Ich glaubte zwar an die Herrschaft des Marktes, aber nicht an den Wettbewerb. Sie winkten, aber ich winkte nicht zurück. Ich zog meine Schwester in den Hof; weit und breit war ich jetzt der einzige mit dem Y-Chromosom.

Ich hatte drei dürre Jahre hinter mir. Ich meine nicht nur drei Jahre ohne Sex, ich meine sechsunddreißig Monate ohne einen freundschaftlichen Handschlag. Ich war darauf reduziert, mich in überfüllten Fahrstühlen an Frauen zu reiben; ich war der Mann, der sich über volle U-Bahn-Waggons etwas zu sehr freut. Als ich im Hof ankam, skandierte das Volk meinen Namen.

– Anthony! jubelten sie instinktiv.

Sie fragten nicht danach, wie es mir in der Welt ergangen war. College, Beruf, Armee, nichts dergleichen.

Meine Hände hoben sich, das Volk scharte sich um mich; die Planeten zogen ihre Bahn um die Sonne.

Ich wußte genau, was mir fehlte, eine Frau nämlich, aber meine Mutter hatte da ihre eigenen Vorstellungen. Nach der tollen Begrüßung bekam ich Appetit und ging also zu den Tischen. Wir hatten Teller, Messer, Gabeln und Löffel aus Plastik.

Es gab eine Schüssel mit mattweißen Süßkartoffeln und eine flache Pfanne mit gebackenen Chapatis; das sind diese dünnen Fladenbrote, die eigentlich aus Indien kommen; seit ihrer Kindheit mochte meine Mutter sie sehr gern. Eine Schüssel Ochsenschwanzsuppe. Eine Schüssel Hühnchen in gesalzener, brauner Sauce. Eine Schüssel Buletten, von Oma persönlich gerollt, gebraten und dann in Tomatensauce gesimmert. Eine Platte braunen Reis und eine Platte weißen. Ich zähle das alles nur deshalb auf, um zu sagen, womit ich mich erst einmal bediente. Es gab noch neun andere Speisen, auf die ich beim zweiten Gang zurückkommen wollte.

Als ich mich auf einen der billigen Stühle setzte, die wir für die Party gemietet hatten, quetschte sich Mama neben mich. – Da hast du ja 'ne ordentliche Kaloriengrundlage.

Das sollte ein Diättip sein. Mama hatte jede Menge davon auf Lager, aber weil ich mich so klasse fühlte und meinen purpurroten Anzug trug, glaubte ich, daß sie mir Komplimente machen wollte, weil ich das Essen so gut zusammengestellt hatte.

– Aber wußtest du schon, was genauso satt macht wie die Buletten?

– Friß die Hälfte?

– Brokkoli.

Was für eine bescheuerte Person. Was für eine kolossal dumme Nuß. – Keine Pflanze schmeckt so gut wie Fleisch.

– Dann hast du aber noch nie einen Shitake-Pilz gegessen.

Obwohl ich mir Mühe gab, gelang es mir nicht, den ersten Bissen meinen Lippen zuzuführen. Das kam mir merkwürdig vor, bis ich merkte, daß meine Mutter meine linke Hand festhielt.

– Mit gesundem Essen nimmst du nicht nur ab. Es kann deinen gesamten Organismus beeinflussen. Dein Blutdruck verbessert sich. Viele deiner Probleme würden sich lösen.

Natürlich spielte sie auf meinen Geisteszustand an; als ob Linsen ein natürliches Antidepressivum wären. Obwohl sie selbst eine ganze Reihe Medikamente genommen hatte, versuchte sie nicht, mir welche aufzuschwatzen. Ich bin mir sicher, daß Mama ihr Wohlbefinden viel eher Schnittlauch und diversen Knollengewächsen zu verdanken glaubte.

– Ich verlange ja gar nicht, daß du Vegetarier wirst.

Ich sah sie befremdet an; ich hatte gar nicht gemerkt, wie laut ich geredet hatte. Es passierte mir gelegentlich, daß ich das Rollo zwischen Gedanken und Worten hochzog.

– Was empfiehlst du mir denn dann?

– Weißt du noch, damals, als ich 270 Pfund wog? fragte Mama.

– 1981 bis 1990.

– So genau wollte ich es auch wieder nicht wissen. War das wirklich so lange? Ich kann mich gar nicht mehr erinnern.

– Wir haben damals die Kekse säckeweise gefuttert.

– So viele waren es bestimmt nicht.

Einer von uns beiden log jetzt aber.

Ich dachte: Wenn meine Mutter mich nicht sofort was von der Ochsenschwanzsuppe löffeln läßt, fall ich augenblicklich ins Koma, hier vor ihr auf dem Rasen. Ich erzähl euch das, obwohl ich nicht stolz drauf bin.

– Ich fang gleich morgen an, versprach ich ihr, obwohl ich es gar nicht so meinte.

– Das meinst du doch gar nicht so, sagte sie.

Ich bedeckte meine Stirn, damit sie nicht auch noch die sexuelle Frustration sehen konnte, die sich da drinnen aufgestaut hatte.

– Fang gleich heute an, sagte sie. Ich rede von einer Radikalkur. Du kannst dir gar nicht vorstellen, was für einen Unterschied das macht.

Mal angenommen, daß dir irgendein munterer Bursche überallhin folgt; in den Zug, in den Fahrstuhl, in die Dusche. Der Bursche ist eigentlich gar nicht so übel; verprügeln tut er dich nicht. Er spielt nur laut und direkt vor deinen Ohren Akkordeon. Das geht so lange, bis es dir eigentlich schon gar nicht mehr auffällt, aber das Geräusch macht dich fix und fertig. Du bist irritiert und versuchst, ihn loszuwerden, aber wenn du ihn an der Kehle packen willst, macht er einen kleinen Schritt und ist wieder außer Reichweite. Und spielt weiter. Musik oder auch nur einzelne Akkorde sind das schon lange nicht mehr, sondern nur noch ein permanentes Gewimmer direkt hinter dir. Es hält dich tagelang wach, bis du vor lauter Erschöpfung auch die dümmsten Dinge für vernünftig hältst. An dem Tag, an dem meine Familie mich aufspürte, war ich nackt in meiner Wohnung rumgelaufen, weil ich das Gefühl hatte, daß mich Kleidung im Haus zu sehr einengte. Ich bin mir sicher, daß das sehr viele Leute tun. Das Problem war nur, daß ich einfach zu gestreßt war, um mich noch anzuziehen, bevor ich die Tür öffnete. Obwohl sie natürlich angenommen haben müssen, daß ich auch draußen immer nackt herumgelaufen bin.

Ich gab meiner Mutter den vollen Teller, und sie warf ihn in den Müll. Während Mama die Gewißheit hatte, daß mich das retten würde, verfolgte ich ganz andere Pläne.

Ging einfach zu einer siebzigjährigen Frau mit einem Gesicht wie warmer Kuchenteig, weich und mit Grübchen. Ich nahm ihre Hand und küßte sie.

Als ich einem kloßförmigen Mädchen Fruchtbowle einschenkte, sagte ich zu ihr: – Das Architekturprogramm an der Cornell gehört zu den besten überhaupt. Soll ich mich mal darum kümmern, daß du aufgenommen wirst?

Sie zuckte mit den Schultern und ging wieder zu ihrem Stuhl, wobei sie verträumt Kartoffelchips kaute. Sie war total ausdruckslos, ihr Gesicht amorph, aber ich war so geil, daß sogar sie mich anmachte.

Meine Sprüche kamen einfach nicht an, aber mit gepflegter Konversation klappte es auch nicht recht.

An einer Seite des Hauses lehnte eine Dame an der Wand, die Haare unter einem bunten Kopftuch zurückgebunden, das Gesicht in einem Buch. Ich pirschte mich heran, weil mir das Glück, wenn überhaupt, bei gebildeten Frauen hold sein würde. Diese las aber bloß ihr Horoskop hinten in der Fernsehzeitschrift.

Sie roch allerdings nach Kakaobutter, und das war sehr angenehm.

Wieder kam Mama vorbei, um zu kontrollieren, ob ich mir nicht doch einen neuen Teller vollgeladen hätte. Hatte ich aber nicht. Der Hof war ja nur etwa fünfzig Quadratmeter groß. Wo also hätte ich unentdeckt Kartoffelbrei mümmeln sollen? Weil ich den einen Hunger nicht stillen konnte, versuchte ich es mit dem anderen; schenkte mein Lächeln anderen Frauen, egal, wie alt oder gebrechlich. Eine alte Frau hatte es den Zigaretten zu verdanken, daß sie keinen Kehlkopf mehr hatte, weshalb sie sich so einen Elektrostab an den Hals drücken mußte. Als Mädchen, sagte sie, hätte sie gern gesungen, aber seit ihrer Operation wollte ihr niemand mehr zuhören. Sie sah gar nicht so übel aus, oder zumindest versuchte ich jetzt, mir selbst gegenüber realistischer zu sein; Diskriminierungen konnte ich mir nämlich nicht leisten. Sie sagte, daß sie zwei Songs von Jim Reeves singen würde, aber ob das wirklich Englisch war, kriegte ich nicht so richtig mit. Jedes Wort, das sie sang, war nur die längere oder kürzere Variation eines Geräuschs, – zzz – oder – zzzzzz – und gelegentlich – zuh. Ich hielt zart ihre Hand, aber es war klar, daß Sex schon lange kein Thema mehr für sie war. Und als Mama mal reinging, um Servietten zu holen, rannte ich zu den Eßtischen und klaute mir ein Hühnerbein.

Ich schlich an der Hauswand entlang und blieb dann neben unserem Oldsmobile Firenza stehen; bückte mich sogar, als ob ich die Radkappen kontrollieren würde. Bis ich draußen wieder Mamas Stimme hörte.

– Du bist also Anthony.

Bevor ich noch etwas hatte essen können, sprach hinter mir ein Mann, so daß ich mit einer kräftigen Prise Aufregung herumfuhr und fragte: – Was? Was?!

– Bloß keine Panik, Mann. Deine Mutter hat mir von der Party erzählt. Sie hat mir auch von dir erzählt.

Er war größer als ich. Sein Anzug war schmal geschnitten, so daß er noch länger wirkte. Von der Straßenecke aus hätte er wie zwei Meter ausgesehen, aber aus der Nähe waren's nur glatte Einsneunzig.

– Was hat sie denn erzählt? Vielleicht klang ich tatsächlich aufgeregt. Um mich gegenüber den Nachbarn unmöglich zu machen, hätte Mama ihnen ja bloß erzählen müssen, daß ich 'ne weiche Birne hatte.

Der Typ lächelte aber und sagte: – Ey, bloß kein Streß.

Er sagte auch: – Ishkabibble.

– S'l'm aleikum, antwortete ich, unsicher, ob das wohl korrekt war.

Er fragte: – Bist du etwa Moslem?

– Nein, aber ich dachte, du. Was hast du gesagt?

– Meinen Namen. Ishkabibble. Ich hab deiner Großmutter mit dem Papierkram geholfen, den sie für das Haus brauchte.

– Konnte sie das nicht selbst?

– Ich bin besser als jede Bank, sagte er. Ich mach hier den Schatzmeister fürs halbe Viertel.

Iskabibble hatte einen krummen Zahn. Einer seiner Schneidezähne stand total schief. Weiß und voll ausgewachsen, aber etwa um zwanzig Grad verdreht. Ohne den Mund zu öffnen, konnte er an einem Strohhalm saugen. Ich fragte mich, ob es fies von mir wäre, jetzt das Mark aus meinem Hühnerknochen zu lutschen.

Er sagte: – Soviel ich weiß, bist du drauf und dran, die Welt zu erobern.

– Ich hab mir brandneue Klamotten gekauft und so.

Er nickte und lächelte. – Na klar. Ich will dir doch auch gar nicht am Zeug flicken. Deine Mutter hat mir nur erzählt, daß du weg warst.

– So war das.

– Und jetzt bist du also wieder da, um hier auszuhelfen?

– So ist das.

Ich wollte auf keinen Fall gierig erscheinen. – Sie ist hinten im Hof, falls du sie suchst, sagte ich.

Aber eigentlich meinte ich damit: Hau bloß ab und laß mich futtern.

– Deine Mutter? Mit der unterhalt ich mich später, sagte Iskabibble. Erstmal möchte ich mit dir reden. Wenn ein junger Mann nach Haus kommt und kräftig anpackt, braucht er 'n fahrbaren Untersatz.

– Ich nehm den Bus.

Er klopfte mir leicht auf die Schulter. – Stehen Frauen heutzutage etwa auf Busfahrten? Ein hübsches Auto verpaßt jedem Mann frischen Lack, das kann ich dir sagen.

– Meinst du denn, daß ich eins brauche?

– Wer braucht keins?

Der Typ war klasse. Hätte er einen Kaufvertrag dabeigehabt, hätte ich den blind unterschrieben.

Wir standen an unserer offenen Gartentür. – In dieser Straße laufen drei Wagen, die ich beschafft hab. Los, mal sehen, was sich machen läßt.

Ich hielt das Hühnerbein so, daß der fleischige Teil von meiner Handfläche verdeckt wurde, aber der Knochen, verborgen unter dem Ärmel meiner Anzugjacke, stieß mir gegen das Handgelenk.

Die Mülltonne unseres Nachbarn war im Vorgarten umgekippt. Eine Riesensauerei. Ein Batzen gelber Reis, Eierschalen und Windeln lag mitten auf der Eingangstreppe. Eine schmutzige Welle, die ans Ufer brandet. Bevor ich feststellen konnte, wie das wohl passiert war, kam ein kleiner Hund hinter der Mülltonne hervor, sprang über den niedrigen Nachbarzaun und ging auf Ishkabibbles dünne Beine los.

In Rosedale ist man an so was gewöhnt. Ich gebe es nur ungern zu. Denn es sah ja alles nach Mittelschicht aus, von den Mittelklasseautos bis zu den katholischen Schulen in der Nähe. Ein Viertel mit gepflegten Häusern. Aber es war immer noch gang und gäbe, daß verwilderte Hunde, so ausgehungert, daß man ihre Rippen sehen konnte, von Garten zu Garten streunten. Wo waren die hergekommen? Kinder. Blöde, blöde Kinder. Verloren ihre Hunde oder ließen sie frei. Es gab sogar welche, die ihre Hunde im Park rammeln ließen, um sich über die Stoßbewegungen zu amüsieren. So

werden aus fünf herrenlosen Hunden ganz schnell fünfzehn. Dann vierzig. Neben den abgerichteten Haustieren und
Wachhunden terrorisierten ein paar wilde Promenadenmi-
schungen das Viertel. Auf vielen Veranden lag täglich Hunde-
scheiße und in den Einfahrten zerfetzte Müllsäcke. Nachts
kläfften die Hunde dann im Brookville Park oder an Straßenecken oder unter unseren Fenstern.

Aber jetzt versuchte der Köter, Ishkabibble zu zerflei-
schen. Er war eine Kreuzung aus Pudel und Pekinese, das
Gesicht so platt, daß es schon fast konkav war. Kurzhaariger
Körper, aber mit buschigem Schwanz.

Der Mann sah mich hilfesuchend an, aber was erwartete
er eigentlich von mir? Daß ich mit meinen Händen in die
Mähne fassen würde, um sein Hosenbein loszureißen? Ich
wandte mich ab, um meine Schwester zu holen. Die war ja
schließlich so stark.

Ishkabibble sagte: – Wirf ihm das Hühnerbein hin.

– Wieso das denn?

– Was?!

Die Hühnerhaut war rot und fettig. Und jetzt sollte ich
mich davon trennen?

Er trat steifbeinig nach mir, verlor dabei aber wie eine
Marionette das Gleichgewicht.

– Okay, sagte ich zu Ishkabibble. Ich helf dir.

Aber nicht sofort. Ich befingerte zärtlich das Hühnerbein.

Zu seiner Ehrenrettung trat Ishkabibble dem Hund mit
dem Absatz zwischen die Kiefer.

Als der dann bellte, konnte Ishkabibble sich befreien und
versuchte, die Pforte zu schließen, aber als er dagegendrück-
te, stopfte der Hund seine angriffslustige Schnauze dazwischen, so daß nicht genügend Platz blieb, um den kleinen
Metallriegel nach unten zu schieben.

– Was machst du da denn für 'n Scheiß? brüllte er.

– Ich eß ja nur die Haut, sagte ich. Laß mir doch wenigstens die Haut.

Der Mann spuckte mich tatsächlich an.

Auf den Aufschlag meiner Anzugjacke.

Ich hörte auf, an dem Fleisch herumzufummeln, und warf den Hühnerschenkel auf die Straße.

Als das Hühnerbein über seinen Kopf flog, ließ der Hund von Ishkabibble ab. Er schnappte den Bissen noch in der Luft, gab ein würgendes Geräusch von sich, als er den Knochen krachend zerbiß und verschluckte. Und kaute. Ich sah dem Pekingpinscher dabei geschlagene fünf Minuten zu.

Bis Ishkabibble mich fragte: – Heulst du etwa?

Im Hof gab es Streit, aber weil ich im Keller hockte, störte mich das nicht weiter. Nach vier Stunden mit den Gästen hatte ich das Gefühl, daß ich den stärkstmöglichen Eindruck gemacht hatte. Strategisch gesprochen: Rückzug bedeutete Sieg.

Im Keller lagen neben meinem Bett die zehn Bücherkartons, die ich mit nach Hause gebracht hatte. Sie rochen alle nach Vanille, weil Oma sie an diesem Morgen mit Raumspray besprüht hatte.

Draußen sagte meine Mutter: – Komm mal raus und erzähl mir, was er dir gesagt hat.

Eine Frau antwortete. – Hast du ihm etwa gesagt, daß ich alt bin?

– Ich hab ihm nur gesagt, daß du älter als ich aussiehst!

Egal, welches Buch. Ich wollte nur eine Stunde lang in aller Ruhe lesen. Mit dem Wahnsinn aufzuwachsen bedeutet, die ewigen Scharmützel einfach hinzunehmen. Andere Leute verstehen das nicht und denken: Siehst du denn nicht, wie unmöglich deine Mutter sich verhält? Aber so ein Streit war doch noch gar nichts. Ihr könnt euch ja gar nicht vorstellen, wie schlimm es früher war.

Meine Studienleistungen waren nicht weiter bemerkenswert. Als ich an der Cornell-Universität eingeschrieben war, las ich genug, um durchzukommen, aber heute konnte ich mich kaum noch an das Gelesene erinnern. Erst nach dem Verweis vom College kam mir Lernen wichtig vor.

– Laß dich bloß nie wieder bei uns blicken, hörte ich die Frau zu meiner Mutter sagen.

– Dann hol mal deinen Mann, damit er aufhört, mich anzubaggern.

Durchs Kellerfenster sah ich Beine der Partygäste, aber keine Körper. Die Schienbeine hatten sich in einem Kreis um Mama und die verheiratete Frau versammelt. Vielleicht stimmte es, daß Mama mit dem Mann der Lady geschlafen hatte. Mama war zwar auf Haldol, aber für so ein Verhalten gab es auch noch andere Erklärungen. Seitdem sie abgespeckt hatte, war Mama verbittert. Das lag wohl an den fetten Jahren, Jahrzehnten, in denen sie von Männern und Frauen wie ein Leinensack behandelt worden war. Jetzt, da sie attraktiv war, benutzte sie ihre Schönheit als Stilett.

– Bitte, Mama! kreischte meine Schwester draußen. Mrs. Hattamurdy, bitte!

In diesem Moment hätte ich eigentlich nach oben gehen müssen, aber ich hatte mich bereits für die gesammelten Erzählungen von Algernon Blackwood entschieden. Das Buch lag in meiner Hand. Es waren übernatürliche Geschichten, bis auf die letzten paar Seiten so hinreißend wie die von Edgar Allen Poe.

Immerhin hätte ich meiner Schwester noch helfen können. Sie schrie jetzt meinen Namen. Sie wurde gezwungen, beim Hahnenkampf ihrer eigenen Mutter den Schiedsrichter zu spielen. Ich blieb aber lieber unten. Bald gesellte sich Oma zu mir.

Kam die Kellertreppe runter, als ich Blackwoods *Der Mann, der Milligan war* las, eine leider dämliche Geschichte, die ich trotzdem zu Ende lesen wollte.

– Deine Mutter hat Ärger, sagte Oma.

– Ich will wirklich nicht rausgehen.

– Nicht?

Ich machte Platz für sie. – Setz dich hierher, Oma.

– Mach ich, flüsterte sie.

Sie hatte gelbe Gummihandschuhe an. – Hast du Geschirr gespült? fragte ich.

– Wer sonst?

– Ich hätt's schon gemacht.

Im Keller war die Decke niedriger als im Erdgeschoß. Zweivierzig statt dreidreißig. Mit Oma, unserem kleinen Feigling, und mir fühlte sich der Raum schon überfüllt an.

– Eine Frau sagt, daß deine Mutter mit ihrem Mann Freundschaft gehabt hat.

– Hat sie das ‹Freundschaft haben› genannt?

– Nein, hat sie nicht.

Ich klappte das Buch zu und legte es mir auf den Schoß. Obwohl ich mir morgens die Zähne geputzt hatte, roch mein Atem schlecht, und deshalb vermied ich es, sie anzuhauchen, aber dann fiel mir ein, daß sie ja meine Oma war; nicht jede Frau war auch eine potentielle Partnerin.

– Ich freu mich immer wieder darüber, daß du so gerne liest, sagte sie.

– Wieso bist du eigentlich so dünn, Oma?

Sie seufzte. – Weißt du, ich hab mir immer etwas mehr Gewicht gewünscht. Als ich jung war, haben sie mir dürre Spitznamen verpaßt.

– Wenn ich könnte, würd ich dir gern was von mir abgeben.

– Ich war immer zwischen klein und ganz klein eingeklemmt.

Sie hob ihre spindeldürren Hände, um die Parameter zu verdeutlichen.

– Von mir erwartet man, daß ich ewig irgendwo zwischen dicker und noch dicker bleibe.

– Vielleicht kann deine Schwester den Streit beenden.

– Das wird sie schon lernen. So wie ich.

– Deiner Mutter geht es nun schon seit langem sehr gut.

– Ach ja?

– Ich will nicht, daß sie sich jetzt neue Probleme aufhalst. Meine Traurigkeit kommt von euren Schmerzen.

– Ich mag den Geruch meiner Bücherkartons. Danke.

Oma nickte. – Ich werde sie jeden Tag einsprühen.

Sie nahm das Buch von meinem Schoß und legte es dann mit dem Umschlag nach oben auf mein Kopfkissen. Das Bild zeigte ein verschwommenes Gemälde von Kindern, die groteske Masken trugen. Ich glaube, sie machte sich nicht allzu viele Gedanken darüber, weil sie selbst nur Boulevardzeitungen las. – Wirst du dir Arbeit suchen? fragte Oma.

– Ich will mich gleich morgen bewerben.

– Für was Vernünftiges.

– Ich möchte als Möbelpacker arbeiten.

– Ach, da brichst du dir doch nur das Kreuz.

– Ich habe sogar noch gearbeitet, nachdem ich nicht mehr auf dem College war, Oma. Ich hab in Ithaca Häuser geputzt.

– Warum machst du das nicht auch hier? Das ist ungefährlich.

– Möbelpacken ist wie Saubermachen. Ich seh es gern, wenn die Dinge in Ordnung gebracht werden.

– Wie lange hast du das gemacht? Putzen in Cornell?

– Die letzten beiden Jahre.

– Zwei Jahre! So lange. Wieso wußten wir das nicht?

– Weil ich's euch nicht erzählt habe.

– Wir haben deinen Briefen geglaubt. Du hast was von Seminaren geschrieben.

– Aber ihr habt euch nie nach meinen Noten erkundigt. Ich berührte meine Knie. Wieso seid ihr im September zu mir gekommen? fragte ich.

– Deine Schwester hat uns gebeten, daß wir uns die Zeit dafür nehmen.

Von den Geräuschen da draußen ignorierten Oma und ich die meisten. Ich war Experte für so etwas, und sie war die Großmutter.

– Möbelpacker zu sein ist schwer.

– Ich könnte eine leichtere Arbeit annehmen, aber die wird auch nicht besser bezahlt.

– Nicht leicht, sagte sie. Du solltest arbeiten. Das würde viele deiner Probleme lösen. Dein Großvater hat noch härter geschuftet, wenn er krank war, und das hat ihn immer gesund gemacht.

Ich nickte. Vorschläge gab's genug. Alle wollten, daß es mir besser ging, aber wir wußten noch nicht mal, was eigentlich das Problem war.

3

Lorraine traf ich in der Linie 6, als der Zug zwischen der 14. und 23. Straße war. Wir fuhren gerade durch einen Tunnel, aber ich nahm mir vor, unsere Begegnung als nächtliches Zusammentreffen in Erinnerung zu behalten.

Am Sonntag, dem 8. Oktober, erwachte meine Mutter mit blauen Flecken auf den Wangen, weil die verheiratete Haitianerin die bessere Boxerin gewesen war.

An diesem Morgen saßen wir einträchtig im Wohnzimmer beieinander. Mama, Oma und ich auf der Sofasitzecke, Nabisase, Cornflakes aus einer gelben Schüssel auf ihrem Schoß löffelnd, auf dem Fußboden.

Meine Mutter und Schwester unterhielten sich, aber Oma und ich schwiegen. Als kein Tee mehr da war, kochte ich neuen. Oma überredete Nabisase, sich von ihr die Haare kämmen und flechten zu lassen. Auf diese Weise hofften wir, bei Nabisase und vielleicht sogar bei Mama Abbitte leisten zu können.

Meine Mutter und Großmutter waren so entschieden Ausländerinnen, daß sie auch mit Entschuldigungen höchst exotisch umgingen. Mama entschuldigte sich einfach und ging davon aus, daß aller Stunk damit erledigt sei. Als echte Amerikaner erwarteten meine Schwester und ich jedoch tiefe Zerknirschung. Zu sagen, daß es einem leid tat, war gut und schön, aber Tränen waren besser. Wir leben schließlich nicht in einem Land simplen Fehlverhaltens, sondern moralischer Verfehlungen.

Aber Mama sagte nur: – Ich wollte mich nicht prügeln. Entschuldigt bitte.

Das war's.

Dann machten sie und Oma sich aus dem Staub, um das Badezimmer zu putzen, den Rasen zu mähen und weiter zu leben wie gehabt.

Ließen meine Schwester und mich so verblüfft sitzen wie eine Baptistin mit ihrem buddhistischen Kammerdiener.

Unser Wohnzimmer war rot gestrichen, aber ziemlich weit unten auf der Skala. Fast schon schamrot. Es war eine intime, kleine Kammer; mit meiner Schwester darin erst recht.

– Diese Familie braucht kirchlichen Beistand, sagte meine Schwester.

– Ahhhh. Ich stöhnte, knirschte mit den Zähnen, krallte mich in die Sofakissen und brach zusammen.

– Los, wir ziehen uns jetzt an, kommandierte Nabisase.

– Du könntest mich zumindest darum bitten.

– Zieh 'nen Anzug an, sagte sie.

– Ich hab nur einen, und der ist dreckig.

Mama und Oma wollten aber nicht mit. – Wir haben unsere kirchlichen Pflichten längst erledigt, behauptete Mama.

Ich verkroch mich im Heizungskeller und hoffte, daß mein Zittern dafür sorgen würde, den Lockruf des Predigers zu verpassen, aber Nabisase erschien mit meinen Schuhen und schwarzen Socken. Ich ging in Omas Schrank in Dekkung, aber meine Schwester brachte mir einen Schlips. Ein dreizehnjähriges Mädchen verfolgte mich.

Mit Religion hatte das alles nichts zu tun; wenn es ein Samstag gewesen wäre, hätte sie darauf bestanden, in die Synagoge zu gehen. An einem Montag wäre es die Teilnahme an einer Elternratsversammlung des Gemeinde-Schulbezirks 29 gewesen. Das natürliche Talent eines weiblichen Teenagers besteht darin, Müßiggang mit Feindseligkeit zu verquirlen.

Leider war es in Queens jederzeit möglich, dieser Leidenschaft für Heilige Geister oder Heilige der letzten Tage zu frönen. Es gab für mich keine Chance, zu spät zur Predigt zu kommen. Im Umkreis von zwei Kilometern um unser Haus gab es sieben Kirchen; eine operierte sogar von Mitternacht bis sechs Uhr früh.

Schaufenster, am Straßenrand parkende Wohnwagen, gepflegte Steingebäude mit Dachgauben und Parkplätzen. Hier wohnte Christus. Später sollte ich dahinterkommen, daß Queens viel Ähnlichkeit mit den Südstaaten hatte. Orte, an denen es nur einen Gott gibt – und der läßt nach dir läuten.

Drei Straßenecken weiter gab es eine Kirche. Nah genug, daß Nabisase und ich zu Fuß gehen konnten, obwohl ich das gar nicht wollte.

An der Ecke 229. Straße und 147. Avenue gab es ein kleines Klinkergebäude, das man eher für eine illegale Kneipe als für eine Kirche hätte halten können. Es hatte keine Fenster und nur eine einzige Tür aus grauem Metall. Auf dem Schild über dem Kircheneingang stand: Apostolische Kirche Christi. Eine Kirche mit den Kräften der Tradition.

– Diese Leute glauben tatsächlich an Gott, sagte ich zu ihr. Kapierst du das?

Ich wollte unter keinen Umständen an einem Gottesdienst teilnehmen, bloß damit meine Schwester anschließend mit dem Pastor schwadronieren konnte. Rumplärren, wie sehr sie sich über Mamas unmögliches Verhalten beim Picknick geärgert hatte.

Nabisase würde das garantiert durchziehen, weil sie glaubte, daß eine Kirche *ihr* zu dienen habe, nicht umgekehrt. Wenn sie gewußt hätte, daß Egoismus eine Sünde ist, wäre sie nie reingegangen. Familienstunk auszuposaunen schien mir sowieso das falsche Motiv zu sein, zur Kirche zu gehen; das war, um's mal auf den Punkt zu bringen, doch nur peinlich. Derlei wollte ich in Rosedale unbedingt verhindern. Ich fand, daß ich bei der Grillparty einen ziemlich guten Eindruck gemacht hatte, und deshalb wollte ich auch weiterhin eine erstklassige Figur abgeben. Keine zweitklassige.

Als meine Schwester die Kirchentür öffnete, lief ich weg. Langsam. Zwei Häuserblocks weit bis zur Bushaltestelle.

Mit einem Taxi fuhr ich zur U-Bahn in Jamaica und nahm dann einen E-Zug ab Parsons Boulevard. Weil Sonntag war, konnte ich mich nicht um einen Job bemühen und beschloß, mir einen zweiten Anzug zu kaufen. Er kostete nur 100 Dollar, alles inklusive, allerdings ohne Schuhe und Socken. An der Lexington Avenue stieg ich in die Linie 6 um. Wo ich dann Lorraine traf. Ein zerfleddertes Taschenbuch in der Hand.

Ich setzte mich neben sie, um zu kontrollieren, ob sie nicht etwa einen Frisurratgeber oder einen Kosmetikkatalog oder eine Duschbadbroschüre las. Oder was auch immer.

An unseren Plätzen roch der Waggon angenehm nach Zimt; das lag an zwei kleinen Mädchen, deren Hände und Wangen von Kuchenstücken verschmiert und klebrig waren. Für einen fetten Mann schien das ein gutes Omen zu sein. Noch besser, als der Buchumschlag die Worte preisgab: Aus dem Russischen übersetzt von Andrew R. MacAndrew.

– Wie gefällt dir die Geschichte? fragte ich sie.

Lorraine drehte mir ihr Gesicht zu, aber nicht ihren Körper.

Was Lorraine betrifft, will ich gar nicht erst übertreiben; sie war drauf und dran, so schwer wie ich zu werden. Wir hatten die gleiche Körperform. Nur daß sie 15 Zentimeter kleiner war. Ihr Gesicht war hinter den gekräuselten Haaren, die von den Seiten ihres Kopfes baumelten, kaum zu erkennen. Beim Sitzen beugte sie sich so stark nach vorn, daß ihre Nippel fast den Bauchnabel berührten. Lorraine war eine Schlampe und zugleich unglaublich glamourös. Am liebsten wäre ich ihr weinend zu Füßen gefallen, weil ich so dankbar war, daß sie sich mir zugewandt hatte. Erst recht, nachdem sie mir auch weiterhin zuhörte.

Sie las ein Buch mit Geschichten Nikolai Gogols, also erzählte ich ihr etwas über seinen Roman *Tote Seelen*.

Daß sein Verstand sich trübte, als er das erste Drittel vollendet hatte; statt einfach eine gute Geschichte zu schreiben, war er davon überzeugt, daß sein Buch dazu auserkoren sei, das russische Volk zu retten. Als er merkte, daß das Schwachsinn war, verbrannte er die noch unveröffentlichten Seiten, die meisten aus dem zweiten Drittel, und hungerte sich dann in religiösem Wahn zu Tode. Das war im Jahr 1852.

Lorraine fand die Geschichte nicht sehr überzeugend, aber ihr gefiel, daß ich sie kannte. Die meisten Typen, mit denen sie Umgang hatte, verbrachten ihre Zeit mit Computerspielen und gutem Gras. Ich hätte mir keine Frau dieses Kalibers vorstellen können, mit der ich mich lieber über Gespenstergeschichten unterhalten hätte. Mein Proseminar in Literatur hatte mir immerhin einen Hauch von Belesenheit vermittelt.

Wir telefonierten daraufhin fast jeden Abend miteinander. Lorraine studierte und war tagsüber auf dem College. Ich durfte sie nie anrufen, weil sie einen dünnhäutigen Mitbewohner hatte, der Tiermedizin studierte. Männlich. Sie sagte, daß sie im Studentenwohnheim lebte, aber das glaubte ich ihr ganz und gar nicht. Weil ich ihre Telefonnummer nicht hatte, kam ich mir entmündigt vor. Wann immer sie wollte, konnte Lorraine den Telefonkontakt unterbrechen. Und was wäre dann mit mir?

Bei jedem Gespräch bat ich sie, eine Nacht mit mir zu verbringen. Zwei Wochen lang schwafelte sie um den heißen Brei herum, aber warum telefonierten wir sonst eigentlich miteinander?

Zwei Wochen, um sie schwach werden zu lassen.

Sie schlug das Motel mit Blick auf die Cross-Bronx-Schnellstraße vor.

Eingeklemmt zwischen einem Möbelgeschäft und einem aufgegebenen Möbelgeschäft, wirkte das *Red Penny Motel* ausgesprochen vornehm. Fünfundsiebzig Zimmer, aber Licht brannte nur in zweien. Sechsundzwanzig Wagen auf dem Parkplatz. Der Abend war so kalt, daß meine Nase erfroren war und ich den Duft dieser reichen Stadt nicht riechen konnte.

Ich ging zu Fuß über den Parkplatz. Wahrscheinlich die erste Person über sechzehn, die je so etwas gewagt hatte. Die Bushaltestelle war nur sieben Häuserblocks entfernt, so daß es Verschwendung gewesen wäre, ein Taxi zu nehmen.

Der Eingang zur Rezeption wurde fast von der riesigen Pennymünze zerquetscht, die über der Tür angebracht war. Zweifünfzig breit, mit einem riesigen Abe Lincoln drauf, Nase unnatürlich lang geraten und Spitzbart, mehr Teufel als der langersehnte Befreier. Vielleicht hatten sich ja die durchgeknallten Black Hebrew Israelites (*) aufs Hotelgewerbe geworfen, nachdem sie geschnallt hatten, daß mit Schwertern kein rechter Profit zu machen war.

Ich ging zur Rezeption, holte die Zimmerschlüssel und wartete dann, zwei alten Frauen gegenüber, auf einer Bank. Eine solche Zuneigung hatte ich noch nie gesehen. Sie hielten sich wie abwesend, aber fest an den Händen; die Finger der einen sahen wie Kletterwurz aus, die der anderen wie

Erde. Es war eine jener Freundschaften, die sich vierzig gemeinsamen Jahren verdankt. Ich bezweifelte, daß sie ein Zimmer gemietet hatten. Der Portier ließ sie aber wohl in Frieden, damit sie ihre durchgefrorenen Körper aufwärmen konnten. Ob sie eine Bleibe hatten, wußte ich nicht; wovon sie lebten, konnte ich mir nicht vorstellen.

Nach zehn Minuten atmete unser Quartett unwillkürlich im gleichen Rhythmus. Ein matter Seufzer füllte den Raum, gefolgt von Schweigen, tiefer als die Weiten des Alls.

Eine der Frauen trug Sandalen, obwohl es schon der 21. Oktober war. Die Zehen schauten heraus. Ihre Fersen waren von gelber Hornhaut überzogen, die ich gern zwischen meinen Daumen liebkost hätte.

Frauen fehlten mir unendlich.

Ich hatte einen dunkelgrünen Anzug an, der häßlich war, aber im Laden hatte man mich zuvorkommend bedient. Es paßte gut, daß ich ihn zu meinem Wiedersehen mit Lorraine trug, da ich ihn gekauft hatte, bevor ich sie kennengelernt hatte. Der ägyptische Bursche, dem der Laden in Midtown Manhattan gehörte, erkannte mich sogar wieder, als ich dort auftauchte. Er kam hinter dem Tresen hervor und schrie: Dicker Mann! Ich haben Jackett für Sie! Sie kennen berühmte Rapper Mr. Notorious B.I.G.? Ich Sie machen gut aussehen wie ihn.

Die Anzüge wurden zu Hause und bei der Arbeit getragen. Vor einer Woche hatte ich als Möbelpacker angefangen.

Ich stand auf und strich den Anzug so gut wie möglich glatt, als ein alter Cadillac vorfuhr; er hatte die kommerziellen Nummernschilder und abgedunkelten Scheiben eines Taxis. Meine Hände zitterten.

Lorraine stieg aus. Sie zahlte den Fahrer mit einem Zwanzigerschein.

Als ich Lorraine zu unserem Zimmer führte, spürte ich auf der Treppe den Pulsschlag der Natur. Meine Arme und Beine zitterten so heftig, daß ich fürchtete, sie würden abfallen.

Im Zimmer stand ein Doppelbett und sonst gar nichts. Nicht mal ein Nachttisch. Das Telefon stand auf dem Fußboden. Es gab Platz genug für einen Schrank oder eine Kommode, doch derlei verhungernde Tiere hatte der Bauer längst verkauft. Ich hätte gern einen Witz über die Ausstattung gerissen, hatte aber zuviel Angst, daß Lorraine beim ersten falschen Wort das Weite suchen würde.

– Schön, daß ich das jetzt kenne, sagte Lorraine.

Wieder hatte ich das Gefühl, daß sie meine Gedanken lesen konnte.

– Dein Lächeln, erklärte sie. Schön zu wissen, daß du lächeln kannst.

Sie war nervös. Und wie.

Falls das überrascht klingen sollte, liegt das daran, daß ich tatsächlich überrascht war. Frauen waren für mich das perfekte Regierungsmodell: Straßen pflastern und die Schwachen beschützen. Allmächtig.

Vaterlose Jungs sagen so etwas oft. Über ihre Mütter. Über ihre Frauen. Vergleichen Damen mit Göttinnen und Gold. Und trotzdem glaube ich, daß unsereiner Frauen immer noch mehr haßt als der Durchschnittstyp.

Meine Hände lagen auf ihren Schultern. Ich machte mir klar, daß wir nicht verliebt waren. Immer schön fröhlich bleiben, sagte ich zu mir selbst. Dreh bloß nicht durch. Sie will doch nur spielen.

Ein Mann ging durch den zweiten Stock und blieb direkt vor unserer Tür stehen. Die Vorhänge waren zugezogen, so daß ich lediglich die einschläfernde Kadenz seiner Stiefel auf dem Beton hörte. Vor unserer Tür verstummte das Geräusch.

Lorraine hörte gar nicht hin, ich dafür um so mehr.

Sie berührte mich im Nacken, um anzudeuten, daß wir uns küssen könnten, aber ich wollte, daß der Mann da draußen die Platte putzte. Ich suchte nach einer Entschuldigung, um die Tür zu kontrollieren, wollte aber nicht wie ein fremdgehender Ehemann wirken, der Angst hat, daß man ihn verfolgt. Oder, noch schlimmer, wie ein Irrer.

Lorraine ließ meine Haut zu Wachs werden. Als sie ihre warmen Hände auf meine Wangen legte, ließen sie sich leicht drücken und verformen. Ich wollte das genießen, aber es gelang mir kaum, weil die Silhouette des Mannes immer noch vor dem Fenster sichtbar war, wenn die Vorhänge sich bewegten.

Glaubt bloß nicht, daß ich jetzt spiritistisch rumspinne. Ich hatte keine Angst, daß der Typ ein Gespenst sein könnte, sondern ich fürchtete mich vor einem Raubüberfall.

– Ich muß sowieso noch einiges erledigen, sagte Lorraine und ließ dann ihre Büchertasche auf den Fußboden fallen.

Ich war nicht nur wegen des Typs da draußen beunruhigt, sondern auch deshalb, weil mein Zögern unsere Stimmung gestört hatte. – Ach, vergiß es doch einfach, schlug ich vor. Was ist das denn überhaupt?

– Meine Bücher, sagte sie. Ich muß ein Referat schreiben.

Beleidigt ging ich ins Badezimmer. Wer schleppt denn schon Hausarbeiten zu einem Rendezvous mit?

Aber da ich nun mal ein Streber bin, wich meine Wut der Phantasie, wie wir beide uns nackt auf dem Bett Studien hingeben würden. Wie erotisch es sein müßte, die Bibliographie zu erstellen, während sich ihre nackten Schenkel gegen meinen Rücken preßten. Als ich wieder aus dem Bad kam, packte Lorraine zusammen.

– Wir müssen umziehen, sagte sie.

– Was zum Teufel soll das denn heißen?

– Das Telefon funktioniert nicht, aber ich brauche eins.

Lorraine hatte die Sprechmuschel des Telefonhörers ab-geschraubt und festgestellt, daß jemand zehn bis zwölf Kau-gummis hineingestopft hatte.

– Was willst du denn mit 'nem Telefon? Ich kann dir doch helfen.

– Bitte! blaffte sie.

Ich war sauer, weil sie meine sexy Studienassistenz ver-schmähte. – Weißt du, diese Zimmer werden normalerweise stundenweise berechnet, sagte ich.

– Du hast ja fast 'ne Stunde gebraucht, um die Treppe hochzukommen.

Ich saß auf dem Bett und unterdrückte alle Anspielungen auf ihren eigenen fetten Arsch, weil Lorraine bei der gering-sten Beleidigung wahrscheinlich wieder nach Haus gefahren wäre.

– Das ist doch gar nicht so schwer. Du gehst einfach run-ter und sagst, daß das Zimmer nicht deinen Vorstellungen entspricht.

Ich war so wütend, daß ich gar nicht mehr an die Spuk-gestalt vor der Tür dachte, bis ich schließlich draußen war, und zwar ohne jeden Schutz Lorraines. Aber ich hatte im-mer noch den total frischen Duft dieser Frau in der Nase, und das reichte auch, weil der Mann da draußen sowieso nicht mehr da war.

Das neue Zimmer war genau wie das erste, bloß daß es einen Nachttisch gab, den Lorraine als Schreibtisch benutzte. Während sie am funktionstüchtigen Telefon mit Kommili-tonen plauderte, hockte ich auf dem Fußboden, zum Ver-rücktwerden geil auf ihre Muschi.

Nach einer weiteren halben Stunde ging ich zu ihr und sah, daß sie ihr Referat in der blasenartigen Handschrift einer Zehntkläßlerin schrieb. Außerdem war das Buch, aus dem sie zitierte, falsch, allein schon deshalb, weil sie nur eins benutzte. Lorraine schrieb nämlich, jedenfalls zum Teil, über Lee Iacoccas Beziehung zu Henry Ford II und über die Gründe, warum Iacocca schließlich bei Ford kündigte. Aber für die Hintergründe benutzte sie ausschließlich Iacoccas Autobiographie!

Wenn ich mich langweile, besteht meine Lieblingsbeschäftigung darin, die Dummheit der anderen zu katalogisieren.

– Ich dachte, du wolltest dein Jackett aufhängen, damit keine Falten reinkommen, sagte sie genau in diesem Moment.

– Ach was, das ist knitterfrei.

– Nichts Natürliches ist knitterfrei.

Sie lachte, aber ich fragte mich, warum sie sich so beschissen verhielt. Vielleicht hatte sie gemerkt, daß ich über ihre fünf Zentimeter breiten Seitenränder gegrinst hatte. Ich spürte, wie mir die Hitze ins Gesicht stieg, und versuchte, den Lachanfall zu unterdrücken. Wenn wir jetzt schon Sex gehabt hätten, wäre das erst gar nicht passiert.

Meine Mutter mochte glauben, daß mich eine Diät retten würde, und Oma dachte, es ginge mit harter Arbeit, aber was ich wirklich brauchte, war eine Entladung meiner hydroelektrischen, staudammdicken Eier. Nachrangige Probleme wie Nervenschwäche erzeugende, psychische Defekte würden sich dann schnell von ganz allein lösen.

Aber mein Lachreiz machte Lorraine nicht grade geiler. Wer hätte das gedacht? Statt sich die Unterwäsche vom Leib zu reißen, stellte sie mir Fragen, die ich nicht verstand.

– Glaubst du, daß Ahmed Abdel einen zweiten Prozeß verdient hat? wiederholte sie.

Ich zuckte mit den Schultern, ich zögerte, ich hatte keine

Ahnung, wer der Typ überhaupt war, aber gut informiert wollte ich trotzdem wirken. Vielleicht war das ein Sänger, der seine Frau umgebracht hatte, als er auf Drogen war. William Burroughs mußte ja auch nicht in den Knast. Warum also dieser Typ?

– Mit so was hat das überhaupt nichts zu tun, kreischte sie. Was treibst du eigentlich in deiner Freizeit?

Lorraine zog eine Broschüre aus ihrer Büchertasche. Sein Name lautete Ahmed Abdel, und er war in den Knast gekommen, weil er einen Polizeiwagen in die Luft gejagt hatte, als grade zwei Bullen drin saßen. Er schwor, daß er nichts mit der Sache zu tun gehabt habe. Daß er Journalist sei und kein Terrorist. Das stand alles auf der ersten Seite der Broschüre.

– Meine Freunde organisieren eine Demo für seine Freilassung. Willst du dich nicht beteiligen?

Ihr Ton gefiel mir gar nicht; er klang allzu dreist. – Ich fürchte, daß man mich in der Menge übersieht.

– Die Menge bist du, sagte sie.

Ich glaube, meine Zurückhaltung hobelte ihr die schärfsten Kanten ab. Sie ging aufs College, was ja eine Periode des optimistischen Faschismus ist, weil man glaubt, daß die Welt mit noch einer Demo gerettet werden kann.

– Ich bin mir nicht sicher, ob wir je Freunde werden können, sagte ich.

– Sind wir etwa deswegen hier?

– Na ja.

– Merk dir das mal. Wenn du dich engagierst, kannst du damit dein ganzes Leben verändern. Du wirst ein besserer Mensch.

Sie zeigte auf die Broschüre und gab keine Ruhe, bis ich das zehnseitige Dokument in meiner Jackentasche verstaut hatte. Ich lag auf dem Bett, und sie lag auf dem gleichen Bett, aber wir starrten gegen unterschiedliche Wände.

Zwei Stunden nach Mitternacht sagte Lorraine: – Du bist aber still.

– Ich hab dich angesehen.

Sie hatte einen dünnen Schnurrbart auf der Oberlippe. Er machte sie aber weder häßlich noch maskulin. In diesem Moment war er sogar das schönste Attribut von Weiblichkeit, das ich noch halbwegs ertragen konnte.

Ich robbte mich näher an sie heran. Zwielicht war der beste Spezialeffekt; darin sah ich nämlich graziös aus. Meine Knie verhedderten sich in ihrem Manuskript; meine Handflächen fanden Halt auf den Büchern. Sie streckte eine Hand aus, um mich wegzustoßen, aber ich kuschelte mich an sie, und das gefiel ihr so gut, wie es eigentlich jeder gefällt.

Sie lag unter der Steppdecke. Ich durchwühlte sie auf der Suche nach ihren Füßen.

Lorraine krümmte sich zur Seite, aber ich zog sie zu mir heran. Ich legte meinen Handrücken auf den Spann ihres breiten Fußes.

Ich zog sie aus, ohne sie nackt zu sehen. Zog ihr die Socken, Jeans, Bluse aus, sogar die Unterhose, wobei die Decke bis zum Hals über ihr liegen blieb. Das war schön. Als ob sie Striptease machen würde, und ich nur die einzelnen Kleidungsstücke zu sehen bekäme, sobald sie fielen. Unter der Decke wurde ihr Körper immer konkreter, je intensiver ich ihn mir ausmalte.

Im Badezimmer tränkte ich einen Waschlappen mit heißem Wasser und Motelseife, setzte mich dann wieder neben sie und zog die Decke von ihren Schenkeln. Mit dem Waschlappen massierte ich eins ihrer Beine, bis es glitschig und schaumbedeckt war. Unter den Knien. Auf den Schienbeinen. Bis der Waschlappen trocken war.

Machte das Handtuch naß. Seife drauf.

Hob mir ihr anderes kurzes, dickes Bein auf die Schulter, preßte den roten Lappen gegen die Unterseite ihres Schenkels. Wickelte mir den Lappen um den ausgestreckten Finger und berührte damit die Stelle, an der sich Bein und Becken treffen, da, wo die Farbe ihrer Haut in noch dunklere Töne überging.

Immer schön gleichmäßig, bis ihre Hüften sich dem Rhythmus des nassen Lappens und meiner Hand anpaßten. Als sie sich an mich drückte, lief Schaum an ihrem Bein nach unten.

Ich preßte das kleine Handtuch aus, bis das Seifenwasser in meiner Hand eine Pfütze bildete, und dann legte ich meine Handfläche auf ihre Muschi. Als sie sich an mir rieb, zog das leichte Gekitzel ihrer Haare über meinen Unterarm bis zum Ellbogen. Bewegte die Hand, bis der Schaum uns bedeckte, und dann berührte ich mit meiner eigenen Hand meinen Hals und meinen Mund.

Der Ausdruck auf Lorraines Gesicht hätte mein eigener sein können. Mit geschlossenen Augen schien sie weit entfernt zu sein. Ich fragte mich, wo. Ich glaube kaum, daß sie sich Ahmed Abdel vorstellte oder den Typen, mit dem sie zusammenwohnte. Sie hatte sich in jenen ruhigen Zustand zurückgezogen, den man nur erreicht, wenn man ganz mit sich allein ist.

Ich rieb meine Stirn an ihren Muschilippen, um ihren Duft anzunehmen.

Mit den Fingerspitzen tippte ich sanft auf ihre Knie.

Geräusche? Wären die Vorhänge nicht so dünn gewesen, hätte jene vollkommene Stille geherrscht, die eintritt, wo kein Licht ist. Die Wärme im Zimmer war wie Sackleinen.

Ich wollte alles von ihr wissen.

Ob sie sich ernsthaft mit Ahmed Abdels Fall beschäftigte. Warum sie erst so spät aufs College gekommen war.

Ob sie Kinder hatte. Ob sie je im Ausland gewesen war. Ob sie in mich verliebt war.

– Warum willst du mir nicht deine Telefonnummer geben?

Sie antwortete träge. – So leicht verzichtet keine Frau auf ihre Macht.

– Warum bedeutet dir dieser Häftling so viel?

– Weil seine Gedanken ein machtvolles Werkzeug sind.

– Könntest du dir vorstellen, auch über mich so zu denken?

Das fragte ich, aber sie gab keine Antwort. Atmete nur.

– Was bist du, was ich nicht von dir weiß?

Ohne zu zögern, antwortete Lorraine: – Die Heldin.

Zwei Stunden später war Lorraine eingeschlafen, ich aber nicht. Ich war nackt bis auf mein T-Shirt und die Boxershorts, die ich die ganze Nacht anbehielt, weil ich sogar noch im Dunkel eine klare Vorstellung von mir hatte. Nachdem sie eingedöst war, zog ich die Sachen aus und lief dann splitternackt dreimal durchs Motel.

Also gut, mir war nur danach zumute, aber wenn ich es wirklich getan hätte, wäre das ein Ausdruck der Freude gewesen, nicht des Wahnsinns, obwohl es dem Durchschnittsbürger natürlich genau umgekehrt hätte vorkommen müssen.

Einschlafen konnte ich aber tatsächlich nicht, weshalb ich mich eine Weile im Badezimmer aufhielt und mir wünschte, daß es über der Badewanne einen Fernseher gäbe. Ich hatte nicht einmal ein Buch mitgenommen, weil ich die Phantasie gehabt hatte, daß Lorraine und ich elf Stunden lang Sex haben würden; so etwas denkt man eben, wenn zwischen zwei Stationen Jahre vergehen. Ich hatte einfach vergessen, daß Menschen und Material ermüden können.

Schließlich langweilte ich mich so sehr, daß ich versuchte, Lorraine zu wecken, aber ihre Augen blieben wie zugenietet. So geriet ich an das Referat, an dem sie schrieb. Nur um mich abzulenken. Es lag auf dem Nachttisch, und ich nahm es mir vor. Ich schloß mich im Badezimmer ein und korrigierte die Arbeit.

Ich meinte es nicht abschätzig, als ich Fragen an den Rand schrieb, etwa: War Ford tatsächlich ein «Speichellekker»? oder: Sollte man Lee Iacocca wirklich als jemanden charakterisieren, der «den Geschäftssinn eines Gottes» hatte? oder auch: Haben Götter überhaupt Geschäftssinn? Wenn ja, welcher Gott? Mammon? Ayizan?

Meine Anmerkungen hatten einen üblen Beigeschmack. Denn ich wollte ja heute nacht nicht einfach so abhauen, sondern ich wollte am Morgen Sex mit ihr haben. Ich wollte sie wecken, indem ich meine Zunge an ihrer Arschfalte entlanggleiten ließ. In den kommenden Wochen wollte ich das sehr oft tun, aber dazu würde es nicht kommen, wenn sie meine Verbesserungen lesen würde. Also schrieb ich das ganze Referat neu, korrigierte es, so gut es ging, ließ aber ihre eigenen Ideen einigermaßen unangetastet. Ich hatte viel Spaß dabei. Ich hätte einen guten Englischlehrer abgegeben, wenn ich Kinder nicht so gehaßt hätte.

Als ich fertig war, schrieb ich auf ein anderes Blatt, daß es mir leid tue, Wasser auf ihr Notizbuch gekleckert zu haben, weshalb ich alles noch einmal hätte abschreiben müssen. Dann zerriß ich ihre Fassung mit meinen Anmerkungen und spülte die Papierschnipsel im Klo hinunter.

Die Finger meiner linken Hand waren verkrampft, weil ich in unnatürlicher Haltung schreiben mußte; ich hatte dabei auf dem Klo gehockt und die übereinandergeschlagenen Beine als Unterlage benutzt. Nachdem ich das Notizbuch wieder auf den Nachttisch gelegt hatte, ließ ich warmes

Wasser über meine Hand laufen, aber dann hörte ich Lorraine rumoren, dachte, daß sie aufwachte, und schaltete das Licht im Badezimmer aus. Das war der erste Moment innerhalb der letzten Stunde, in dem ich nichts falsch machte. Ich wollte einfach nur mit mir allein sein.

Ich zog die Badezimmertür zu und schloß ab. Das Wasser lief ins Waschbecken, aber der Hahn verursachte dabei noch ein anderes Geräusch. Wie der Brenner eines Gasofens, wenn man den Regler auf halbe Kraft stellt, aber die Flamme noch nicht gezündet hat. Ein Zischen, das aber eher besänftigend als beunruhigend wirkte. Im Spiegel konnte ich mein Gesicht nicht erkennen, nur meinen Umriß, weil das Licht matt durch ein kleines Fenster an der Decke brach. Ich konnte nicht ins Zimmer gehen und tun, was ich gern getan hätte, aber hier drinnen zog ich meine Sachen aus und stolzierte durch den kleinen Raum. Ich wackelte mit meinem nackten Arsch, um das Ende einer langen Dürreperiode zu feiern.

4

Lorraine und ich trennten uns am nächsten Morgen, am Sonntag, den 22. Oktober. Ich habe sie nie wiedergesehen. Sie rief auch nicht mehr an. Und unter ihrer Nummer hörte ich nur immer die Ansage, daß es unter dieser Nummer keinen Anschluß gab.

Aber ich war damals nicht traurig. Wir hatten nicht davon gesprochen, uns noch einmal zu treffen, aber natürlich hoffte ich das doch. Jetzt ist es so, als gäbe es zwei Versionen von mir, eine, die weiß, daß sie weg ist, und eine andere, die das nicht wahrhaben will. Meine Sehnsucht überschattet das Bild dieser zweiten Version, aber deren Glücksgefühle bleiben mir erhalten.

An jenem Tag war ich überglücklich. So sehr, daß ich über den Parkplatz und den Häuserblock entlang bis zur Bushaltestelle hüpfte. Ich hätte platzen können.

Wenn ich gewollt hätte, hätte ich mit einem Expreßzug durch die Bronx und das nördliche Manhattan düsen können, aber weil es ein Sonntag war, wartete zu Hause in Rosedale garantiert meine Schwester mit schon geschnürten Kirchenschuhen auf mich.

Zwei Sonntage zuvor, als ich abgehauen war und Lorraine in der Linie 6 getroffen hatte, war meine Schwester so sauer gewesen, daß sie mir das Versprechen abgepreßt hatte, am nächsten Wochenende mit ihr zur Kirche zu gehen, aber das war der erste Tag, an dem die Umzugsfirma Arbeit für mich hatte, dazu gleich noch mit Überstundengeld, so daß ich schwören mußte, an diesem Wochenende mitzukommen, aber davor war dann ja wieder Lorraine gewesen.

Ich ließ die zweistündige Heimfahrt drei Stunden dauern. Drückte mich an vier Zeitungsständen auf verschiedenen U-Bahnhöfen herum; kaufte bei jedem irgendwelchen Schnickschnack. Als ich die Küchentür öffnete, sprang Oma mir beinah ins Genick. – Wo warst du? herrschte sie mich an. Er ist wieder da! rief sie.

– Wo hast du gesteckt? fragte Mama, die aus dem Keller kam. Wo bist du gewesen?

– Ich hab mich mit einer Freundin getroffen.

– Dann mußt du uns anrufen, sagte Oma. Sie bearbeitete den Küchenfußboden mit Eimer und Schrubber. Obwohl sie dreiundneunzig war, nähte Oma immer noch, wusch die Wäsche, ging zu Fuß zum Supermarkt und schleppte die Einkäufe selbst.

– Sonst machen wir uns Sorgen, sagte Mama. Versprich uns, daß du das nicht noch mal tust.

– Schwöre es, flüsterte Oma.

– Ich verspreche es, ich schwöre, ich verpflichte mich, und ich gelobe es. Muß ich jetzt etwa auch noch in die Kirche gehen?

– Nabisase hast du verpaßt, sagte Oma.

War ich denn eigentlich bekloppt, daß ich gehofft hatte, nicht belehrt und nicht herumkommandiert zu werden? Mama war wohl dieser Ansicht.

– Du mußt nicht in die Kirche, sagte sie vom Küchentisch her, wo sie ein Frühstück aus Spargelspitzen und labbrigem Tee zubereitete.

Mama nahm meine Hand. – Ich weiß, was dir hilft.

Ich sagte: – Toll.

Jede Gegend hat ihr Zentrum, und für Southern Queens ist das Jamaica. Heimat der Schnäppchenjäger, der 99-Cent-Läden und der Gebrauchtwagen, die an der Hillside Avenue verkauft werden.

Mama fuhr den Merrick Boulevard hoch. Zur Mittagszeit war er noch nicht verstopft, aber um eins gaben alle Kirchen ihre Gläubigen wieder frei. Man glaubt ja gar nicht, wie viele Fromme es gibt, bis man sieht, wie sie die Straßen füllen.

Ich hatte das Seitenfenster geöffnet, weil der Geruch von Lorraines Beinen noch auf meiner Haut trocknete. Keine Mutti riecht gern Muschi im Gesicht des eigenen Sohns.

– Da hast du aber wirklich recht! Mama lachte und klatschte aufs Armaturenbrett.

Ich schämte mich für das, was sie vielleicht gehört hatte. Ich preßte meine Hände an die Stirn.

– Hab ich irgendwas gesagt?

– Schon gut. Du bist schließlich ein erwachsener Mann.

Ein Zugeständnis, daß ich an jedem anderen Nachmittag zu schätzen gewußt hätte, aber diesmal kam ich mir schleimig vor.

– Greif da mal rein, sagte sie.

Gerne doch. Ich wühlte ellbogentief im Handschuhfach herum, zog diverse Gegenstände heraus und fragte Mama, ob sie die suchte. Wie wär's hiermit? In *Kleine Tricks*, einem Film, den ich sehr mag, versteckt ein Mann seinen monströsen, deformierten Bruder unterm Armaturenbrett des Autos; die Kreatur frißt pro Mahlzeit je eine ahnungslose Prostituierte.

– Eine der Musikkassetten! Fummel da doch nicht so rum, sagte Mama. Dein Name steht drauf.

Die Kassette mit meinem Namen war so alt, daß der Klebstoff, mit dem die Risse in der Plastikhülle repariert worden waren, sich gummibraun verfärbt hatten. Während die Kassette loseierte, zog ich mir die Schuhe aus. Ich wollte schlafen. Ich wäre auch eingeschlafen, aber prompt fragte meine Mutter mich etwas.

– Wie alt bist du jetzt?

Ihre Stimme klang merkwürdig, weil sie aus den beiden Lautsprechern in unserem Auto kam. Meine Antwort war aber auch komisch, weil ich quiekte: – Ich bin zehn Jahre alt.

– Und so was bewahrst du im Auto auf? unterbrach ich das aufgezeichnete Gespräch.

– Nicht immer. Erst seit einiger Zeit.

Wenn ich auf dem Tonband zehn war, stammte es aus dem Jahr 1982. Seit ich fünf war, hatte sie Fotos, Heimvideos und sogar solche Kassetten aufgenommen. Immer wenn sie in irgendwelchen Anstalten saß, schickte ich ihr die Kassetten mit Nabisase und mir, um sie aufzumuntern.

– Wie gefällt dir deine neue, kleine Schwester? fragte meine Mutter einen zehnjährigen Anthony.

– Die ist nett, antwortete er.

– Fällt dir sonst noch was zu ihr ein?

– Meine Schwester kackt in die Windeln!

Soweit dieser Dialog. Ich fand ihn unterirdisch, aber meine Mutter geriet in Verzückung. Sie war wieder im Jahr 1982 angekommen, und niemand mußte sie retten.

Sie sagte: – Kannst du dich noch daran erinnern, als du so klein warst?

– Du hast uns ja tausendmal aufgenommen.

Den Rest des Wegs schwiegen wir, während Mama und Anthony sich unterhielten. Sie waren lustig, manchmal etwas stumpfsinnig, aber auch mir gefiel die Zeitreise.

Wir parkten am Linden Boulevard und gingen dann um die Ecke Richtung Merrick. Zwei der vier Ecken der Straßenkreuzung belegten Tankstellen, an der dritten war ein Friseursalon und an der vierten die Christliche Hillman-Schule.

Die Hillman-Gemeinde A. M. E (afrikanisch, methodistisch, episkopal) war der größte Grundbesitzer in Southern Queens; der Ältestenrat betrieb die Schule und andere Geschäfte. Das Schulgelände, das zwei Häuserblocks von der Kreuzung entfernt war, hatte eine Grundfläche von 30 000 Quadratmetern. Das Gebäude sah aus wie eine gigantische Muschelschale, eine von Flutlichtstrahlern umgebene, hölzerne Venusmuschel. Ein Haus der Andacht, permanent angestrahlt wie für eine Hollywoodpremiere.

Das Kirchenkonsortium Hillman betrieb profitorientierte Geschäfte wie die Christliche Schule am Merrick Boulevard. Das Hillman-Team für Nachbarschaftspflege, das Zentrum der Christlichen Hillman-Schule für Frühkindliches Lernen & Entwicklung, die Hillman-Wohnungsbaugesellschaft, der Hillman-Sparkassenverband.

Sie kümmerten sich um Pflegepersonal für ans Haus gebundene Senioren.

Veranstalteten Existenzgründungsseminare.

Sie kauften sogar Häuser von den Arabern und Juden zurück, die den zumeist aus schwarzer Arbeiterschaft bestehenden Mietern seit Jahrzehnten überhöhte Mieten abgeknöpft hatten. Dafür gab es in der schwarzen Lokalpresse viel Beifall, weil es immerhin zwei Jahre dauerte, bis Hillman A. M. E. die Mieten auf ein Niveau hob, das die einen oder anderen Semiten nicht einmal zu fordern gewagt hätten.

– Wie viele von diesen Kassetten hast du eigentlich? fragte ich sie.

– Jede Menge. Mit dir. Mit dir und deiner Schwester. Mit deiner Schwester und mir. Ein paar mit Oma. Mit Isaac.

– Dann sind wir ja alle gerettet, sagte ich.

Der Merrick Boulevard bildete einen langen Korridor, in dem die Geräusche nach oben gedrückt wurden, so daß die Melodie von Queens, das Hupen der Autos und Busse und Lastwagen, über mich hinwegfloß. Und unter dieser Melodie hörte ich als muntere Brise flirtende Vögel.

Ich war immer wieder überrascht, wie viele Bäume es hier überall gab. Klingt das etwa dumm? Als ich auf der Cornell war, ließen mich die Teiche Ithacas und das Laub der Bäume vergessen, wie meine Stadt wirklich aussah. Wenn Freunde, die nicht aus New York kamen, die Stadt mechanisch und seelenlos nannten, pflichtete ich ihnen bei. Schon bald sprach auch ich von Pissetümpeln in Treppenhäusern oder drei Meter hohen Müllhaufen, weil ich glaubte, es würde mich stärker machen, wenn ich aus so einer harten Stadt kam. Aber ich sprach zuwenig von den Rotahornbäumen im Flushing Meadow Park. Zuwenig von den weißgefiederten Flußuferläufern an der Jamaica Bay.

– Ich möchte, daß du im November mit uns zu einer Mißwahl fährst. Du weißt ja, daß ich im Auto nicht länger als zwei Stunden wach bleiben kann.

Das glaubte ich ihr nicht. Die Mißwahl schon, aber nicht den Grund, warum sie meine Begleitung wünschte. – Du willst doch bloß verhindern, daß ich eine Woche lang allein zu Hause bin.

Einer der Läden in diesem Häuserblock, der auch Hillman gehörte, war unser Ziel. – Wie auch immer, sagte sie, da wären wir. Mama hielt mir die Tür auf.

Ich sah nach oben, um die silbernen Buchstaben über dem Eingang zu entziffern. *Hillmans Haus der Hilfe*, stand da.

– Da geh ich nicht rein.

Mama zog mich kräftig am Arm. – Was ist denn los?

– Ein Haus der Hilfe? Wenn du mich in ein Krankenhaus bringen willst, dann bring mich doch gleich in eins.

Sie las laut die Aufschrift und lachte dann. – Ich denke gar nicht daran. Du liegst völlig falsch.

– Wie soll man denn die Worte Hilfe und Haus verstehen?

– Das ist so eine Redensart. «Wer hier eintritt, dem ist geholfen.»

– Und wobei soll mir geholfen werden?

– Gesund zu werden.

– Gesund?

– Schlank zu werden.

– Ist das etwa so eine Abmagerungsklinik?

– Es ist ein Diät-Zentrum.

Meine Mutter mußte mir bis zur Ecke Linden Boulevard nachlaufen, weil ich einfach wegging.

– Was soll das, Mama? So wird's doch auch nicht besser.

– Ach nein? Seit wann bist du denn Arzt?

– Haferschleim zum Frühstück macht mich nicht gesund!

Sie grub ihre Fingernägel in meine Hand. – Bei mir hat's funktioniert.

Es war nicht zu leugnen, daß sie spitzenmäßig aussah, aber dieser Vorschlag war genauso blauäugig wie der Omas. Arbeit war doch kein Balsam. Bei einem Umzug in der Bronx hatte ich gestern versucht, ohne Hilfe ein Sofa zu schleppen, und mir dabei die Schultern gezerrt.

– Vielleicht solltest du mir was von deinem Haldol abgeben. Ich schluck es, wenn es dafür sorgt, daß du ein für allemal damit aufhörst, dauernd mein Leben zu retten.

– Das ist falsch, das kann ich dir sagen, sagte Mama. Ich nehm es schon seit einem Jahr nicht mehr. Und sieh mich doch an.

Im Schaufenster des Friseursalons an der Ecke sah ich uns gespiegelt. Mama und ich wirkten wie ein Ehepaar. Ich trug meinen billigen Anzug, und meine Fettpolster machten mich zwanzig Jahre älter. Ich sah aus wie dreiundvierzig. Und Mama, entzückend, drahtig, mit einem rotgefärbten Schal aus Kaninchenfell um die Schultern, schien bestenfalls fünfunddreißig zu sein.

– Was tust du denn gegen deine … Ich tippte mir zweimal gegen die rechte Schläfe.

– Ich hab einfach den Ärzten vertraut. Aber die Ärzte haben nicht an mich geglaubt. Die wollen gar nicht, daß es einem gutgeht.

Der stechende Geruch von Haarfärbemittel drang von drinnen auf die Straße. Mit ihm kam der Essigdunst von Haarglättungskuren, dieser widerlichen Dreadlock-Butter. Wir gingen zurück.

– Wieso betreibt eine Kirche eine Entfettungsstation? Rentiert sich das denn überhaupt?

– Das zahlt Hillman aus eigener Tasche.

– Hillman A. M. E., ist das etwa eine reale Person?

– Bartholomew Hillman lebte 1787 als Sklave in New York. Er hatte ein Gewichtsproblem.

– Die Kirche ist nach einem zu fetten Sklaven benannt?

– So würde ich das nicht ausdrücken.

Wir waren wieder am Haus der Hilfe angekommen.

– Wie konnte man als Sklave überhaupt fett werden? Hat er im Herrenhaus gearbeitet?

– Nein, sagte sie. Er hat auf den Feldern gearbeitet. Man nimmt an, daß es ein Drüsenproblem war.

Drinnen leuchtete die Eingangshalle in einer Mischung aus purpur und cremefarben. Teppichboden, Treppe und Wände waren in diesen beiden Tönen gehalten. Es war, als stünde man in gesprenkelter Luft. Der Himmel als Lounge.

Am Ende des Raums gab es eine schmale und eine breite Tür. Ein Tresen aus lackiertem Holz, dahinter stand eine Empfangsdame; die Empfangsdame war die Frau, die nun auf meine Mutter zuging und sie mit einer robusten Umarmung begrüßte.

– Und das ist mein Sohn.

– Ihnen ist schon geholfen, raunte die Empfangsdame mir zu, räusperte sich dann und wiederholte laut: Ihnen ist schon geholfen.

Ich weiß nicht, wie meine Mutter die Kleiderhaken an der Wand ausfindig machte. Unauffindbar wie einzelne Wasserpartikel in einer Wolke verschmolzen sie mit dem dunstigen Hintergrund. In der Nähe wogte Mamas langer, brauner Mantel, und sie bot mir an, mir meinen abzunehmen.

– Ich behalt ihn lieber noch an.

Mama stritt sich nicht mit mir. Sie trug einen dünnen, weißen Pullover mit Silberstraß als Epauletten auf den Schultern. Ihre Stiefel stammten offenbar aus dem Schlußverkauf des *Rainbow Shops*, weil die sieben Zentimeter hohen Hacken auch mit Straß besetzt waren. Abgesehen von ihrem notorischem Hang zum Kitsch, war meine Mutter wunderschön.

Ein Summton erklang; die Empfangsdame hatte vermutlich auf einen Knopf gedrückt, aber am Tresen konnte ich diesen Knopf nirgends entdecken. Meine Mutter ging auf die schmale Tür zu und zeigte mit dem Finger auf die breite. Die wollte ich eigentlich gar nicht nehmen, aber durch die andere hätte ich nicht gepaßt. Die Tür war einszwanzig breit und aus grauem Stahl, schwerer als jeder Schrecken.

– Gehen Sie einfach mal rein, sagte die Frau am Tresen.

– Das wird dir Spaß machen, rief meine Mutter.

In dem Raum war es noch düsterer als in der *Welt der Dunkelheit* im Zoo der Bronx. Sehen konnte ich überhaupt nur, weil durch eine verspiegelte Glasscheibe in der Wand zu meiner Linken etwas Licht fiel. Man konnte nach draußen sehen, aber die Leute auf der anderen Seite konnten nicht hineinblicken.

Der Platz hätte für zwanzig normal gebaute Menschen gereicht, aber zehn unseres Kalibers füllten ihn vollständig aus. Zuerst dachte ich, daß außer mir noch neun dicke Damen im Raum waren, aber als meine Augen sich an die Lichtverhältnisse gewöhnt hatten, merkte ich, daß es nur fünf waren. Die anderen waren Männer wie ich. Kurvenreiche Männer.

Ein hohes Gestöhne erfüllte den Raum. Als ich die Metalltür hinter mir schloß, waberten die Töne um mich herum, schwebten über und neben mir. Schließlich kam ich dahinter, daß es Walgesänge waren. Ich vermutete, daß sie beruhigend wirken sollten, aber mußten sie deshalb gleich so laut sein? Mir kam es so vor, als schwämmen die blöden Meeressäuger mitten durch den Raum.

Ich quetschte mich an kräftigen Schenkeln vorbei, aber weil der Raum so knapp war, mußten die Leute stehen oder umschichtig auf den Stühlen hocken. In diesem Moment dämmerte mir, daß keine Walgesänge zwischen Decke und Fußboden schollerten, sondern neun Metallstühle ächzten. Als ich mich niederließ, waren es zehn.

Frischluft kam nur aus einem Deckengrill, der so klein wie ein Stahlwollekissen war. Alle schwitzten in ihren Klamotten. Ich lockerte meinen Schlips und öffnete die beiden oberen Hemdknöpfe.

Unsere Eingangstür für Frachtgut war von außen versperrt worden.

Wir glotzten die Glasscheibe an.

Es gab zwei Räume, unseren und den anderen, und während unser überfüllt war und im Schatten lag, gab es im anderen jede Menge Platz und ein riesiges Oberlicht. Wie der Finger eines wohlmeinenden Gottes fiel eine Säule Sonnenlicht hindurch.

Bei diesem Gott weilte auch meine Mutter.

Ich ging dicht an die große Glasscheibe und preßte mein Gesicht dagegen. Das Klima in unserem Raum hieß Neid.

Lorraines Freund Ahmed Abdel war ein Japaner, der während seiner Haftzeit zum Islam übergetreten war. Unterstützt wurde er von schwarzen Collegestudenten und Latinos, aber auch von weißen Berühmtheiten. Während ich mich gegen das Spiegelglas drückte, dachte ich an die romantisch-hagere Figur, die sein Foto in der Broschüre zeigte. Mit jedem neuen Tag war klarer geworden, daß sie mich nicht mehr anrufen würde, und so blieb mir nichts als die Lektüre dieses verschwatzten Pamphlets. Ich dachte peinlicherweise, daß ich sie als attraktiver, verantwortungsbewußter Mann zurückgewinnen würde, wenn ich mich dem Kampf anschlösse und in das rechthaberische Gefasel einstimmte. Ich sah mir sein Foto zehnmal täglich an und war eifersüchtig, daß es das Blut kuhäugiger Revolutionärinnen wie Lorraine in Wallung brachte. Neid.

– Sie tun unseren Augen weh, weil Ihr Anzug im Dunkeln so schimmert. Also setzen Sie sich hin!

– Wer hat das gesagt? fragte ich.

Nichts ist häßlicher als unattraktive Diätfresser. Selbst wenn sie abnehmen, sehen ihre Gesichter immer noch wie Halbaffen aus. Das grimmige Dickerchen, das mich angeschrien hatte, zeigte zur Rückwand des Raums. Als ich mich auf meinen Stuhl fallenließ, stieß er wieder das Gewimmer eines Buckelwals aus.

– Ach, halt's Maul, sagte ich.

Im Raum nebenan absolvierten sieben schlanke Frauen und Männer allerlei Routineaufgaben, während wir sie dabei beobachteten. Öffneten Briefe. Ein Paar tanzte freundschaftlich miteinander. Ein großer Mann kletterte auf eine zwei

Meter hohe Leiter und kletterte dann gleich wieder herunter. Nach dreißig Sekunden kletterte er wieder hinauf.

Meine Mutter hockte auf einer hölzernen Fußbank und band sich ihre Turnschuhe zu. Als sie mit dem rechten und linken Fuß fertig war, löste sie erneut beide Schnürbänder und begann von vorn.

– Siehste, die müssen nicht mehr jede Minute was essen.

Rechts von mir schwankte der Umriß eines gewaltigen Männerkopfs, als er mich ansprach. Meine Augen hatten sich so weit ans Zwielicht gewöhnt, daß ich die Masse seines Gesichts erkennen konnte, nicht aber seine Züge.

– Danke, sagte ich, weil ich völlig verwirrt darüber war, was zum Teufel wir hier eigentlich veranstalteten.

Sein Bauch war noch dicker als meiner. Das war tröstlich. Klein war er eigentlich nicht, aber weil seine Schenkel so dick waren, berührte er im Sitzen mit seinen Füßen nicht den Fußboden. Als er sich vorstellte, wiederholte ich den Namen dreimal, weil ich es einfach nicht fassen konnte.

– Ledric?

– Ledric.

– Ledric!

– Ja doch! blaffte er schließlich. Ledric Mayo, sagte er.

Mir fielen Witze gleich im Dutzend ein, aber bevor ich noch den ersten loswerden konnte, keifte der käfergesichtige Mann, der sich über meinen hellgrünen Anzug mokiert hatte: – Ich kann mich nicht konzentrieren, wenn da hinten geschwatzt wird!

Wir befanden uns in einem Isolationstank und nicht in einem Konferenzzimmer.

– Wie lange dauert es, bis man nach nebenan kommt? fragte ich.

– Braucht schon so seine Zeit, sagte Ledric.

Oh ja.

Nach einer Stunde hatten die sieben reizenden Männer und Frauen von nebenan so viele verschiedene Aufgaben erledigt, daß mir der Kopf schwirrte. Neben Schuheschnüren und Leiterklettern gab es noch Aktivitäten wie das Ausfüllen eines Kreditkartenantrags. Sie schrieben tatsächlich ihre Namen, Adressen, private und geschäftliche Telefonnummern auf die Formulare und hielten sie dann gegen das Fenster. Es handelte sich dabei keineswegs um irgendwelche subtilen Botschaften, sondern um ein hübsch verpacktes, aber knallhartes Geschäft.

Geschlagene sechzig Minuten.

Ohne die geringste Stimulanz.

Nach hundertzwanzig Minuten begann meine große, rosa Walnuß namens Gehirn abzuschweifen, obwohl ich mich bemühte, dem Gewichtsminderungstraining volle Aufmerksamkeit zu widmen. Es wunderte mich doch sehr, wie die anderen im Raum vor sich hin nickten, als ob sie etwas Neues lernten; als ob sie nie auf den Gedanken gekommen wären, daß man Fangen auch ohne Hot dogs im Mund spielen kann.

Als meine Familie gekommen war, um mich von der Cornell abzuholen, versuchte ich mich ganz normal zu benehmen. Nachdem wir meine Bücher und Klamotten eingepackt hatten, führte ich sie auf dem Campus herum. Zehn Sekunden lang tat ich so, als säßen *sie* auf dem falschen Dampfer: Ich ging noch aufs College und war kerngesund. Wenn ich darauf bestanden hätte, hätten sie mir das durchgehen lassen, aber herablassend behandelt zu werden ist viel schlimmer als krasses Fehlverhalten. Ich zeigte ihnen die Olin-Bibliothek, wo ich hätte studieren sollen. Potentielle Seminarräume in der Uris Hall. Sie freuten sich, derart blitzsaubere Räumlichkeiten zu sehen.

Bevor ich das College verließ, hatte ich schon meinen

Magister in Englisch gemacht. War einer dieser matschigen Typen, aus denen an jedem College ein Drittel der Studentenschaft besteht. Brillenschlangen. Ich führte meine Familie an der Day Hall vorbei zu den Instituten für Kunst und Naturwissenschaft; ins Goldwin Smith gingen wir sogar rein, weil es an Wochenenden nicht abgeschlossen wurde. Rauf in den dritten Stock; die verschlossenen Holztüren des Anglistischen Instituts, vor denen wir für zwanzig Fotos posiert hatten. An jenem Abend lieh ich mir zwei Videos aus, *Camera Furio* und *Eiskaltes Grab*. Ich dachte, sie würden gern mal mitbekommen, wie ich in Ithaca meine Freizeit verbrachte, aber Horrorfilme erwiesen sich dann angesichts ihrer Stimmung als zu depressiv. Als sie schon schliefen, sah ich mir die Filme dann stillvergnügt alleine an.

Nach meinem Verweis war ich noch zwei Jahre in Ithaca geblieben, weil Zimmer außerhalb des Campus billig waren. Ich arbeitete viel, putzte meistens in Häusern und Büros. Das waren befriedigende Jobs; es beruhigt mich, wenn ich Ordnung ins Chaos bringen kann. Wenn sich während der langen Winter der Schnee auf Ithacas Hügeln türmte, stellte ich mir vor, daß meine Wohnung eine Skihütte wäre. Während dieser ganzen Zeit hatte ich so viel Spaß, daß ich kaum noch schlief. Ich wollte einfach keinen Augenblick mit mir selbst verpassen. Mein Wohnzimmer war vollgestopft mit Arthur Machen, Joe R. Lansdale und dem *Wörterbuch des Übernatürlichen. Zwanzig Jahre im Kongreß* von James G. Blaine hatte ich nur deshalb, weil ich den Titel für ein irrwitziges Wortspiel hielt. Ein Einundzwanzigjähriger vermag auch noch dem uninspiriertesten Leben etwas abzugewinnen. Als ich einmal im nördlichen Teil des Cornell-Campus am Beebe-See saß und Lord Dunsanys grauenhaft überfrachtete Prosa las, bekam ich einen Lachanfall, und zwar einzig und allein deshalb, weil ich so gut drauf war.

Ohne Vorwarnung öffnete Ledric eine Plastikdose, der ein Geruch entströmte, übler als Schweißfüße. Er saß zu meiner Rechten und balancierte die Plastikdose auf seinem Bauch wie auf einem Serviertablett. Sein Gesicht war so fetttriefend, daß das Licht auf ihm reflektierte.

– Was machst du denn da? fragte ich ihn. Was ist das?

Ledric atmete heftiger als beim Orgasmus. – Das ist Lachs und etwas Hähnchen. Greif ruhig zu.

– Das soll Fisch sein?

Das Zeug sah zu alt aus, um noch Fisch sein zu können. Höchstens das Gerücht von Fisch. Eine Legende von Fisch.

– Gar nicht so übel, antwortete Ledric. Ich laß das erst mal dreiundzwanzig Tage ablagern, sagte er.

Der Lachs hatte längst sein leckeres Hellrosa verloren. Nur noch ein grauer Matsch, der in Orangenöl dümpelte.

– Ich geb dir lieber 'n Brathähnchen aus, bot ich an. Schlimmer als das da kann's ja gar nicht sein.

Er schüttelte den Kopf. – Du verstehst mich nicht.

– Stell bloß den Fisch weg. Ich lad dich dann auch zu 'ner Pizza ein.

Statt dessen matschte er das Zeug mit einer Gabel durch. Ein paar zarte, grauweiße Gräten ragten aus dem Fleisch. Wenn er den Fraß berührte, gab es glucksende Geräusche.

Ledric sah mich an. – Ich kann nicht noch zehn Jahre warten, bis ich schlank bin. Das schaff ich nicht. Niemals.

– Das soll Diätnahrung sein? Ich glaube, man kann besseres Zeug finden, wenn man bei den Weight Watchers mitmacht.

Aber Ledric war nicht aufzuhalten.

Der Typ, der vorhin eine dicke Lippe riskiert hatte, fing an, gegen die Metalltür zu hämmern.

Eine Frau stand so schnell auf, daß der Stuhl an ihrem Arsch klebenblieb, als sie zur Glasscheibe ging und brüllte.

Hat schon mal jemand den Film *Das Ding* gesehen? In der Version von John Carpenter? Die Leute hier drinnen waren wie die Hunde, die man zusammen mit dem Alien in einen Zwinger sperrt. Die Köter kratzten, kläfften, bellten, weil sie nur rauswollten, weil sie mit einem unnatürlichen Schrecken konfrontiert wurden. Eine gräßliche Kreatur, die sie vernichten würde, ein magogmäßiger, fürchterlicher Anblick.

– Da sind Würmer drin, Anthony. Ledric genoß das Drama. Er steckte zwei Finger in die Pampe und zog einen Priem Kautabak heraus. Er stopfte sich einen Klumpen vergammelten Fischs zwischen Unterlippe und Zahnfleisch und kaute darauf herum. Vor der Tür flehte ein Typ: – Ich brauch frische Luft! Ich brauch frische Luft.

– Zestoden, sagte Ledric zu mir.

– Warum hat man uns hier eingeschlossen? schrie ich, als die dünnen Leute ihren Sektor verließen.

– Immer wenn ein Neuer kommt, verriegeln sie die Tür, damit niemand abhauen kann, erklärte Ledric.

Ich hörte, wie sich der Schlüssel im Schloß drehte.

– Was machst du denn da?! schrie ich Ledric an.

– Bandwürmer, sagte er.

5

Nachdem ich bei der Arbeit eine Treppe heruntergefallen war, kündigte ich. Wir erledigten für eine alte
Quäkerfrau den Umzug von Brooklyn nach Pennsylvania,
weil sie in der Nähe ihrer Freunde wohnen wollte. Als wir
ankamen, waren die Bücher schon in systematisch beschrif-
teten Kartons verpackt: Geschichte, Literatur, Geographie,
westliche Religionen, östliche Religionen.

An der Wand hing noch ein eingerahmter Brief von Lyn-
don B. Johnson. Darin bedankte sich der ehemalige Präsident beim verstorbenen Ehemann der Quäkerin für seine
Mitarbeit als Redenschreiber. Ich sagte zu ihr, daß ich nicht
verstünde, warum lediglich Kennedy zugeschrieben würde,
der schwarzen Bevölkerung geholfen zu haben, wo es doch
Johnson gewesen war, der das Gleichstellungsgesetz unter-
zeichnet hatte.

– Er war eine Lokomotive mit einem kleinen Jungen im
Führerstand, sagte sie.

Als ich in ihrem Haus einen Bücherkarton vom zweiten
in den ersten Stock schleppte, ließ ein anderer Möbelpacker
und komplettes Arschloch seinen Karton auf meinen fallen.
Sagte, er müsse mal Wasser trinken, aber bevor ich ihm
noch sagen konnte, daß er seine Last auf dem Treppenabsatz
abstellen sollte, setzte er seinen Karton einfach auf meinen;
ich hielt aber die Klappe, damit sich die Arbeit nicht ver-
zögerte. Wenn vierhundertfünfzehn Pfund die Treppe run-
terdonnern, macht das mehr Krach als eine entgleisende
U-Bahn. Meine eigenen dreihundertfünfzehn Pfund lande-
ten am Fuß der Treppe, direkt neben einem Karton mit «Architektur» und «Göttliches».

Ich bemühte mich, nicht zu kotzen, während die Quäkerin tat, was Quäker offenbar am besten können. Sie legte mir eine kalte Stoffkompresse auf die Stirn; sie schleppte auch Pflaster an, obwohl ich gar nicht blutete. Dann verschwand sie wieder.

Möbelpacken war nicht mein Bier. Tagelang hatte ich so getan, als täte mir am Ende jedes anstrengenden Jobs mein Brustkorb nicht höllisch weh. Als würde es mich beschwingt machen, eine kleine Lampe zwei Treppen hochzutragen. Die reine Vorstellung, als Möbelpacker zu arbeiten, gefiel mir jedenfalls besser als die Arbeit selbst. Häuser zu putzen hatte mich beruhigt, aber eigentlich hatte ich da auch nur Geschirr spülen und Wohnzimmer aufräumen müssen: kleine Ordnungsdienste. Ich hatte geglaubt, daß das Packen, Tragen und Transportieren ganzer Haushalte mir entsprechend mehr Vergnügen bereiten würde. Statt dessen kam es mir so vor, als hätte ich mir ein paar Rückenwirbel zerquetscht.

Der armenische Vorarbeiter, der auch unseren Umzugswagen fuhr, fragte mich, ob alles okay sei, aber während er das fragte, stemmte er schon «Architektur» und entschwand samt Frage treppab zum Gehweg. Ließ mich schwitzend sitzen und «Göttliches» anglotzen.

Später hieb mir der Vorarbeiter als kumpelhafte Geste noch seinen kräftigen Unterarm in den Bauch. Er sprach ein zusammengeschmolzenes Englisch, indem er immer nur jeweils die Hälfte eines Worts aussprach. – Geht schon wieder, was? fragte er. Du bist doch 'n starker Typ, so was haut dich nicht um.

Wie hätte ich ihn auch darum bitten können, mich ins Krankenhaus gehen zu lassen? Die Firma war ja nicht mal versichert. Das Geschäftsschild vor ihrem Hauptbüro an der Ecke 138. Straße und Amsterdam bestand aus Pappe und schwarzem Filzstift. Alle vierzehn Tage änderten die Besitzer den Firmennamen, es gab keine Gehaltsabrechnungen, sondern immer alles bar auf die Kralle, und zwar in kleinen Scheinen.

Für die Sieben-Stunden-Schicht bekam ich 42 Dollar. Der Armenier setzte mich einfach in ein Taxi, das mich nach Rosedale brachte, was so viel kostete, wie ich am ganzen Tag verdiente. Bedauerlich war eigentlich nur, daß mir das Trinkgeld der Quäkerin entging. Wahrscheinlich 20 Dollar pro Nase, falls der Vorarbeiter nicht allzuviel in die eigene Tasche steckte.

Trotzdem war's besser, nach Haus zu fahren, weil ich den Rest des Nachmittags nicht mehr klar denken konnte. Ich goß Sodawasser in einen Suppenteller. Oma rieb meinen Rücken mit Mentholsalbe ein und sorgte dafür, daß ich den ganzen Abend im Bett blieb.

Am nächsten Morgen weckte mich Oma, weil Mama und Nabisase bereits zur Arbeit beziehungsweise zur Schule gegangen waren. Ob sie sich an diesem Morgen schon in die Wolle gekriegt hatten, wußte ich nicht. Ich wollte mir Bandagen holen, die Mama in ihrem Schlafzimmer aufbewahrte, aber sie hatte tatsächlich, wie angedroht, ein neues Türschloß eingebaut. Eins, für das man einen Schlüssel brauchte. Ich kurbelte ein paar Minuten angestrengt am Klinkenknopf herum. Widerspenstiger, solider Mechanismus. Ich preßte meine Nase gegen den Türspalt, um die Geheimnisse meiner Mutter zu erschnüffeln. Ich lauschte geduldig, aber aus ihrem Schlafzimmer drang kein Geräusch.

Mir ging es eigentlich so gut, daß ich stehen, mich bücken und arbeiten konnte, und ich wäre mir kindisch vorgekommen, wenn ich Oma gegenüber den kranken Mann markiert hätte. Sie erwartete von den Leuten, daß sie sich wie Erwachsene benahmen. Sie war froh, daß ich früh wach wurde. Sie rieb mir noch einmal den Rücken mit der Mentholsalbe ein und gab mir eine Karte mit einem Jobangebot, die am Schwarzen Brett des *Associated*-Supermarkts in der 228. Straße gehangen hatte.

Der Laden war ganz in der Nähe. Zwanzig Minuten zu Fuß, zehn Minuten davon auf der Q 85, gleich hinter dem *Green-Acres*-Einkaufszentrum, und somit lag der Laden bereits auf Long Island. Das Einkaufszentrum und der Laden befanden sich am Sunrise Highway, der Schnellstraße, die in der Nähe unseres Hauses beginnt, also am Arsch von Queens, und sich dann wie ein langer Darm bis zur Spitze von Long Island hinzieht, wo im großen Dickdarm, der als The Hamptons bekannt ist, immer mal wieder Müll abgelagert wird. (Hiermit breche ich eine Lanze für die werktätigen Massen! Wie findet ihr das, Ahmed Abdel? Lorraine?)

Sie stellten Halbtagskräfte ein. Wer schlecht arbeitete, flog noch am selben Tag raus. Wer gut arbeitete, konnte bleiben. Der Laden gehörte einem Ehepaar aus Baldwin, Long Island. Männer bewarben sich so selten, daß die Geschäftsführerin dachte, ich hätte die Anzeige nicht richtig gelesen. Reinigungskräfte gegen Barzahlung, das war ja nicht schwer zu verstehen. Die Eigentümer waren ein Paar mittleren Alters, die, wie die meisten Leute hier, die Gegend, aus der sie stammten, noch nie verlassen hatten. Curtis Mayfield aus der Stereoanlage im Büro, Otis Redding, solche Sachen halt. Und die Firma hieß *Blitzblank*.

Selbst als sie mir schon die Tür geöffnet hatte, war die Frau immer noch mißtrauisch, weil ich keinen Firmen-Overall anhatte. Ich trug die kirschrote Bing-Baseball-Mütze, auf deren Schirm zehntausend Glitzerteilchen das Wort *Blitzblank* formten. Wozu brauchte ich also diesen Strampelanzug? Ich paßte sowieso nicht rein. Die Frau öffnete die Tür nur einen Spalt.

– Blitzblank, Ma'am. Ich poliere Ihr Haus auf Hochglanz.

Hätte ich das Firmenmotto nicht abgespult, hätte sie mir gemäß unserer Geschäftsbedingungen kein Trinkgeld geben müssen. Was sie aber sowieso nicht gemacht hätte. Wenn es um Trinkgelder ging, waren Schwarze und alte Juden geiziger als jeder Schotte. Ich will mich aber gar nicht beklagen. Der Lohn hätte besser sein können, aber mir gefiel der Job.

Die Frau an der Tür dieses Hauses in Rochdale Village ließ mich schließlich eintreten, und ich folgte ihr durch den Flur. Sie trug die schwarze Hose, Jacke und Gürtel einer Busfahrerin. An den Wänden hingen keine Fotos, sondern gerahmte Gebete.

Sie sagte: – Mein Mann wird heute zu Hause bleiben, weil er krank ist. Ich habe für Sie eine Liste zusammengestellt, lassen Sie ihn also in Ruhe. Er liegt im Bett.

An drei fetten Fingern ihrer rechten Hand glitzerten vier goldene Ringe.

Sie führte mich herum; das Haus erwies sich als Bruchbude, die mein Gewicht kaum aushielt. Der gefliese Küchenboden bog sich in der Mitte durch und ächzte, als ich darüberging.

– Unter der Spüle sind die Putzmittel, und in diesem Schrank stehen Schrubber. Brauchen Sie Handschuhe?

Ich tippte auf meine Jackentasche: – Hab ich dabei.

Draußen im Lieferwagen lagen die firmeneigenen Staubsauger, Wischtücher, Putzmittel, Schwämme. Aber die Hauseigentümer hatten ständig was an der Ausrüstung herumzunörgeln. Das war bei fast jedem meiner Putzjobs der Fall. Und die Ausrüstung von *Blitzblank* war tatsächlich mehr als dürftig: Der Staubsauger funktionierte erst, wenn man ihn vorher zwanzig Minuten warmlaufen ließ.

Die Liste steckte unter einem Magneten in Form eines Kühlschranks, der am Kühlschrank klebte.

– Das muß im Erdgeschoß gemacht werden und der Rest im ersten Stock.

– Nichts im Keller?

Sie faßte mich am Arm. – Soviel Geld haben wir gar nicht, daß Sie den auch noch aufräumen.

Damit stand ich auf einer Stufe mit ihr, insofern nur wenige der Hauseigentümer, bei denen ich putzte, völlig bei Trost waren. Diese Frau war seit langer Zeit die erste, die zugab, daß ihre Familie ein derartiges Chaos angerichtet hatte, daß sie um Hilfe rufen mußten. Ich spielte mit dem Gedanken, in den Keller zu gehen und die Arbeit umsonst zu erledigen.

Bevor sie ging, rief sie etwas nach oben.

Keine Antwort. Ich nahm also an, daß er noch schlief. Hoffentlich würde ich keine Bettpfannen auswaschen müssen.

Als die Haustür zugefallen war, dauerte es noch zirka elf Sekunden, bis ich die Schritte des Mannes auf der Treppe hörte. Es waren sehr schwache Schritte, die da über meinem Kopf tapsten. Dann kommt dieser dürre Typ die Treppe runter, so scharf angezogen, daß man sich dran schneiden könnte. Trägt einen grauen, dünnen Anzug, so billig wie meine eigenen. Die Jackenaufschläge sahen dünn wie Wachspapier aus. Vom Gehen war er völlig außer Atem.

– Sie sind ja überhaupt kein Mädchen, stellte er fest.

Er stand im Wohnzimmer und beobachtete, wie ich vor der Spüle stand. Eigentlich hatte ich mich für ein Momentchen hinsetzen wollen, spülte jetzt aber Geschirr, um beschäftigt zu wirken.

– Nee, bin ich auch nicht.

– Ich denk, die wollten so 'n Mädchen schicken.

Der Mann war schwer enttäuscht; angezogen wie zu einer Beerdigung, zog er jetzt auch noch das passende Gesicht dazu. Er kam in die Küche und goß sich etwas zu trinken ein, während ich das Frühstücksgeschirr spülte.

– Sie müssen auch die Wäsche machen.

– Das steht nicht auf ihrer Liste, sagte ich.

– Aber auf meiner.

– Ja.

– Im Keller sind die Maschinen. Die können Sie jetzt mal anwerfen und dann mit dem Rest weitermachen.

Ich ging ins Wohnzimmer, und er folgte mir. Er setzte sich auf die Couch, weil ich sie gerade zur Seite schieben wollte. Also schob ich statt dessen den großen, runden Tisch in eine Ecke, nachdem ich eine Lampe ausgestöpselt hatte.

Der Hausherr hatte seinen Orangensaft ausgetrunken und stellte das Glas auf den Teppich.

– Das können Sie jetzt in die Küche bringen. Er deutete nach unten.

Er band sich seine schwarzen Anzugschuhe und zog die Schnürbänder sehr fest. Ein Bubi, fertig zum Kirchgang.

Ich brachte das Glas in die Küche, wo der Fußboden mir mit einem weiteren Seufzer seine Schwäche eingestand.

– Ach, halt's Maul, murmelte ich.

Ohne die Leuchtanzeige der Herduhr wäre dies Haus sehr still gewesen. Das aufladbare Batteriegehäuse arbeitete ununterbrochen. Vor dreihundert Jahren wäre das Hintergrundgeräusch der Wind gewesen, der durchs Kornfeld strich, und Jameco-Indianer, die im Schmutz arbeiteten. Ich zog das Rollo vor einem der Küchenfenster hoch, vor dem einst Engländer in Bratenrock und Reithosen flaniert waren. Im Hof sammelten Sklaven Salzheu, um damit die Tiere zu füttern. Drei Jahrhunderte war das her, und jetzt stand ich in der Küche und füllte einen Eimer mit heißem Wasser. Es war schwierig, sich vorzustellen, daß sogar ich zu der gleichen Spezies gehören sollte. Deren Leben mußte furchtbar hart gewesen sein, und meins war jetzt ganz einfach. Ich weiß, daß sich manche Leute in längst vergangene Zeiten zurücksehnen, aber ich nicht.

– Also dann, sagte der Mann der Busfahrerin auf der Schwelle zum Wohnzimmer. Ich glaub, ich geh jetzt mal.

Ich entknotete das Telefonkabel, das in der Küche um ein Stuhlbein gewickelt war. Heuchelte vor seinen Augen Betriebsamkeit, um ihn zu überzeugen, daß ich mein Handwerk verstand. Wenn er mich verdächtigt hätte, Amateur zu sein, hätte er mich garantiert lang und breit darüber belehrt, wie man korrekt kehrt. Jeder Arsch glaubt doch, die beste Methode erfunden zu haben, einen Kühlschrank sauberzuwischen. Diesen Typ brauchte ich mir nur anzugucken, um zu wissen, daß ich eine Embolie bekommen hätte, wenn er mit professoralem Ton Worte wie «Ammoniak» und «Kehrblech» falsch ausgesprochen hätte.

– Wie lange brauchen Sie? fragte er, nachdem ich ihm nicht geantwortet hatte.

– Sieben Stunden?

– Sieben Stunden?! schrie er. Was glauben Sie denn eigentlich, was hier zu tun ist? Scheiße. Sie hat Ihnen doch nicht etwa gesagt, auch noch den Keller zu machen? Oder was?

– Nein.

– Was quatschen Sie denn dann von sieben Stunden? Ich komm in vier Stunden wieder, und das bezahl ich Ihnen dann auch.

Er ging zur Tür und drehte sich noch mal um. – Und warum zum Teufel haben Sie eigentlich einen Anzug an?

Um professionell auszusehen.

Als der Mann die Kurve gekratzt hatte, lief ich in die Kü-

che, um Ledric anzurufen. Er hob erst nach dem dreiundzwanzigsten Klingeln ab.

– Wer ist dran? Er atmete schwer durch den Mund.

– Wie geht's deiner Krankheit? fragte ich.

– Bandwürmer sind keine Krankheit, sondern Parasitenbefall.

– Wie geht's deinem Parasitenbefall?

– Ich hab schon etwas abgenommen.

– Das ist doch erst elf Tage her!

– So? Ich wette, daß ich bis jetzt acht Pfund abgenommen hab.

– Hast du das eigentlich deiner Familie erzählt?

– Die besteht nur aus meiner Mutter und meinem Vater,
weit weg in Chicago. Aber man hat mir mein Telefon für
Ferngespräche gesperrt.

– Wann hast du zuletzt mit ihnen gesprochen?

– Ich hab ihnen zu Weihnachten ein paar Videos geschickt. Raubkopien.

– Letztes Jahr?

– Wieso nervst du mich eigentlich mit so was?

– Ich will dich doch nicht runtermachen, versicherte ich
ihm. Fühlst du dich gar nicht krank?

– Natürlich nicht, sagte er.

Ich fühlte mich Ledric verpflichtet, weil, tja, würd's euch
nicht auch so gehen? Und außerdem: Wenn das nun wirklich funktionierte?

Nachdem ich ihn derart verzweifelt daran arbeiten gesehen hatte, ein paar hundert Gramm abzunehmen, daß er
sich sogar von Ungeziefer befallen ließ, kam es mir gar nicht
mehr als sonderlich großes Opfer vor, mich nicht von meinem üblichen Drei-Big-Mac-Snack-Schmacht überwältigen
zu lassen. Und was, wenn es tatsächlich funktionierte?

– Das ist kein Ungeziefer, sagte er ins Telefon.

– Ungeziefer, Würmer, Insekten, scheißegal. Ich finde, der Fisch hätte echt nicht so vergammelt sein müssen, nur damit du Bandwürmer kriegst.

Sein Glaube blieb unerschütterlich. – Ich wollte unbedingt auf Nummer Sicher gehen.

Nachdem ich aufgelegt hatte, setzte ich die beiden dreckigsten Töpfe unter Seifenwasser, um die Fleischreste von gestern abend einzuweichen. Ich holte meine Werkzeuge aus dem Auto.

Im Wohnzimmer startete ich den Staubsauger. Ich legte die Couch auf die Seite und ließ sie so stehen.

In ein perfektes Haus wollen die Leute gar nicht zurückkommen. Sie kommen lieber fünfzehn Minuten vorm Schlußspurt, wenn es in den Zimmern noch ein bißchen unordentlich aussieht. Wenn sie keine Beweise dafür erkennen können, daß gearbeitet worden ist, schachern sie um die Stunden und schwören, daß der Haushalt schon vor meiner Ankunft so blitzsauber war. Sie knausern dann noch mehr mit dem Trinkgeld, und über großzügige Kundschaft verliere ich grundsätzlich kein Wort. Es ist wichtig, die Leute glauben zu lassen, daß sie kurz vor der Show einen Blick hinter die Kulissen bekommen. Sie wollen die Produzenten sein, nicht das Publikum.

Ich wischte schnell den Küchenfußboden und ließ ihn trocknen, während ich im Wohnzimmer Staub wischte. Als ich die Küche zum zweiten Mal wischte, ließ ich's langsamer angehen. Wir waren angewiesen, nur einen Eimer Wasser pro Haus zu verbrauchen, aber ich war ja allein und änderte das Reglement. Wasser, überall Wasser.

Spülte die zwei hartnäckigen Töpfe.

Spülte die Küchengeräte.

Spülte sogar die Putzlappen durch.

Warum wollte eigentlich niemand zugeben, daß Arbeit Spaß macht?

Dinge anzufassen und zu bewegen und hochzuheben und sauberzumachen.

Die dauernde Aktivität beruhigte mich; mein Körper wurde zum Werkzeug.

Ich arbeitete hundertdreißig Minuten. Die Wäsche war schnell erledigt, weil sie schon eingesackt im Keller lag. Als ich runterging, fand ich ein paar Kopfkissenbezüge im noch warmen Wäschetrockner; ich drückte mir einen ans Kinn. Lorraines starke Hände auf meinem Gesicht.

Lorraine war süß. Und fett.

Wofür ich normalerweise dreieinhalb Stunden gebraucht hätte, schaffte ich in knapp zwei.

Nicht, daß ich sonderlich gründlich gearbeitet hätte, aber nun mußte ich es doch etwas langsamer angehen lassen. Ich hatte so schnell geschuftet, daß ich große Schweißflecken unter den Achseln und zwischen den Schenkeln hatte. Ich fühlte mich super, bekam jedoch Kopfschmerzen. Bevor ich in den ersten Stock gehen wollte, setzte ich mich auf die Wohnzimmertreppe.

Ich brauchte eine Weile, um wieder zu Atem zu kommen, und rubbelte meine verschwitzte Stirn gegen die Wand.

Meine Brust fühlte sich so an, als ob sie mit Kabeln bestückt wäre, die mit sämtlichen Steckdosen im Zimmer verbunden waren. Ich zog die bescheuerte Broschüre aus meiner Brieftasche. Jawohl, ich hatte sie stets dabei. Auf dem Foto war Ahmed Abdels hübsches, schmales Gesicht von enormen, schwarzen Dreadlocks umrahmt. Meine Haare hätte ich niemals zu so einem schönen Chaos wachsen lassen können, wie dieser Typ aus Japan es auf dem Kopf trug.

In der Broschüre stand ein Interview, das ein Jurastudent

von der Universität Boston mit ihm geführt hatte. Ahmed Abdel ließ sich da über die immigrationsfeindliche Rechtsprechung der Bostoner Gerichte aus und verdammte gleich die gesamten USA in Bausch und Bogen; verfluchte Leif Ericson und Eric den Roten. Aber als er auf Japans hausgemachten Imperialismus angesprochen wurde, kniff Mr. Abdel und wurde richtig rührselig. Er faselte was von den feudalen Gärten seines Elternhauses. (Mein Großvater hat einmal erzählt, wie er 1928 als Junge an einer öffentlichen Führung durch den Palast von Kyoto teilgenommen hat, lautete eine von Abdels Antworten. Dem Jurastudenten erzählte er: Ich habe immer furchtbar mißglückte Bilder von den Kitayamazedern gezeichnet. Sie sahen nicht wie Bäume aus, sondern eher wie eine Reihe Speere!)

Ich empfand gegenüber diesem Mann gedämpften Haß. Wie sollte ich gegen so einen bestehen? Kyotoklänge umsäuselten das Trommelfell eines amerikanischen Mädchens, wohingegen Südost Queens wie ein Mißton schrillen mußte. Wir wohnen in Häusern mit Aluminiumwänden, nicht in protzigen Palästen.

Da der Hausherr erst in anderthalb Stunden zurückkehren würde, schloß ich die Augen und lehnte mich auf der Treppe zurück. Die mit Teppichboden gepolsterten Stufen waren fest, aber auch zugleich weich zu meinem wunden Hintern.

Auf Dauer hätte mich die Langeweile zu einem Kühlschrankplünderer werden lassen, aber dann erinnerte ich mich daran, an der Straßenecke einen Videoladen gesehen zu haben, als ich nach dieser Adresse gesucht hatte.

Ein Laden mit Lottoannahme neben der Kasse; eine Verkaufsvitrine mit Telefonbeepern am Eingang. Und die übliche, große Auswahl an den besten Komödien, Action- und Horrorfilmen.

Ich verließ das Haus und schob einen Teppichläufer zwischen den Türspalt, damit die Tür nicht zufiel. In diesen trüben Videoläden kostet die Mitgliedskarte nur fünf Dollar. Das Video kostete drei Dollar für drei Tage. Ich lieh eins aus, rannte zurück und fühlte mich wie frisch geladen. Die Besorgung, die sonst zwanzig Minuten gedauert hätte, schaffte ich in fünf.

Andere Typen hätten sich einen Porno reingezogen, sich dabei einen von der Palme geschüttelt und dafür auch noch Stundenlohn kassiert. Meine Vorlieben sind jedoch mit einem anderen Warnungshinweis versehen: nicht etwa freizügige Darstellung sexueller Situationen, sondern unmäßiger Einsatz geronnenen Bluts.

Wir mögen Monster, erschienen 1993. Der Film war fünfundsiebzig Minuten lang; vielleicht würde ich den kompletten Streifen sehen können, bevor das Hausherrchen zurückkam. Fernseher und Videorecorder standen oben im Schlafzimmer.

Über dem Bett war eine Reihe Messer an die Wand genagelt, aber wohl nicht zur Selbstverteidigung, sondern nur zur Dekoration. Sie hatten große, schwarze Griffe, und einige der Hefte waren mit Stacheln besetzt. Ich hockte mich aufs Bett, um mir den Film anzuschauen, konnte mich aber nicht von der Vorstellung freimachen, eine der Klingen könne runterfallen und meinen Rücken durchbohren.

Auf dem Fußboden war es aber auch ganz gemütlich. Ich fühlte mich so wohl, daß ich mir die Schuhe auszog.

Es war ein total bescheuerter Film. Über einen Typen namens Ziff, der unbedingt berühmt werden will und sich deshalb selbst entstellt, indem er sich im Hintergrund einer Frühstücksfernsehsendung irgendeine Säure ins Gesicht kippt. Berühmt wird er dann auch, aber die gleiche Nummer, die ihm zu Starruhm verholfen hat, bringt ihn nun um. Die Säure wütet nämlich unter seiner Haut immer weiter.

Ein «medizinischer Experte» erläutert dies scheinbar unmögliche Phänomen. Ziff löst sich auf.

Mehr will ich dazu gar nicht sagen, weil der Film an diesem Punkt zur üblichen Durchschnittsware wird. Ziffs Haut schmilzt, sein Skelett schrumpft, bis er nur noch so eine schniefende Fleischmasse ist, die nun «aus Rache» umgeht und alle abmurkst. Aber wieso eigentlich Rache? Er ermordet eine Geschäftsfrau, die angeblich die Säure hergestellt hat, aber viel wahrscheinlicher ist, daß das Zeug in einem Labor entwickelt wurde. Er ermordet noch eine Frau, die angeblich seine Ex-Ehefrau ist, aber am Anfang des Films lamentiert Ziff, daß er noch nie verheiratet war.

Solche Filme bedeuteten mir mehr, als ich es je ausdrükken könnte. Als das Video sich seinem Ende näherte, hockte ich da, halb konsterniert. Es war pure Sturheit, daß ich bis zum blödsinnigen Schluß durchhielt.

Ja, gut, am Ende geht Ziff dann noch ins Haus des Reporters, der ihn anfangs interviewt hat. Ziff verlangt, daß sein Tod live übertragen wird. Der Reporter bestellt ein Kamerateam. Die Szene zielt auf primitive Effekte, wenn Ziff sich in einem weißen Schlafzimmer auf einem weißen Bett ausstreckt; plötzlich hat der Reporter einen weißen Schutzanzug an, und zwar deshalb, weil bei jeder Bewegung Ziffs sämtliche Oberflächen mit schleimigem Gubbel eingesaut werden.

Ziff wird gefragt, warum er das getan hat. Das mit der Säure im Gesicht. Die Morde. Der Schauspieler raspelte dumpfes Süßholz à la «in der Welt etwas gelten wollen», und ich trat vor Wut beinah einen Fuß durch die Schlafzimmerwand der Busfahrerin. Ich stoppte das Video, zog es raus und hätte am liebsten darauf herumgetrampelt, aber auf der Mitgliedskarte hatte ich leider meinen richtigen Namen vermerkt. 80 Dollar Gebühr für verlorene Videos.

Was mich an dem Schluß echt ankotzte, war der Umstand, daß diese Kreaturen immer irgendeine Begründung abliefern. Der Teufel. Ein Außerirdischer. Eine verkorkste Kindheit. Wieso durchquert der Virus in *Kleines Übel* eigentlich ganz Europa, um dann doch nur eine kleine Stadt bei Budapest (auf der Pest-Seite der schönen, blauen Donau) zu verwüsten? Weil ein Zigeunermusiker das Land verflucht hat, in dem seine junge Tochter von der magyarischen Polizei totgeprügelt worden war.

Für Monster gibt es immer Gründe. Menschliche Wesen brauchen eben Erklärungen.

Die Maschinen im Keller stampften nicht mehr. Also zerrte ich die zusammengepreßte Stoffmasse aus dem Trockner und sortierte sie in ihre Einzelteile. Ich arbeitete hastig, weil der vollgerümpelte Keller mir doch irgendwie gruselig vorkam, Scheißfilm hin oder her. Dreißig große Pappkartons, einige offen, einige mit Klebeband verschlossen, dräuten da vor sich hin.

Das Eßzimmer war kleiner als vor einer Stunde. Der Gläserschrank ragte jetzt sieben Stockwerke hoch. Als ich vorbeiging, klapperten die Teller in seinen Tiefen, was natürlich an meinem Gewicht lag. Aber was brachte sie nur wieder zum Klappern, als ich in der Küche stand?

Ich wunderte mich, im Wohnzimmer ein Bücherregal vorzufinden, weil der Buchbestand der meisten Haushalte, in denen ich arbeitete, in eine Butterbrottüte gepaßt hätte. Da der Mann mir nicht gefiel, hielt ich seiner Frau, der Busfahrerin, die Bibliothek zugute. Es ist natürlich elitär, aber ich kontrolliere die Buchrücken auf den Regalen anderer Leute immer danach, welche Bücher nur zum Rumprotzen dastehen und welche zum wirklichen Lesevergnügen.

Mir imponierte, daß sie *The Seven League Boots* von

Albert Murray hatten, aber als ich es aufschlug, knackte der Einband hörbar und entließ den Gummiklebergeruch, der von ungelesenen Seiten aufsteigt.

Ich hatte für Schwarze und Juden geputzt, für eine italienische Familie und sogar für Latinos. Dummköpfe hatten einige Autoren gemeinsam: Sidney Sheldon, Judith Krantz, Danielle Steel. Was für ein Schwachsinn! Der reinste Schund. Wie wär's denn, einmal nur und mir zuliebe, mit H. P. Lovecraft? Verfügbares Haushaltseinkommen wurde einfach auf den Müll geschmissen.

Ich öffnete die Augen. Ich zog eins der Supermarkt-Taschenbücher aus dem Regal. Schlug es irgendwo auf und spuckte aufs Papier. Einen richtig satten Rotzer. Klappte das erste Buch wieder zu und nahm mir das nächste vor.

Ich rotzte in ihre Liebesromane und Familiensagas, in die Thriller, Kriegsgeschichten und Immigrantenschmonzetten. Als mein Mund trocken wurde, trank ich Wasser.

Über der Couch im Wohnzimmer hing ein Spiegel. Als ich gerade in Alex Haleys *Queenie* rotzen wollte, sah ich mich selbst im Spiegel.

Zwischen den Schenkeln war mir die Hose hochgerutscht und wölbte sich über dem Gebirge meines dicken, fetten Arsches.

Mein Hemd hatte sich von der Gürtellinie gehoben, so daß meine Speckfalten hervortraten.

Meine Schultern waren massiv, aber wabbelig.

Großer Gott, schau auf dieses Ding.

TEIL 2
MISS UNSCHULD

6

Ishkabibble zog gerade eine Zigarette durch, war aber noch in der Lage zu sagen: – Du latschst ja langsamer als meine alte Tante.

Ich nickte, weil er recht hatte. Aber was wollte er mir damit eigentlich sagen?

– Ich will dich überhaupt nicht runtermachen oder sonst was, fügte er hinzu.

Wir gingen die 147. Avenue entlang, die nur zwei, allerdings ausreichend breite Fahrstreifen hat. An der Ecke des nächsten Häuserblocks befand sich Nabisases Kirche. Nachdem ich meine Schwester auch das dritte Mal enttäuscht hatte, gab sie es auf, mich zum Kirchgang zu bewegen. Oma und Mama desgleichen. Nabisase ging sonntags um 9 Uhr früh aus dem Haus und blieb mit jeder Woche länger weg. Beim ersten Mal, am 8., blieb sie nur eine Stunde. Einen Monat später dauerte der Gottesdienst schon drei Stunden. In einem halben Jahr würde sie vermutlich auf ewig bleiben, um dem Herrn zu huldigen.

Ishkabibble zog so heftig an seiner Kippe, daß ich dachte, er würde den Filter verschlucken.

Als ich an diesem Donnerstagnachmittag des 9. November meinen Gesundheitsspaziergang angetreten hatte, hatte ich durchaus nicht nach Ishkabibble gesucht, aber er fand mich trotzdem. Ich schlenderte über den vergammelten Spielplatz im Brookville Park, einen Ort, an dem nachmittags Kinder schaukeln und abends Teenager saufen. Das Gelände schien leer zu sein, aber plötzlich kam Ishkabibble hinter einem Wasserspeier zum Vorschein. Ich war allein gewesen, und nun war ich nicht mehr allein. Er hatte mich gefunden.

An der Ecke 230. Straße führte mich Ishkabibble in den Waschsalon *Get Right*. Ich hatte seit zwanzig Minuten geredet und redete immer noch; er hatte mich nicht unterbrochen, sondern mich nur aufgefordert, ihm zu folgen, während ich sprach. Zumindest behandelte er mich nicht wie einen Trottel.

Hinter dem Tresen des Waschsalons saß die Matriarchin einer jamaikanischen Familie, der das Geschäft gehörte. Sie paßte auf, daß niemand seine Turnschuhe in die Wäschetrockner stopfte. Sie war nicht gerade erfreut, uns zu sehen, aber dafür mache ich Ishkabibble verantwortlich. Ein Mann, dessen eigene Mutter vermutlich seine Hypothekenraten samt viel zu hohen Zinsen abzahlen mußte.

– Miß Rose.

– Ja, sagte sie, aber es war keine Frage à la:»Ja, was darf's sein?» oder nicht mal: «Ja, das bin ich.»

Ich glaube, daß ich den kleinen, schwarzen Mikrowellenherd hinter ihr tatsächlich roch, bevor ich ihn sah. Vielleicht waren es auch die leckeren Snacks, die sie verkaufte. Außer Waschmaschinen und Trocknern gab es in diesem Waschsalon auch noch etwas zu essen. In dieser Gegend mußten eben viele der winzigen Läden diversifizieren, um profitabel zu bleiben. Die Inhaber des Billigtaxiunternehmens nebenan, *Fast Fast Car*, verhökerten beispielsweise Turnschuhe an der Hintertür.

– Fleischtasche? fragte mich Ishkabibble.

Natürlich war Fleisch in den Teigtaschen, und Fleisch ist gesund, stimmt's? Scheiß auf die Pflanzenfresserei! So übel konnte es doch gar nicht sein, sich eine davon zu genehmigen, zumal Fleischtaschen besonders lecker sind, wenn das Fleisch gut gewürzt und die gelbbraune Teigkruste knusprig ist. Vielleicht gab's sogar noch Kokosnußbrot dazu.

Vor neunzehn Tagen war ich im *Haus der Hilfe* gewesen

und hatte dort Ledrics radikale Diätmethode kennengelernt. Seitdem hatte ich versucht, mich auf akzeptable fünftausend Kalorien pro Tag zu beschränken, aber die Konfrontation mit einer guten Fleischtasche machte mich schwach.

Die Frau stand auf und schlurfte zur Mikrowelle. – Ißt du gar nichts? fragte ich Ishkabibble.

– Ich bin eine dieser Personen, die wenig Appetit haben.

– Du Glückskind, sagte ich.

Während die Drehscheibe der Mikrowelle drei Minuten lang rotierte, holte die Jamaikanerin ihr Scheckbuch. Sie klappte es auf; sie hatte kein Wort gesagt; sie fragte Ishkabibble erst gar nicht, wieviel sie schuldig war. Sie wußte es genau.

Anschließend ging sie zu dem kleinen, schwarzen Herd, wo es zu meinem Entzücken auch Kokosnußbrot gab. Sie wärmte es auf und legte dann das Brot und die Fleischtasche zusammen. Ich war drauf und dran, sie um eine weitere meiner Lieblingszutaten zu bitten, nämlich Mayonnaise auf der Teigkruste, ließ es aber bleiben. Ich hielt das für einen enormen Verzicht.

– Wieviel macht's? fragte ich.

Sie hatte mich bislang nicht angesehen und tat es auch jetzt nicht, sondern fragte Ishkabibble: – Wieviel macht's?

– Das ist ein Freund von mir.

Da winkte sie ab. – Nimm schon, nimm schon, sagte sie zu mir.

Als wir draußen waren und ich mein Essen verdrückt hatte, redete ich wieder auf ihn ein. Obwohl das Fleisch heiß war, aß ich hastig, weil Mama über die 147. Avenue fahren und mich sehen könnte. Vielleicht betrieb Hillman ja auch im Orbit über Queens einen Beobachtungssatelliten, der heimlich Fotos seiner Klientel schoß, wenn sie bescheißen wollte.

Manchmal hatte ich das Gefühl, von einer unsichtbaren Macht gelenkt zu werden.

Ishkabibble war der ideale Geschäftsmann, weil er Talent zum Zuhören hatte. Jeder andere wäre mir über den Mund gefahren, während ich den Inhalt solcher Filme wie *Wir mögen Monster* erzählte. *Nacht des Hackebeils. Krematoriös.* Ich redete weitere fünfzehn Minuten davon, wieso mich Gruselgeschichten von beispielsweise August Derleth so runterziehen. Die Monster entpuppten sich als Pappkameraden, und die Charaktere waren hölzern.

– Vielleicht gefällt es den Leuten ja, wenn die Filme total eklig werden, vermutete Ishkabibble.

– Blutig können sie gerne sein, aber sie müssen deshalb doch nicht gleich saublöd sein, sagte ich.

Wenn ich über dies Thema leidenschaftlich mit Mama und Nabisase diskutieren wollte, antworteten sie nur höflich: Ach so? oder: Aha. Und das war's dann. Um fair zu sein: Ich verstehe, daß ein dreiundzwanzigjähriger Mann, der sich für B-Filme begeistert, leicht den Anschein erweckt, ein Dummdackel zu sein.

Zweimal wechselten wir die Straßenseite, weil uns streunende Hunde bedrohten.

Beim Gehen sah sich Ishkabibble immer wieder um. Alle drei Meter. Aber ich glaube, daß er sich nicht nur vor den wilden Hunden fürchtete.

– Du bist hier wohl nicht besonders beliebt, was? fragte ich. Der Kennedy Airport war jetzt nicht mehr weit hinter uns. Mit einer gewissen Munterkeit in den Knochen hätte man von hier aus zu Fuß zum Abflugterminal gehen können.

Ich war außer Atem. – Können wir mal einen Moment stehenbleiben?

Er lachte, aber nicht so gemein, wie es mir damals vorkam. – Wir sind doch bloß fünf Häuserblocks weit gegangen, sagte er.

– Ich weiß selber, wie weit es war!

– Okay. Ich will dich doch gar nicht runtermachen.

Ich brauchte nur eine halbe Minute, um nach Luft zu schnappen. Es ist anstrengend, so fett zu sein. Das kann ich euch sagen.

– Du bist hier wohl nicht besonders beliebt? fragte ich noch einmal, weil er nicht aufhörte, sich umzuschauen.

– Beliebt bin ich, wenn ich den Leuten Geld bringe, aber wenn ich es zurückfordere, nicht mehr so ganz.

– Meine Mutter hat mir erzählt, daß du neun Prozent über dem höchsten Zinssatz verlangst!

– Wenn da so ein Typ zu mir kommt, der neunundzwanzigtausend Dollar im Jahr verdient, aber unbedingt ein Auto fahren will, das vierzigtausend Dollar kostet, wessen Schuld ist das dann?

– Aber du bist schwarz, und du machst das mit Schwarzen!

– Ich arbeite auch mit Hispanics zusammen.

– Was hast du da denn auf deinem Nacken? fragte ich, um das Thema zu wechseln. Am Haaransatz seines Hinterkopfs hatte er eine gerötete, schwielige Stelle.

– Ich bin im Bräunungsstudio eingeschlafen.

– Du gehst ins Bräunungsstudio?

Ich wunderte mich zwar nicht, daß ein Schwarzer sich rösten ließ, sondern darüber, daß Ishkabibble trotz dieser Behandlung so gelb war. Ich meine, verglichen mit ihm sah ich aus wie die schwärzeste Nacht.

– Ich hab einem meiner Kunden zu sehr vertraut. Er hat mir eine zehnminütige Behandlung versprochen, kostenlos. Ich hab ihm geholfen, den Laden zu kaufen! Irgendso ein Italiener auf der anderen Parkseite. Er hat die Alarmuhr ausgestellt, und da bin ich in dem Ding eingeschlafen, 'ne halbe Stunde lang.

– Du bist wirklich nicht beliebt, sagte ich.

Ishkabibble war sauer; als er seufzte, quäkte sein Atem wie das Getröte eines Kazoos durch seinen schiefen Schneidezahn. – Du hast ja 'ne seltsame Art, mich um 'nen Gefallen zu bitten.

– Was denn für 'n Gefallen?

– Du weißt nur noch nichts von deinem Glück.

Ich hatte gedacht, nur geplappert zu haben, aber ein abgewichster Dealer wittert natürlich gleich die Sucht.

Die Brise blies Abgaswolken zu uns hinüber; auf der anderen Straßenseite öffnete ein abgerissener Mann seinen gelben Freightliner-Bus, der in der Hauseinfahrt geparkt war. Eine seiner kleinen Töchter spritzte mit einem Schlauch die Scheinwerfer ab, während der Mann ein zweites, schlammbespritztes Mädchen davon abhielt, in das Wohnmobil zu klettern.

– Du willst doch einen Monsterfilm drehen.

– Das wüßte ich aber.

– Wieso würdest du sonst soviel davon erzählen? Und ausgerechnet mir?

– Weil mir zu Hause niemand zuhört.

– Dicker Mann, nun tu aber mal nicht gleich so, als ob wir verwandt wären.

– Na gut, was für ein Monster sollte es denn sein? fragte ich.

– Godzillafilme kosten so wenig wie ein Gummianzug. Wenn wir ein Video machen und in den Friseurläden in Queens verkaufen, sorg ich dafür, daß die Sache unter die Leute kommt.

– Es gibt einen ganz tollen, in dem Godzilla gegen einen Robotergodzilla kämpft, und zuerst kapiert man gar nicht, wieso es da zwei gibt, aber den nachgemachten Godzilla haben Außerirdische hergestellt, sagte ich. In einem anderen Godzillafilm tauchen auch Außerirdische auf, die das Zero-Monster kontrollieren, auch bekannt als King Ghidrah.

– Anthony. Du brauchst mich gar nicht zu überzeugen. Ich glaube an deine Träume, und ich kann dir helfen, sie zu finanzieren. Die Sache ist geritzt. Das ist schließlich mein Geschäft.

7

Am nächsten Tag mietete Mama sich einen Dodge Neon für unsere Fahrt nach Maryland.

Brandneu. Ein Superteil. Weil in New York langsam der Winter einzog, fand ich eine Reise nach Süden besonders aufregend, auch wenn's nur fünf Staaten weiter war. In Geographie war ich noch nie besonders gut gewesen, weshalb alles südlich von New Jersey für mich Alabama war.

Der Kofferraum des Dodge war größer als der unseres Oldsmobile Firenzas; als wir alle Koffer verstaut hatten, gab es immer noch Platz. Das verblüffte uns.

– Was könnten wir denn sonst noch alles mitnehmen? fragte Oma, als wir vor dem Kofferraum standen und hineinsahen.

– Wir packen einfach noch mehr Klamotten ein, schlug Mama vor.

Ich weiß, daß uns das wie Idioten aussehen ließ, und vielleicht verhielten wir uns auch wirklich wie hirnlose Urzeitmenschen, aber es war wie das Bestaunen eines Babys: Wir bewunderten eine wundervolle Erfindung.

Während wir noch das Auto umstanden und seine diversen Teile mit den Händen berührten, einfach nur mal anfassen!, riß uns das Telefon aus unserer Umnebelung. Nabisase ging ins Haus, und Mama demonstrierte Oma und mir den sogar bei voll durchgetretenem Gaspedal gedämpften – brumm – Klang des Motors. Nabisase mußte viermal nach mir rufen. Aber als ich ins Haus kam, schwatzte sie am Telefon, und ich war sauer, daß sie mich von der Demonstration weggelockt hatte. Ich sah, daß Mama aus der Einfahrt fuhr, um mit Oma eine Runde zu drehen.

Nabisase sagte ins Telefon: – Ich hab Ihnen meinen Namen doch schon genannt. Jetzt sagen Sie Ihren.

– Wer ist dran? flüsterte ich.

– Sie haben mich doch wohl verstanden, oder? Nein, sagte sie zu dem Anrufer, das war Anthony.

– Er will mit dir reden, sagte sie.

– Ishkabibble?

– Wenn Sie mir Ihren Namen nicht sagen, lasse ich ihn nicht ans Telefon.

Ich versuchte, ihr den Hörer aus der Hand zu reißen.

– Ist das Lorraine? Sie hat eine tiefe Stimme, sagte ich.

Meine Schwester ignorierte mich. – Das ist ja ein blöder Name, sagte sie zu dem Anrufer. Ledric klingt doch nicht normal.

– Nein, korrigierte sie ihn im nächsten Moment. Nabisase klingt überhaupt nicht bekloppt, das ist afrikanisch.

Nachdem sie mir den Hörer gegeben hatte, wartete ich, bis sie in ihrem Zimmer verschwunden war, um weiter ihre Sachen zu packen.

– Warum hast du nicht einfach nach mir verlangt?

Er ächzte und stöhnte und sagte: – Ein Mädchen war dran, also mußte ich wissen, wer sie ist.

– Das war meine Schwester. Und sie ist erst dreizehn.

– Ich weiß jetzt ja auch nur ihren Namen.

– Das ist schon mehr, als du brauchst.

Mama und Oma kamen zurück. Nachdem sie ausgestiegen waren, ertönte das Geräusch der zufallenden Türen des Neons; verglichen mit der Klapperkiste unseres Oldmobiles klang es wie das Tappen von Filzlatschen.

– Funktioniert es? fragte ich.

– Du klingst ja noch verzweifelter als ich! Ledric lachte.

– Was denn nun!

– Nein.

– Woher weißt du das?

– Ich hab gestern 'ne Pizza gegessen, und heute fühl ich mich immer noch pappsatt. Das heißt also, daß die Scheißbandwürmer das ganze Zeug gar nicht aufgekriegt haben.

– So funktioniert das auch nicht.

– Willst du mir etwa was erklären, was du selber noch gar nicht gemacht hast?

– Du klingst gar nicht gut, sagte ich zu ihm. Das stimmte auch, aber Ledric mußte schon vor der Bandwurmkur ein Schweratmer gewesen sein.

– Ich hab noch 'ne Dose von dem Fisch und probier's jetzt noch ein letztes Mal, aber du mußt vorbeikommen und aufpassen, daß mir nichts passiert.

– Wir fahren aber übers Wochenende weg. Warte, bis wir wieder da sind.

Er räusperte sich. – Wo fahrt ihr denn hin? Er klang empört. Als ob es ihm völlig neu sei, daß ich ein von ihm unabhängiges Leben führte.

– Maryland, sagte ich. Zu 'ner Mißwahl.

– Macht deine Mutter da mit?

– Meine Schwester, flüsterte ich, weil ich es ihm gegenüber eigentlich gar nicht zugeben wollte.

– Sieht deine Schwester denn so gut aus?

– Frag mich das nie wieder, sagte ich.

Er lachte gekünstelt, aber ich ließ mich nicht blenden. – Du bist neunzehn, und sie ist dreizehn, erinnerte ich ihn.

– Ach, komm schon. Du bist doch mein Freund. An deine Schwester denk ich gar nicht. Wenn ihr am Sonntag wiederkommt, bin ich wahrscheinlich so weit, daß ich selber als Modell auftreten kann. Alles andere ist mir wurscht.

Packen war für mich eine Kleinigkeit; ich faltete nur drei Anzüge zusammen und legte sie mit frischer Unterwäsche in eine Reisetasche. Das Gepäck meiner Mutter ins Auto zu schleppen war noch viel einfacher, weil sich herausstellte, daß sie einen männlichen Sklaven hatte.

Er kam zur Tür herein, als ich gerade das Telefongespräch mit Ledric beendete. Der dünne Typ von nebenan.

– Wer bist du denn? sagte ich, als er hereinstiefelte.

Ein zweiter Mann folgte ihm. Viel größer und muskelbepackt. Sein Oberkörper war so massiv, daß er schon wieder ziemlich unpraktisch aussah.

Der Schlanke sagte: – Ich bin ein Freund deiner Mutter.

– Aber du bist doch in meinem Alter.

– Sie ist innerlich jung geblieben.

Hier hätte sich eine Schlägerei ergeben können; was der Schlanke da sagte, reichte mir bereits, um ihm den Unterkiefer zu zertrümmern. Theoretisch. Das letzte, was ich niedergemacht hatte, war allerdings ein Kitkat-Schokoriegel. Schlimmer, als den Namen meiner Mutter in den Schmutz zu ziehen, würde es sein, in meinem eigenen Wohnzimmer verprügelt zu werden.

– Wieso hast du eigentlich zu deiner Party letzten Monat keine Männer eingeladen? fragte der Breite.

– Ich weiß ja nicht mal, wie ihr heißt.

Aber inzwischen wußte ich und hatte damals auch schon gewußt, daß er Pinch hieß. Jedenfalls wurde er so genannt, aber scheiß doch auf diesen drittklassigen Mister Universum. Er war der Chef einer Sicherheitstruppe an einer Highschool in Brooklyn, fuhr einen hochgetunten Honda CrX. Ich wußte also durchaus, wer das war.

– Ich hab euch nicht gesehen, erklärte ich.

Der Freund meiner Mutter sagte: – Du hast direkt zu uns rübergeguckt! Ich hab dir von meiner Veranda aus zugewinkt.

Candan, der dünne Typ, wohnte in dem einstöckigen Steinhaus direkt rechts neben uns. Er lebte da mit seiner Mutter und seinem Vater. Er reparierte Klimaanlagen. Privater und industrieller Kundendienst. Mehrere Generationen an ein und derselben Adresse waren normal; wie überall auf der Welt gilt auch in Rosedale, daß es für Kinder das schlechteste ist, woanders hinzuziehen.

– Wann hast du meine Mutter kennengelernt? fragte ich. Candan, Pinch und ich waren allein im Raum.

Candan sagte: – Seit einem Jahr unterhalten wir uns manchmal miteinander.

– Unterhalten? Worüber?

– Wir unterhalten uns über dich, sagte er.

Candans Ohren waren so klein wie Vierteldollarmünzen. So klein, daß ich hätte wetten mögen, daß er im Sommer keine Sonnenbrille aufsetzte. Als mir das auffiel, schrumpfte seine Dominanz zusammen. Ich grinste sogar.

Pinch sagte: – Das wird ja bestimmt 'ne lange Reise. Fährst du, Anthony?

– Ja. Meine Mutter kann abends nicht länger als ein paar Stunden wach bleiben.

– Und ob sie das kann, sagte Candan.

– Das reicht! brüllte Pinch.

Ich war erleichtert, daß der Mann zu bändigen war. Wenn nicht von mir, so doch von jemand anderem.

Candan zeigte an mir vorbei den Flur entlang. – Jedenfalls hat sie mich gebeten, daß ich ihr Gepäck aus ihrem Zimmer hole.

– Die Tür ist abgeschlossen.

Das war meine erste Reaktion. Nicht etwa: Wieso du? Oder: Warum hat sie dich gebeten? Oder sogar: Warum zum Teufel hat die Scheißalte ausgerechnet dich Riesenarschloch gebeten?

– Deine Mutter hat mir den Schlüssel gegeben.

Er ging an mir vorbei. Pinch bat mich um ein Glas Wasser. Ich führte ihn in die Küche.

Pinch hatte ein Sweatshirt an, dessen Stoff an den Schultern, den Ärmeln und hinten ausgeleiert war. Überall ausgeleiert. Ich fragte mich, ob er einer dieser Typen war, die sonst nichts haben, Gehirn inklusive, oder ob man vielleicht auf ihm herumgetrampelt hatte, als er noch ein Kind war. Körperliche Fitneß verachtete ich grundsätzlich als Zeitvertreib der Hirnlosen. Und daß er gut aussah, hätte ich nie und nimmer zugegeben.

– Weißt du vielleicht irgendwas von dem, was meine Mutter Candan über mich erzählt hat?

Während er trank, glotzte Pinch nachdenklich den Boden des Glases an.

Ich hörte, wie die Schlafzimmertür meiner Mutter geöffnet wurde. Als Pinch ausgetrunken hatte, spülte ich das Glas dreimal ab, bis ich Candan wieder aus Mamas Schlafzimmer kommen hörte.

Ich ging in den Flur und knipste das Licht an, damit es dort nicht so zwielichtig war. Er schloß die Tür ab. Ich konnte ihn hören. Als er sich mit einer kleinen Tasche in der Hand umdrehte, fragte ich: – Kann ich mal sehen, was sie da drin versteckt?

– Wieso das denn?

– Ich bin schließlich ihr Sohn, sagte ich.

Flur, Wohnzimmer, Eingangstür. Candan stolzierte die Vordertreppe runter, erreichte meine Mutter und trat ihr verspielt auf die Zehenspitzen. Sie stieß ihn gegen die Schulter und hielt ihn fest. Er schob die Tasche zwischen sich und meine Mutter, und dann preßten sie sich von beiden Seiten gegen die Tasche.

Pinch fand diesen Auftritt genauso peinlich wie wir anderen auch. Er lehnte am Gartentor und sah weg, den Häuserblock entlang. Nabisase saß auf dem Fahrersitz, daneben Oma als Passagier. Als Mama und Candan anfingen zu turteln, zog meine Schwester an der Verriegelung neben ihrem Fuß und ließ die Kofferraumklappe aufspringen. Auf diese Weise war es schwieriger, das Pärchen im Rückspiegel zu beobachten.

Ich ging zu Mama und fragte: – Hast du diesem Typ irgendwas von mir erzählt?

– Ich möchte nicht, daß du dich aufregst, Anthony, sagte meine Mutter. Sie ließ Candans Hand los, als müsse sie sich an sich selbst erinnern. Wär's dir etwa lieber, wenn ich mich wegen solcher Kleinigkeiten aufregen würde?

– Willst du ihr etwa nicht antworten? Candan ließ meine Mutter los und grabschte statt dessen mich an. Stocherte mit einem Finger auf meiner Brust herum.

– C. D.! Was machst du denn da? Hast du nicht gehört?

Wenn die Sicherheitstüren an unseren Häusern aufgingen, gaben sie ein pneumatisches Zischen von sich. Das Geräusch erklang, nachdem Candans Vater gerufen hatte, ein Klappergestell vor ihrer Haustür.

– Ich hab doch gesagt, daß du im Haus bleiben sollst! schrie Candan zurück.

Candans Vater wurde der Präsident genannt, aber ich weiß nicht, ob das respektvoll gemeint war; vielleicht hatte sich sein eigener Sohn den Spitznamen ausgedacht, und dann hatte Candan es garantiert nicht freundlich gemeint. Der Präsident und seine Frau verfügten über einen bescheidenen Rentenfonds, aber Candan war ihr Sponsor. Das wußte ich, weil meine Familie genauso gern klatschte und tratschte wie ihr alle. Ein unvorteilhaftes Foto von Janet Jackson hielt meine Familie für den Gipfel des investigativen Journalismus.

– Ich brauch dich hier im Hinterhof, sagte der Präsident.

Candan gab meiner Mutter den silbernen Schlüssel. Sie lächelte und sah zu, wie er aus unserem Garten in seinen nebenan und zur Tür latschte, wo sein Vater ihn erwartete.

– Was brauchst du denn so dringend? fragte Candan etwas zu laut.

– Ich will nicht, daß du dich da drüben mit dieser Frau abgibst, sagte der Präsident.

Durch die entlaubte Hecke, die unser Grundstück von ihrem trennte, sahen Mama, Pinch, Nabisase, Oma und ich, wie Candan seinen Vater ins Haus schubste. Eine Hand auf dem Rücken des Präsidenten, und die andere drückte er ihm in den Nacken.

Oma kam aus dem Seiteneingang unseres Hauses und hielt ihre Handtasche so mit beiden Händen, daß die Träger vor ihren Schenkeln baumelten und die Tasche gegen ihre Knie schlug. Nabisase folgte ihr mit einem Matchbeutel über der Schulter; ihre drei Kleider lagen schon im Kofferraum. Mama stand neben dem Dodge und trommelte mit der freien Hand aufs Autodach.

Tageslicht umschmeichelte sie. Drei gutaussehende Frauen.

Ich ging ins Haus, um meine Brieftasche zu holen, die auf meinem Bett im Keller lag. Wieder oben, knipste ich die Lichter im Flur und in der Küche aus. Ging ins Wohnzimmer, um zu kontrollieren, ob das Bügeleisen noch an war, und da saß plötzlich dreißig Zentimeter vor mir Ishkabibble auf unserem Sofa.

Ich rief zweimal seinen Namen, und zwar so laut, daß man mich bis draußen hören konnte.

– Pssst! Er klopfte mir ans Bein. Pssst! machte er.

– Das ist Einbruch und Hausfriedensbruch, sagte ich.

– Solange die Hypothek nicht getilgt ist, gehört das Haus mir.

– Und was, wenn nicht ich, sondern meine Großmutter hier auf dich getroffen wäre? Die wär vor Schreck gestorben.

Er stand auf. – Ma'am ist zäher, als du dir vorstellen kannst. Ich wußte gar nicht, daß du so schreckhaft bist.

– Mach dich nicht über mich lustig.

Ishkabibble hob beide Hände und streckte mir die Handflächen entgegen. – Ich will dich doch nicht runtermachen oder sonstwas.

– Bist du durchs Fenster eingestiegen? Ich dachte, die Türen wären schon abgeschlossen?

– Ich bin in jedem Haus in diesem Block.

– Wie geht's deinem Nacken? konterte ich.

– Die Haut pellt sich immer noch, sagte er. Was macht dein Film?

– Ich hab noch nicht mal 'ne Idee.

– Denk dir übers Wochenende was aus. Wenn du wiederkommst, hab ich 'nen Vertrag für dich fertig. Sehr günstige Raten, garantiert.

Ich näherte mich ihm; entweder hupte meine Mutter da draußen schon länger, oder es hatte eben erst angefangen. – So einfach ist das?

– Wenn's nach mir geht, ist der Film schon so gut wie fertig.

Wir schüttelten uns die Hände. Wir umarmten uns. Jemand hämmerte gegen die Tür.

– Ich hab seinen Namen gehört! schrie Mama.

– Ich auch! stimmte Nabisase ein.

– Ishkabibble! brüllte meine Mutter.

– Du verwandelst dich jetzt mal lieber in 'ne Fledermaus und schwirrst ab, bevor meine Familie dich erwischt, sagte ich zu ihm. Sie zahlen nicht gern an dich und sehen es vor allem nicht gern, wenn du hier im Haus bist.

Er lächelte, als ob die Gefahr gering wäre, aber er hatte garantiert auch noch nie gesehen, wie meine Schwester zuschlagen konnte. Ich hörte noch andere Stimmen. Pinch. Candan. Sogar der Präsident. An der Treppe am Seiteneingang. Der Schlüssel meiner Mutter drehte sich in der Tür.

Als Pinch und Candan durch den Seiteneingang kamen, riß Ishkabibble die Vordertür auf. Die beiden Jungs waren schnell; ich hätte geschworen, daß sie ihn erwischten.

– Schnappt euch den Nigger! schrie Candan.

– Anthony, halt den Nigger fest! Pinch war jetzt auch dabei.

Ishkabibble rannte die Vordertreppe runter und schwang sich über die einszwanzig hohe Pforte. Weiter über die 229. Straße in Richtung der 147. Avenue, wo er einen Bus nach Far Rockaway erwischen würde.

Pinch zeigte auf mich. – Mit dem solltest du lieber nicht reden.

– Ich kann reden, mit wem ich will.

Kaum hatte ich's gesagt, tat es mir schon leid. Pinch hatte sich massiv vor mir aufgebaut. Sein Atem roch nach Mentholzigaretten. Das fand ich enttäuschend. Ich meine, wenn einer so viel trainiert und trotzdem raucht.

– Bist du jetzt mit ihm fertig? schrie Candan über Pinchs Schultern. Kannst ja mal versuchen, ob er mir nicht mein Auto abkaufen will.

Pinch atmete aus. Er klopfte mir auf die Schulter. – Ich will dir ja nur erklären, daß du dich lieber nicht mit dem abgibst. Der versucht, dich übers Ohr zu hauen, und es macht mich total wütend, wenn er das mit Leuten macht, die nicht auf sich selbst aufpassen können.

– Von wem redest du? Von meiner Großmutter?

Pinch sah mich nicht mehr an. – Ishkabibble kommt hier einfach rein und saugt uns aus. Davon rede ich. Er wird stinkreich, und wir leben wie Sklaven.

Ich nickte. Pinch und Candan liefen nach draußen. Sie sprangen in Candans Auto, einen weinroten '95er Toyota Camry mit einem Spoiler in Form einer Haifischflosse auf der Motorhaube. Der Wagen kam alles andere als langsam auf Touren, der hatte den Turbinenschub eines Düsenjägers.

8

Meine Schwester nahm an einer Mißwahl für Jungfrauen teil, einem Wettbewerb, bei dem sie meiner Meinung nach gute Gewinnchancen hatte. Süß genug war sie sowieso, und außerdem: Wie viele Teenagerhymen waren in Amerika denn überhaupt noch unversehrt? Selbst die emugesichtigen Mädchen hatten doch ihre Initiationserfahrungen schon mit zwölf. Jedenfalls dürften nur wenige Mitbewerberinnen bessere Chancen haben.

– Du könntest tatsächlich gewinnen, sagte ich zu Nabisase.

– Freut mich, daß dich das überrascht, sagte sie.

– So hab ich's nicht gemeint. Ich verließ unseren Häuserblock und fuhr Richtung Belt Parkway.

– Wieso hat Ledric eigentlich gesagt, daß er dich im Knast kennengelernt hat? fragte meine Schwester.

– Das sollte wohl ein Witz sein, sagte ich.

– Wo hast du ihn denn getroffen?

– Im *Haus der Heilung.*

New Jersey spielt zu Unrecht das Arschloch. Es gibt so viele Witze über die Industrieschwaden, die über dem Staat wabern, und in der Gegend der I-95, wo ein Gestank wie Darmkrebs in der Luft liegt, stimmt es ja auch, aber nicht für das New Jersey der I-78.

Die Interstate war durch große, dunkelbraune Betonpoller unterteilt, die unsere Spur gegen den Andrang von Ulmen und Roteichen verteidigte, die sich so dicht an die Straße drängten, daß sie über die Spurteiler ragten und fürchterlich wogten, wenn starke Windböen sie schüttelten.

Ich war aber sehr zufrieden. Mama ließ mich fahren. Mit diesem Fahrzeug besaß ich Macht über eins der vier Weltwunder der modernen Zeit: automatisierte Zerstörung. Ein anderes war der Genuß eines süßen, feuchten Cunnilingus ohne Reue.

Eine Stunde von New York entfernt kamen wir an einem Farmhaus vorbei, auf dessen eingezäunter Weide zwei braune Fohlen grasten. Sie hielten ihre Köpfe ins Gras, waren aber noch zu wackelig auf den Beinen, um zu fressen. Fohlen. Ich kannte das Wort für ein noch nicht der Muttermilch entwöhntes Pferd, hatte aber noch nie eins gesehen. Pferde waren für mich wie Tropenfrüchte: Ich konnte mir nicht vorstellen, daß sie im Tristate-Gebiet gezogen werden. Mir war nie aufgefallen, daß es Pferde sind, die die Kutschen durch den Central Park ziehen; ich hatte geglaubt, es seien Maultiere. Meiner Ahnungslosigkeit nach hätten es genausogut Okapis sein können. Sogar in Ithaca hatte ich die Welt, die jenseits meines Zimmers lag, vorsätzlich ignoriert.

Wir kamen an einem Friedhof vorbei, der oberhalb des Highways lag. Nabisase bekreuzigte sich, aber ich mißtraute ihrer frisch erworbenen Frömmigkeit. So einfach kann das doch gar nicht gehen. An einem Tag zertrümmert sie noch eine Tonschale auf dem Kopf unserer Mutter, um am nächsten schon die Eucharistie zu empfangen? Das war doch nur eine Methode, um uns allen ein schlechtes Gewissen zu verpassen. Sie hatte jetzt auch einen Rosenkranz aus Plastik, obwohl die Apostolische Kirche Christi nicht mal annähernd katholisch war. Jede Wette, daß ich das Ave-Maria besser herbeten konnte als sie.

Meine Schwester und ich waren derart hartgesottene Heiden, daß es mich wundert, daß wir bei der Taufe keine Blasen geworfen haben. Vorfahrtsschilder beachtete ich sehr viel orthodoxer als die Gebote, die Gott Moses gegeben hatte. Falls Nabisase etwas von meiner Skepsis ahnte, ließ sie es sich allerdings nicht anmerken. Sie saß auf dem Beifahrersitz und schlug angesichts der Grabinschriften aus Bronze und Granit, die das Sonnenlicht reflektierten, das Kreuzzeichen. Ein Feld aus lauter Gemmen, die den ganzen Tag strahlten.

An der US-22 verkündete ein Schild: Willkommen in Pennsylvania.

So weit gekommen zu sein, erschien uns wie eine tolle Leistung. Wir klopften uns gegenseitig auf Schultern und Schenkel und sagten: – Wir sind in Pennsylvania. Wir sind in Pennsylvania.

Das leere Weideland wurde nun links und rechts von Maisfeldern abgelöst. Das verwirrte mich derart, daß ich von der Fahrbahn abkam. Ich hatte Angst, daß wir in einem Wimpernschlag tausend Meilen gefahren sein könnten, und fragte: – Sind wir immer noch in Pennsylvania?

Mama sah aus dem Fenster. Ich beobachtete sie im Rückspiegel. Sie hatte geschlafen, war jetzt aber wach genug, um in Panik zu geraten.

– Wir sind in Pennsylvania, sagte Nabisase. Guck dir doch die Wegweiser an.

Dreißig Meter vor uns stand ein kleiner, schwarz-weißer Wegweiser aus Metall am Straßenrand: US-22. Oma wollte wissen, warum wir anhielten, Mama auch. Beide fragten, ob es mir nicht gutgehe. Das fragten sie vierzehnmal, oft genug also, um sich um ihre eigene Zurechnungsfähigkeit größere Sorgen zu machen als um meine.

Ich fuhr weiter, erklärte aber nichts; angehalten hatte ich, weil ich immer geglaubt hatte, daß Mais nur im Mittleren Westen wuchs. Daß er an der Ostküste aus Dosen kommt.

Ich war eben nur ein schlichter, kleiner Stadtjunge. Kein Landei.

Wir erreichten Baltimore. – Welche Ausfahrt? fragte ich meine Mutter.

– Gar keine.

– Ich dachte, wir fahren nach Maryland?

– Nach Virginia. Du hörst einfach nicht zu.

In Baltimore, dieser Stadt mit zwei Seiten, war ich schon einmal gewesen. Lag an einem Häuserblock noch die halbwegs feudale Penn Station, so gammelte schon vier Blocks weiter ein Halbkreis verkommener Reihenhäuser vor sich hin. Die Stadtviertel wirkten wie unvermittelte Stimmungsschwankungen von gut zu schlecht, von deprimierend zu aufgeräumt.

Ich war zur Hochzeit eines alten Freundes nach Baltimore gekommen.

Am Abend vor der Hochzeit fuhren seine Onkel uns in ein kleines Striplokal namens *Eldorado*. Trotz all der betörenden Nacktheit blieb der Abend für mich trübsinnig, weil ich soviel zugenommen hatte und von der Schule verwiesen worden war. Und weil ich seit vier Tagen in den gleichen Klamotten steckte und nicht täglich hatte duschen können, wie es sich gehörte.

Einer meiner Freunde bezahlte eine der Frauen dafür, daß sie sich auf eine Plattform in Höhe meiner Brust stellte und zwanzig Minuten mit ihrem Arsch vor meiner Nase herumwackelte: ein Partyspaß. Weil sie schon zu lange gearbeitet hatte, war sie verschwitzt, aber ihr Arsch war kalt, eiskalt.

Sie richtete mich irgendwie auf, was sie aber gar nicht mitbekam, weil sie mir die ganze Zeit den Rücken zuwandte. Hätte sie sich umgedreht, hätte ich mit ihr reden können, obwohl sie für ein weiteres, hohles Kompliment garantiert nicht mehr empfänglich war.

Während sie mit dem Hintern wackelte, klatschte ich ihr mit den Händen auf die Arschbacken. Ich schob ihr einen Fünf-Dollar-Schein ins Strumpfband, das ihren Körper zusammenhielt. Über der Brust des angehenden Ehemanns hing eine Dame kopfüber, ihre Muschi baumelte ein paar Zentimeter unter seinem Kinn; er war so kräftig, daß er sie im Stehen so halten konnte, als trüge er die Stripperin wie ein Medaillon.

Meine Tänzerin verlor schließlich das Interesse an mir, weil ich ihren Arsch nicht mehr tätschelte oder befummelte noch nach ihren Titten grabschte und mich überhaupt nicht mehr regte. Ich stand da einfach mit den Händen auf ihrem Hintern und geschlossenen Augen, so daß es aussah, als weinte ich. Vielleicht weinte ich wirklich.

Wie übel muß man sich eigentlich verhalten, damit eine Stripperin zusammenzuckt? Gut, «übel» ist nicht das richtige Wort, weil «übel» zu allgemein ist. Hätte ich sie an den Haaren gezogen, hätte sie das wohl eher verstanden; es hätte sehr wohl ins Verhaltensspektrum betrunkener, männlicher Aggressivität gepaßt. Sie fühlte sich unwohl, weil traurige Männer in Striplokalen immer sentimental werden. Es war einfach so, daß ich das Geld in ihrem G-String sah und mit einer Sammelbüchse verwechselte. Ich glaubte zu wissen, wo ich war.

– Du hast an der falschen Stelle nach so etwas gesucht, sagte meine Mutter bedrückt.

Die längliche Sonne verströmte grelles Tageslicht. Ich hoffte, sie hätte meine Schwester gemeint. Ich versuchte, meine Familie so verstohlen wie möglich zu beäugen, aber sie starrten mich alle an.

Stilles Auto.

Stilles Auto.

9

Weil Mama entlang der I-78 Hundefigurinen kaufen wollte, würden wir wohl zum Miß-Unschuld-Wettbewerb zu spät kommen. Diese Reise verjüngte sie.

– Raststätte! rief Mama.

An einer Tankstelle in Maryland kaufte sie sich einen gelben Schal und band ihn sich um den Hals. Bereits zweimal hatten wir beobachtet, wie sie mit Tankwarten flirtete; Oma lutschte an ihren Zähnen herum, während meine Schwester ihr müdes Gesicht ans Wagenfenster lehnte. In wärmeren Gefilden mußte Mama ihre ätherische Figur nicht unter unförmigen Mänteln verstecken.

– Raststätte! schrie Mama wieder.

Ich parkte den Wagen, und Nabisase half Oma, zur Toilette zu gehen. Meine Mutter durchforstete in Windeseile den Souvenirladen der Raststätte nach Sammelfiguren mit hündischen Zügen.

Im Kofferraum lagen bereits ein paar ausgestopfte Spielzeughunde, ein gußeiserner, deutscher Schäferhund und ein Basset aus Glanzkohle. Für Mamas neu entdeckte Leidenschaft könnt ihr meinetwegen mich verantwortlich machen; als ich noch ein Kind war, hatte ich den Fehler begangen, mir inständig einen Hund zu wünschen. Ich schnitt das Thema an, nachdem es nach meiner Baltimore-Geschichte im Auto mucksmäuschenstill geworden war. Ich brachte die Hundearie nur deshalb vor, um damit Worte wie «Stripperin», «Hintern» und «ich» vergessen zu machen. Ich hatte nicht damit gerechnet, daß meine Mutter ausrasten würde. Aber sie verstand es so, als wollte ich sie für einen Erziehungsfehler verantwortlich machen.

Mama blieb auf dem Rücksitz sitzen, während Oma und Nabisase zur Toilette gingen; ich hielt mich an einer Stelle des Steuers fest, die noch kühl war. Meine Mutter und ich saßen im Auto und sahen aus dem Fenster.

– Wir haben jetzt genug, sagte ich freundlich und diplomatisch zu ihr.

– Du hast gesagt, was du dir immer gewünscht hast, und also besorge ich dir das jetzt.

– Ich hab es doch bloß so erwähnt. Zum Zeitvertreib. Das darfst du nicht so ernst nehmen.

– Ich habe dich sehr wohl verstanden! Sie senkte die Stimme und sagte: – Hund!

– Wie viele Worte sag ich in einer Stunde? Und du bleibst ausgerechnet auf diesem einen hängen?

– Es geht nicht an, daß ich deinetwegen all diese schönen Sachen kaufe, und dann wirst du sauer, weil ich es tue, sagte sie.

Vor dieser Raststätte wehten drei Flaggen: Vereinigte Staaten, Maryland und Kriegsgefangene & Vermißte.

Gab es etwa immer noch Amerikaner in Vietnam? Ich fragte mich, ob ich überhaupt das Recht hatte, mich das zu fragen. Diese schwarzen Flaggen mit ihren schuldbewußten Silhouetten waren Erinnerungsstücke, die jeder noch Lebende erwerben konnte, aber welchen Zweck erfüllten sie für die Phantome in kambodschanischen Kerkern? Die Lebenden erlösen die Toten nicht. An dieser Reise hätte genausogut mein Onkel Isaac teilnehmen können. Zwischen Mama und Oma war auf dem Rücksitz jedenfalls noch ein Platz frei.

– Schon wieder? rief meine Schwester, beugte sich vor und sah auf die Autouhr.

Bei unseren Stopps hatte meine Schwester bislang Gelassenheit geheuchelt, aber das war jetzt der siebte. Nabisase

117

wurde beinah hysterisch und zappelte herum, als würde sie gleich A-A auf den Autositz machen.

– Ich muß mich doch anmelden, jammerte Nabisase. Und meine Kostüme anprobieren.

– Ich weiß, sagte Mama.

– Und ich muß auch schlafen, fuhr Nabisase fort. Morgens müßte ich eigentlich auch in die Kirche.

Als wir anhielten, verließ nur meine Mutter den Wagen. Oma, Nabisase und ich blieben sitzen. Ich reckte den Hals, um mir den Kopf am Stoff des Autohimmels zu reiben. Das Geräusch war beruhigend.

Oma langte nach vorn und berührte meine Schwester im Nacken. – Wir haben alle schon mal mitgekriegt, daß Mama sich so verhalten kann.

Nabisase sackte scheintot zusammen. – Anthony, wenn du jetzt einfach losfahren würdest, fänden wir das in Ordnung.

Ich nickte in brüderlicher Verbundenheit, wußte aber genau, daß meine Schwester es gar nicht so meinte. Was für schreckliche Dinge die Leute doch manchmal so sagen.

Um 20 Uhr 30 überquerten wir die Mason-Dixon-Linie. Ab jetzt waren wir das Problem des Südens.

10

Beim neunten Zwischenstop kapitulierten Oma, Nabisase und ich; Mama hatte alles unter Kontrolle. Sie sah das Schild und dirigierte mich über eine geschwungene Ausfahrt vom Highway. Wir stiegen alle aus, weil meine Mutter es so wollte. Begeisterungsfähige Menschen sind Führernaturen.

Doch statt eines leeren Rastplatzes gab es hier eine von Menschenmassen umlagerte *McDonald's*-Filiale.

Studenten warfen verfaultes Fleisch in die Menge, womit sie gegen den Einsatz chemischer Mittel in der Fleischproduktion protestierten. Es war schon Nacht, aber wir konnten alles klar erkennen. Die Lampen der Raststätte strahlten, und eine Filmcrew hatte außerdem noch Scheinwerfer aufgebaut. Eine kleine Glanz- und Glamourwelt auf dem Hügel.

Die Studenten hatten die Ausfahrten für Lkw und Pkw mit einem langen, gelben Schulbus blockiert. Fahrzeuge kamen an, konnten aber nicht mehr weiterfahren. Die Parkplätze waren gerammelt voll. Auf den Rasenflächen standen Kleinbusse. Ich fuhr so dicht wie möglich heran, aber der Stau war schon ein ganzer Stausee.

An der gelben Karosserie des Busses war ein weißes Transparent mit der Aufschrift «Uns stinkt's gewaltig» befestigt.

Ich, Oma, Nabisase und Mama gingen zu dem Menschenauflauf, weil der sich nicht von der Stelle bewegte. Ich wollte wieder in den Dodge Neon steigen und versuchen, uns im Rückwärtsgang über die Auffahrt auf die Interstate zu mogeln. Aber da meine Familie vom Sensationellen berauscht war, freute sie sich über die Sache. Sie wollten näher heran und zugucken.

Im *McDonald's*-Restaurant preßten etwa dreißig Kunden ihre Nasen gegen die Fensterscheiben und glotzten nach draußen. Der Geschäftsführer stand an der Tür und öffnete sie gelegentlich, um einige Normalbürger einzulassen, aber alle paßten wir da nicht rein. Deshalb mußten viele Frauen und Männer mittleren Alters draußen bleiben; sie trugen bequeme Hosen und weiße Laufschuhe.

Die College-Studenten hielten noch Distanz zum *McDonald's*-Eingang. Sie entfernten sich kaum mehr als drei Meter von ihrem Bus. Das war typisch für ihr Alter. Mutig waren sie nur in der Masse. Auf der Schule war ich genauso gewesen, immer lustig dabei, wenns um ein Sit-in mit hundert anderen Jungs und Mädchen ging, aber tadellos wohlerzogen, wenn ich allein war.

– Nur Mörder fressen Fleisch! Freßt nicht den Burgerscheiß!

Meine Familie war jetzt so nah wie möglich am Ort des Geschehens. Viele Familien schauten von ihren geparkten Wagen aus zu. Die Masse der Demonstranten rottete sich vor *McDonald's* zusammen, während einige der Jugendlichen herumliefen und Flugblätter verteilten. Ich stand so dicht an der Eingangstür des Restaurants, daß ich den Milchshakemixer sehen konnte, und mir lief das Wasser im Mund zusammen. Meine Erdbeermilchshaketräumerei wurde von einem pummeligen Mädchen gestört, die Sportschuhe mit Plateausohlen anhatte und meiner Schwester und mir knallharte Fakten über die Fleischproduktion in die Hand drückte. Die furchtbare Wahrheit stand schwarz auf rotem Papier.

Oma hielt sich an meinem linken Arm fest; sie war so leicht, daß ich sie auf dem Kopf hätte tragen können. Da wäre sie auch sicherer gewesen.

Die Raststätte bestand eigentlich nur aus einer Tankstelle und dem *McDonald's*-Restaurant. Es gab noch einen zweiten Parkplatz, der aber von dem Bus der Demonstranten blockiert war, so daß die Autos nicht hinkamen. Die Bogenlampen waren dort nicht mal angeschaltet. Den einzigen Beweis seiner Existenz bildeten die mattweißen Parkstreifen auf dem Pflaster.

Als Nabisase und ich die Flugblätter weggeschmissen hatten, kam das pummelige Mädchen zurück, drehte eine Runde und sammelte die herumliegenden Blätter wieder auf. Sie würdigte uns keines Blicks, bewegte aber lautlos die Lippen.

Inzwischen waren Mama, Oma, Nabisase und ich eingekeilt, zwischen *McDonald's* und den Leuten hinter mir. Ich meine nicht die Demonstranten, sondern andere Familien. Nachdem sich immer mehr von uns näher herantrauten, faßten auch diejenigen Mut, die noch in ihren Autos ausgeharrt hatten.

Unter den lautstarken Demonstranten war eine Frau, die sich von den anderen unterschied. Sie war, anders als die vegetarischen Jugendlichen, groß und schlank und schwarz. Manchmal beteiligte sie sich an dem Fleisch/Scheiß-Singsang, aber manchmal gab sie auch dummes Zeug von sich. – Anchorage! rief sie. Wo ist Anchorage?

– In Alaska, flüsterte ich unwillkürlich.

Der *McDonald's*-Geschäftsführer kam raus und brüllte: – Die Polizei kommt!

Die große Frau antwortete: – Das hast du schon mal gesagt.

– Halt dich da raus, AnnEstelle!

– Die Kids sind hier doch bloß auf der Durchreise, Claude, aber ich weiß, daß manche Leute jeden Tag dein Gift fressen. Wo ist Anchorage?

Ich wußte nicht, wonach sie sich erkundigte, aber der Geschäftsführer schien sie zu verstehen. – Bring bloß nie wieder dies Ding hierher mit, AnnEstelle.

Die Filmcrew war wegen der Collegestudenten gekommen. Vier Männer mit Kameras, ein fünfter als Toningenieur und noch ein riesenhafter Herr, schätzungsweise zweizehn groß. Er trug einen feinen Anzug und machte sich Notizen.

– Ich kenne den Mann, sagte meine Mutter.

Inzwischen war meine Familie dichter dran als je zuvor. Vier Leute drängten sich auf einer Fläche zusammen, die kaum für zwei reichte. Nabisase und Oma waren praktisch an mir hochgeklettert.

Nabisase sagte: – Der ist vom Fernsehen. Sie zeigte auf den riesigen Mann, aber ich konnte ihn nicht einordnen. Der Anzug hatte es mir angetan. Ein gedeckter, brauner Farbton. Und er hatte sogar die passende Weste dazu. Mann, das war vielleicht geschmackvoll!

In meinem Film könnte es um einen menschenfressenden Mob von Vegetariern gehen.

Na gut. Das war noch nicht das letzte Wort.

Dann warf AnnEstelle Tierknochen vor den *McDonald's*-Eingang. Genauer gesagt: Oberschenkel. Und die sind groß.

AnnEstelle leerte einfach einen Sack, als würde sie einen Wäschebeutel ausschütten. Die grellen Scheinwerfer der Filmcrew wärmten mein Gesicht. Claude, der *McDonald's*-Geschäftsführer, schloß wieder die Tür. Die Knochen waren noch blutig; eine schleimige Flüssigkeit glänzte auf ihnen.

Ich merkte, daß sogar den anderen Demonstranten übel wurde, weil sie nicht mit den Knochen gerechnet hatten. Viele ließen ihre Flugblätter fallen. Ein dürrer Junge rannte in den gelben Bus zurück.

Eine etwa fünfzigjährige Frau neben mir, die weiße Jeans und hochhackige Schuhe anhatte, sagte: – Riesensauerei.

Der Mann neben ihr hatte einfach zuviel Gesichtsbehaarung. Ich meine, sieben Lagen Vollbart plus Schnurrbart. Falls er darunter Backen haben sollte, konnte ich die nicht erkennen. – Maryland hat mir noch nie gefallen, sagte er.

Das einzige Geräusch, an das ich mich erinnern kann, war ein dumpfes Blubb, mit dem das Transparent gegen den gelben Bus klatschte.

Alle, alle, alle rannten.

Selbst wenn ich es versucht hätte, wäre es unmöglich gewesen, in der Nähe meiner Familie zu bleiben. Um Elemente in ihre Einzelteile zu zerlegen, funktioniert eine Zentrifuge weniger effektiv. Einhundert und ein paar zerquetschte Menschen stoben in ebenso viele Richtungen auseinander. Zertrampelt zu werden ist für Elefantentrainer so gefährlich wie für Leute, die sich mir in den Weg stellen. Ich wußte, daß Oma umgestoßen wurde, vielleicht sogar von mir selbst.

Während ein Teil der Masse versuchte, ins *McDonald's*-Restaurant einzudringen, und der größere Teil sich zu den geparkten Autos wälzte, gelang es mir als einzigem, den hinteren Parkplatz zu erreichen.

Die Bogenlampen waren ausgeschaltet. Am Horizont zog sich die Schattenlinie einer Hügelkette hin. Der Parkplatz kam mir so einsam vor, als wäre er dem Land wieder zum Opfer gebracht worden. Und der Lärm aus Gebrüll, Automotoren und Polizeisirenen verfolgte mich nicht bis hierher. Er wurde abgelöst vom schweren Atmen der Nacht. Eigentlich eher ein schnaubendes Geräusch.

Vor mir lief eine Kuh einem geparkten Lastwagen entgegen.

– Hey, sagte ich, aber die Kuh lief weiter.

– Hey, Kuh!

Sie stoppte, sah mich aber nicht an. Der Lastwagen war

hundert Meter entfernt, näher an den Hügeln als an uns beiden. Die Kuh war sogar noch massiger als ich.

– Sei still, flüsterte sie.

Zum Thema Geld: Hätte ich tatsächlich eine sprechende Kuh entdeckt, hätte ich schon gewußt, wie die Story zu versilbern gewesen wäre. Den *Enquirer* oder den *Star* kann man vergessen, das waren ja nur noch Magazine mit Promiklatsch. Eher den *National Examiner* oder den soliden *Globe*. Es wäre mir lieber, wenn ich diese Unterschiede nicht kennen würde, aber so ist das leider nun mal. Mama und Oma hatten die nämlich abonniert.

Trotzdem war ich erleichtert, eine kleine Frau vorzufinden, die auf der anderen Seite der Kuh ging und sie an einer Leine führte. So ging mir zwar der Artikel durch die Lappen, aber ich blieb bei Sinnen. Die Frau war nur einsfünfzig groß und trug weiße Leinenschuhe. – Ist das deine Kuh? fragte ich.

– Die gehört meiner Familie, sagte sie.

Da ich meinen Anzug anhatte, hätte ich respektgebietend wirken müssen, aber sie blieb völlig unbeeindruckt. Die kleine Frau fuhr sich mit der Hand durch ihre braunen Haare; wie sie mich so von der Seite ansah, erinnerte sie mich an einen Kakadu.

– Ich bring Anchorage da jetzt rein. Wenn es dir nichts ausmacht, verhalte dich bitte ruhig.

– Mach ich, wenn ich dir helfen darf. Das ist Anchorage? Was soll ich machen? Schieben?

– Das ist doch kein Einkaufswagen, sagte sie.

– Ich frag ja nur. Kann ich doch nicht wissen.

– Mach die Ladefläche auf und zieh die Rampe runter.

– Und was ist, wenn ich schreie?

– Dann kommen die Bullen und nehmen mir mein Tier weg.

Als ich zum Heck des Lastwagens ging, sah ich mich nach Anchorage um. Ihr Kopf war so groß wie mein Brustkorb.

– Ich glaub, die andere Frau hat nach ihr gesucht, sagte ich.

– Anchorage gehört ihr aber nicht.

– Gehört sie dir denn?

– Sie gehört unserem Vater.

– Meinst du Gott?

– Meinen und AnnEstelles.

– Ist AnnEstelle die laute Frau?

– AnnEstelle ist meine Schwester. Ich bin Fane.

Sie gab der Kuh einen Klaps gegen die Hinterläufe, um sie die Rampe hinaufzubewegen. Anchorage ging zwei Schritte auf den Lastwagen zu, was beinah reichte.

Überm Dach des *McDonald's*-Restaurants konnte man jetzt Polizeilichter sehen. Sie blitzten rot von unten in den Himmel.

– Meine Familie wartet, sagte ich entschuldigend, um mich verdrücken zu können. Wir hatten noch zwei Stunden Fahrt bis Virginia vor uns. Es war jetzt 21 Uhr. Wieso fand die Demo eigentlich erst so spät statt?

– Für die Kids ist das nur eine Zwischenstation. Das ist gar nicht ihr eigentliches Ziel. Aber als meine Schwester hörte, daß sie hier vorbeikommen, ist sie rausgekommen und hat sie angefeuert.

– Verhaften die Bullen jetzt AnnEstelle?

– Sie bringen sie schon wieder zu mir nach Hause. In ein paar Stunden.

Sie stellte sich jetzt neben den Kopf des Monsters. Denn das war Anchorage für mich. Wäre ich ihr in einem verlassenen Landstrich über den Weg gelaufen, hätte ich diesen Teufel abgeknallt. Fane strich ihr über die Ohren, woraufhin

Anchorage sich wieder zurückbewegte. Fane flüsterte oder summte schon fast etwas an der Seite von Anchorages Kopf. Ich spürte Schmutz in meiner Nase; er war so körnig, daß ich mir die Nasenflügel zusammenpressen mußte, aber dadurch trieb ich mir den Schlammgeruch nur hoch hinter die Augen.

Ich berührte die Kuh gar nicht richtig, sondern hielt meine Hand zwei Zentimeter vom Fell entfernt und strich so mit der Handfläche an dem massigen Körper vorbei. Das war schon reichlich nah für meine Verhältnisse. Mehr hätte ich mir auch gar nicht zugetraut, aber dann bemerkte ich den farblosen Fleck, einen Kreis, der etwas größer als meine Faust war, zwischen einem Rippenpaar. Ich berührte ihn und schrie so laut auf, daß man mich bis zu den Grand Tetons hören mußte, jede Wette.

– Sei doch still! Hat sie dir einen verpaßt?

– Deine Kuh ist ja aus Plastik, sagte ich. Wußtest du das schon?

Bevor sie zu mir kam, begann sie schon zu lachen, was mich erröten ließ. Ich legte mir die Hände vor den Mund, aber nicht vor Überraschung, sondern weil ich verbergen wollte, wie peinlich mir das war. Was hätte ich denn sonst zu ihr sagen sollen? Schließlich befand sich an der Flanke der Kuh eine faustgroße Plastikkappe.

– Siehst du, was ich meine? sagte ich, als sie neben mir stand. Ich pochte mit einem Fingerknöchel gegen die kleine Plastikscheibe. Dann schraubte Fane sie auf.

Die Kappe ließ sich von dem Tier abdrehen wie der Tankverschluß von einem Auto. Ich nahm meine Hände vom Mund und bedeckte nun meine Augen, weil ich dachte, daß jetzt Blut oder die Säure von vier Mägen herausschießen würde. Sie sagte: – Du brauchst keine Angst zu haben.

Trotz abgedrehter Kappe stand dies achtzigtausendpfündige Säugetier ganz gelassen auf dem Parkplatz; ein offener Tunnel führte ins Innere.

– Hast du ihr das angetan? fragte ich.

– Nein, aber ich hätte es auch getan.

– Magst du Anchorage denn nicht?

– Ich liebe Tiere.

– Wie viele hast du denn?

– Noch sechs Holsteiner. Und zwei Sauen.

– Haben die alle so eine Plastikkappe?

– Natürlich nicht. Die anderen Kühe geben ganz normal Milch. Anchorage hat da Probleme. Wir mußten ihr also helfen. Man kann da reingreifen und prüfen, ob sie ihr Fressen richtig verdaut. Wir dachten, daß da ihr Problem liegt.

– Darf ich auch mal reingreifen?

– Was glaubst du wohl, was dann passiert?

Ich spürte den Drang, ehrlich zu sein. – Zauberei?

Fane erklärte mir, daß man einen langärmeligen Handschuh brauchte, wenn man dort hineingreifen wollte. Ich zog mein Jackett aus und rollte den Hemdsärmel hoch. So war es mir möglich, eine Hand durch die Öffnung zu schieben. Ich spürte ein paar Zentimeter Plastik wie die Innenseite eines Trinkhalms. Als ich meinen Arm bis zum Ellbogen weiterschob, fühlte ich einen feuchten Magen; ich rieb mit den Fingern gegen die Wände. Ich suchte darin nach einem Goldbarren.

– AnnEstelle führt das manchmal als Trick vor. Wenn sie vor Restaurants ihre Demos abzieht. Sie holt dann einen Puppenkopf, so groß wie ein Baseball, aus Anchorages Magen und schwenkt ihn vor den Leuten, die zugucken. Das soll sie daran erinnern, was sie essen.

– Funktioniert das?

– Die Leute müssen dann kotzen.

– Kotzen sich selbst in den Schoß, was? fragte ich. Ekelhafte Vorstellung, aber auch irgendwie aufregend.

– Dann muß ich kommen und Anchorage wegbringen, weil die Polizei normalerweise meine Schwester abführt.

Ich versuchte, noch tiefer in die Kuh hineinzufassen. Ich wollte die andere Seite ihres großen Magens berühren, um sicher zu sein, daß es eine andere Seite gab. Ohne jenen fernen Punkt zu erreichen, fühlte es sich so an, als schwebte meine Hand lediglich durch feuchte Luft.

– Seit wann mußt du dich so um sie kümmern?

– Das war immer schon so.

Als ich in Ithaca wohnte, war ich der einzige, der unter meinen chaotischen Zuständen litt. Ein ungewaschener Körper oder der lautstarke Streit, den ich mit einem Geschäftsführer in Wegmans Supermarkt führte, nachdem ich eine Schachtel Cracker in meiner Hosentasche hatte verschwinden lassen.

– AnnEstelle entschuldigt sich aber jedesmal, erläuterte Fane.

– Und das reicht dir dann?

– Kommt drauf an, was sie mir am Tag vorher angetan hat.

Nabisase wartete vermutlich mit verschränkten Armen und wenig Vertrauen in mich am Auto. Ich hab den Schlüssel, dachte ich. Ich sollte jetzt mal gehen und sie reinlassen.

11

Unser Auto erreichte die Stadtgrenze von Lumpkin, Virginia, um ein Uhr morgens. Wir vier schliefen. Jedenfalls fuhr ich keineswegs, sondern hielt lediglich das Lenkrad warm. Unsere Sieben-Stunden-Tour hatte zehn Stunden gedauert. Da wir unsere Augen geschlossen hatten, gab es zumindest weniger Komplikationen mit dem Leben als solchem.

Als die ersten Siedler durch den amerikanischen Mittelwesten gezogen waren, hatten sie sperriges Mobiliar wie Kommoden oder große Holzvitrinen einfach stehenlassen, sobald ihre Pferde kurz vorm Erschöpfungstod standen. Wenn die Siedler in der Annahme anhielten, bereits ihr Ziel erreicht zu haben, verwandelten sich die zugemüllten Treckpfade in Möbelschaufenster. Andere Reisende müssen sich später gefragt haben, wieso die Siedler ihr Zeug ausgerechnet hier und nicht zwanzig Meter weiter abgestellt hatten. Wieso nicht zehn Meilen früher? Und wieso überhaupt?

Auf ähnliche Weise erreichten wir Lumpkin. Wie manch andere Entdecker vor uns hielten wir erst an, als unser Auto von den ausgetretenen Pfaden abkam.

Zum Glück befanden wir uns auf der rechten Spur der I-81, so daß wir nur auf die Grasnabe am Straßenrand rutschten. Der neue, weiße Wagen war eins dieser Modelle ohne echte Ecken und Kanten und muß von weitem wie eine riesige Kommode ausgesehen haben. Als der holprige Boden unser Auto erzittern ließ, wachte ich auf. Während ich der richtigen Interstateausfahrt entgegensteuerte, hatte ich das Gefühl, daß die ganze Welt im Tiefschlaf lag. Außer mir.

– Das war gefährlich, flüsterte meine Schwester.

Lumpkin war eine eichelförmige Stadt von 20 000 Einwohnern. Die einzigen Hotels lagen alle direkt am abgerundeten Ende der Interstate. Für die Miß-Unschuld-Bewerberinnen samt zwei Familienmitgliedern war das *Comfort Inn* vorgesehen. Ein gemütliches, zweistöckiges, in U-Form angelegtes Gebäude. Während meine Familie an der Rezeption eincheckte, schleppte ich als Maultier die Koffer und Kostüme in die Lobby.

Die Wettbewerbsbedingungen verlangten, daß ich in einem anderen Hotel abstieg. In Sachen der Miß-Unschuld-Wahl achtete man strengstens darauf, den Anstand zu wahren. Und zwar derart streng, daß man von meiner Schwester sogar verlangte, einen Vertrag zu unterzeichnen.

Nabisase hätte es wohl gern gesehen, wenn Mama sich den Vertrag erst einmal durchgelesen hätte, aber Mama mußte Oma zum Fahrstuhl tragen, weil Oma nicht mehr laufen konnte.

Bei der Panik vor *McDonald's* war Oma ein Fuß gequetscht worden, während ich gerade meinen Arm in die Kuh gesteckt hatte. Als Oma versuchte, vom Auto ins *Comfort Inn* zu gehen, knackte es hörbar in ihrer Hüfte.

Ich schlug vor, sie ins Krankenhaus zu bringen, aber Oma wollte sich den Schmerz nicht nehmen lassen. Wollte ihn strategisch einsetzen.

– Wenn wir nicht dauernd angehalten hätten, wäre ich nicht verletzt worden, sagte sie auf der letzten Etappe vor Lumpkin.

Um Buße zu tun, schleppte Mama Oma vom Auto ins *Comfort Inn*, zum Fahrstuhl und in ihr Zimmer. Wir schnallten meine Großmutter auf den Rücken meiner Mutter, indem wir mein Jackett wie eine Aderpresse benutzten, nämlich in der Mitte zusammengeschnürt.

Seitdem wir dem Chaos an der Raststätte entkommen

waren, hatte Mama kein Wort mehr gesagt. Sie war so still, daß ich immer wieder in den Rückspiegel sah und fragte:
– Bist du noch da? Mama? Bist du noch da?

Ich machte nur Spaß, aber das ließ sie noch schwächer werden. Für den Rest der Fahrt konnte man ihr Atemgeräusch nicht mehr hören. Und als sie im *Comfort Inn* mit Oma im Fahrstuhl verschwand, sagte Mama nicht einmal mehr auf Wiedersehen.

Meine Schwester setzte sich auf eins der braunen Sofas in der Lobby. Obwohl wir schon so spät dran waren, trafen auch immer noch andere Mädchen ein.

Nabisase sah haargenau wie eine Dreizehnjährige aus, als sie den Miß-Unschuld-Vertrag studierte: verfolgte die Zeilen mit einem Finger und las laut.

Der Miß-Unschuld-Wettbewerb stellte Unberührtheit als etwas Heiliges dar, und darüber will ich mich auch gar nicht lustig machen. Ich kann mich noch gut an eins meiner Stipendien an der Cornell erinnern, für das ich mich verpflichten mußte, bis an mein Lebensende patriotisch zu bleiben. Auf meine Weise versuchte ich das ja auch.

Wie wollte man eigentlich kontrollieren, ob sie die Wahrheit über ihr Hymen sagte?

– Sie werden mir glauben, sagte Nabisase, etwas zu ernsthaft für ein Kind.

– Ich will dich doch gar nicht runtermachen, versicherte ich ihr.

Das *Comfort Inn* nahm die hoffnungsfrohen Bewerberinnen herzlich auf. Überall hingen bunte Luftballons, und Vasen mit Hartriegelschnittblumen standen herum. In der Lobby roch es nach Zitronenschale. Von einer Stelle aus dem ersten Stock hörte ich das Gebrumm einer Bohnermaschine auf Holz.

– Bist du wirklich noch Jungfrau?

– Na klar, sagte sie.

– Ich dachte, jetzt bist du beleidigt.

– Nee, ist schon okay.

– Steht in dem Vertrag, ob du schon mal irgendwas gemacht haben darfst? Mit den Händen an 'nem Jungen oder so was in der Art?

– Was soll denn ‹so was in der Art› heißen, fragte sie schüchtern. Mit den Füßen?

– Vergiß es. Zeig mir mal den Vertrag.

Sie hielt ihn sich hinter den Rücken. – Kannst du etwa das Wort nicht aussprechen? Ich helf dir. Es fängt mit B an.

– So rede ich nicht mit dir.

– Du hast mich doch eben gefragt, ob ich schon mal was mit den Händen gemacht hätte!

– Ach, komm schon.

Ich versuchte, hinter sie zu gelangen, stieß aber nur gegen ihren Ellbogen. Sie stand felsenfest. Dann ging sie rückwärts zur Eingangstür.

– Ich will dir doch bloß helfen, sagte ich. Laß mich das nur mal lesen. Verträge werden gemacht, um einen zu bescheißen. Im Kleingedruckten stehen wahrscheinlich die Strafen. 100 Dollar für jeden Zungenkuß, den du je verteilt hast.

– Wie wollen die das denn feststellen? Sie lachte, weil ihr großer Bruder sich krümmte.

– Als Kirchgängerin bist du jetzt ja so 'ne Art Nonne. Also beichtest du es ihnen. Laß mich doch mal sehen.

Sie hielt den Vertrag gegen eine der Deckenleuchten. – Es gibt ein Wort, daß du dich nicht zu sagen traust, aber vielleicht steht's ja hier drin. Bl. Bla. Blasen.

– Pssst!

Der Empfangschef versorgte gerade einen Vater und eine Mutter mit elektronischen Schlüsselkarten, während ihre

Töchter auf den Knöpfen der Fahrstühle herumdrückten, so daß sie auf und ab sausten.

– Vielleicht sollte ich mal Ledric um Hilfe bitten? fragte sie.

– Der kann dir höchsten dabei helfen, ein großes Essen vorzubereiten.

Sie sagte: – ‹Blasen› wär gar nicht das Schlimmste, was du zu mir sagen könntest.

Ich hielt mir die Ohren zu. – Wenn ich Jurymitglied wäre und hören würde, daß du so ein Wort sagst, würd ich dich automatisch disqualifizieren.

– Mach dir bloß keine Sorgen um Mädchen, die schmutzige Sachen reden, sagte sie. Das hat mit Unschuld gar nichts zu tun.

12

Im *Hampton Inn* kamen die übrigen Männer unter: Brüder, Vettern, Onkel, Freunde. Trotz der Unerbittlichkeit, mit der man uns trennte, lag das *Comfort Inn* keine dreißig Meter entfernt an der gleichen Straße. Dazwischen kein Zaun, nicht einmal eine Baumreihe. Mit einer natürlichen Abgrenzung hätte jede Unverschämtheit aus reiner Imaginationskraft zehren müssen, aber so brauchten die Jungs einfach nur aus dem Fenster zu gucken, um direkt in die Zimmer der züchtigen Mädchen linsen zu können.

Neben den Flaggen Amerikas und Virginias war das blauweiße Banner des *Hampton Inns* an einem Fahnenmast auf dem Parkplatz gehißt. Das Zimmer kostete 49 Dollar pro Nacht.

Ich wollte duschen, aber zuerst marschierte ich über die Straße in den riesigen Kioskbetrieb der *Sheetz*-Tankstelle, die vierundzwanzig Stunden täglich geöffnet hatte und wo ich mich mit einer Tüte Karamellbonbons versorgte, um mich durch die Nacht zu schlickern. Als ich ins *Hampton Inn* zurückkam, stellte ich fest, daß 603 ein ruhiges Zimmer war, mit Ausnahme eines Heizkörpers in der Ecke, der mit tiefer Stimme vor sich hin gurgelte.

Unter der Tür hatte man zwei Prospekte durchgeschoben. Ich hob sie auf, stellte die Dusche an und zog mir die Schuhe aus. Während ich im Sessel neben dem einzigen Zimmerfenster saß, klatschte das Geräusch heißen Wassers weich gegen die Duschwände.

«Anständige Mädchen» stand auf dem Flugblatt. So lauteten die beiden groß geschriebenen Worte der Überschrift. Dann gab es da auch noch das Bild eines Diadems mit grotesk überproportionierten Diamanten. Handgezeichnet. Unter dem Bild stand eine Frage: «Wolltet Ihr nicht immer schon mal Sieger sein?»

Ich weiß nicht mehr genau, wann es mit meiner Begeisterung für Horrorfilme begonnen hat, aber die Bücher waren zuerst da. Fantasy habe ich nie gelesen. Meine Persönlichkeit ist eher bodenständig. Neblige Marschen. Einsame Hinterwälder. Der Schrank in einem Zimmer, der Grabesdunst verströmt, wenn man ihn öffnet.

Gedämpfter Trompetenton weckte mich morgens um vier. Kein richtiges Instrument, sondern ein Kinderspielzeug. Der Ton kam aus dem Flur vor meiner Zimmertür. Das geschah um Punkt vier Uhr, der Stunde größter Zerknirschung. Ich hörte das Scharren von Füßen, war aber zu müde, um mir einen Reim darauf zu machen. Ich sah noch einmal auf die Uhr. Zwanzig nach vier.

Die Vorhänge waren offen. Ich saß im Sessel. Ich sah, daß es bis zur Dämmerung noch lange dunkel sein würde. Vielleicht spielte irgendein blödes Kind im Schlaf Wecksignal. Ein Flugblatt lag auf meinem Schoß, und das andere war auf den Boden gefallen. Das auf dem Fußboden hatte Wasserflecken.

Auch wenn die Heizung während der ganzen Nacht lief, war es in meinem Zimmer irgendwie unnatürlich heiß. Aus dem Badezimmer wogten Dampfwolken. Der Teppich war überall naß.

Ich hörte, daß vor dem Zimmer Metall gegen Metall geschlagen wurde. Ich sah zum Bett und hoffte, Lorraine dort liegen zu sehen. Ich hatte immer noch meine Socken und den grünen Anzug an, als ich nun über den nassen Teppich latschte.

Die Dusche mußte seit drei Stunden gelaufen sein. Pfützen konnte man das schon nicht mehr nennen: Es waren Tümpel. Ich mußte im Sitzen eingeschlafen sein, weil das Bett noch unbenutzt war.

Keine Panik, sagte ich zu mir selbst. Ganz ruhig. Mehr Handtücher von der Rezeption holen.

Ich öffnete die Tür zum Flur. Der Gedanke, zurück nach Queens zu fahren, schoß mir durch den Kopf, aber leider hatte ich beim Einchecken meinen Namen und meine Telefonnummer korrekt angegeben. Warum hatte ich auch so kurz gedacht und kein Pseudonym benutzt? Ich wünschte mir etwas mehr kriminelle Energie.

Im Flur war der Strom ausgefallen, was mich nun wirklich erzittern ließ, weil ich den Schaden, der einen elektrischen Defekt in einem ganzen Hotel auslöst, nie im Leben würde abarbeiten können. Ich schob den Lichtschalter in meinem Zimmer nach oben, aber das Licht ging nicht an. Hatte ich das gesamte Stockwerk lahmgelegt? Hatte ich womöglich im Schlaf eine komplette Stadt ausradiert? Als meine Augen sich an die Dunkelheit gewöhnt hatten, sah ich deutlich, daß der ganze Flur mit toten Soldaten übersät war.

– Was ist?

Ich stand im Flur und fragte: – Was? Was?

Einszwanzig kleine, konföderierte Soldaten in ihren unverwechselbaren, grauen Uniformen. Im Dunkeln konnte ich zwölf Mann ausmachen. Schatten lagen wie Tücher auf ihren Gesichtern.

Ich sagte: – Nein, danke.

Es waren aber bloß Kinder, keine toten Männer. Und ganz am Ende des Flurs stand ein Erwachsener.

Zwölf als Rebellentruppen kostümierte Jungs und sechs weitere im Blau der Union saßen auf dem Fußboden. Einige von ihnen schlugen lange, dünne Stangen gegeneinander.

Einer trug eine Spielzeugtrompete. Ein halbes Dutzend der Jungs wandte sich mir zu und zuckte dann zurück.

– Wir üben nur, sagte der erwachsene Mann, nachdem er auf mich zugegangen war. Er war schlank, bärtig und sprach völlig emotionslos. Ich dachte: Dieser Typ hat noch nie im Leben Angst gehabt. Er trug ein gestreiftes, am Kragen ge-knöpftes Hemd und Hosen von *Hagar*. Martialisch kam er mir durchaus nicht vor, sondern eher lässig.

– Ich wußte gar nicht, daß Kinder immer noch Kriegs-dienst leisten müssen.

Er lächelte höflich. Die freundlichste Art, mit dummen Fragen dämlicher Touristen umzugehen. – Wir machen am Wochenende bei der Mißwahl mit.

– Miß Unschuld? Meine Schwester ist auch dabei. Ich wußte nicht, daß bei der Veranstaltung eine Marschkolonne auftritt, sagte ich. Normalerweise geht das nur mit Musik.

– Ja, klar. Eine Kapelle gibt's auch, aber unsere Jungs tre-ten eigentlich immer und überall auf. Wenn sie dürften, wür-den sie sogar vor jedem Baseballspiel aufmarschieren.

In der linken Hand hielt er eine schwarze Baseballkappe und klopfte sich damit geduldig gegen den Oberschenkel.

– Welches Ereignis stellen sie denn nach? fragte ich.

Die Jungs langweilten sich gewaltig. Ich schätzte, daß sie etwa zehn Jahre alt waren, und ohne strenge Aufsicht wurden sie jetzt unruhig, rangelten miteinander, stießen die Köpfe zusammen.

– Wir sind schon so früh auf, weil sie ihre Marschord-nung vergessen haben. Unsere Historische Gesellschaft spon-sort sie. Ich hab zufällig die Broschüre dabei. Sie können sie behalten. Na, na, sagte der Typ zu den Jungs. Na, na.

Sie hörten mit der Rangelei auf und standen stramm. Durch das Milchglasfenster am Ende des Flurs konnte ich den hellerleuchteten Schriftzug der *Sheetz*-Tankstelle erkennen. Das beruhigte mich mehr, als man meinen möchte, bewies es doch, daß ich nicht die komplette Stadt kurzgeschlossen hatte. Außerdem gibt mir so ein kleines Neonlicht immer das Gefühl, in der Nähe von Menschen zu sein, die ich verstehe.

Der seelenruhige Mann in der *Hagar*-Hose, vermutlich Größe zweiunddreißig, näherte sich mir nun so weit, daß wir uns die Hände schütteln konnten. In diesem Moment verursachten seine Schuhe auf dem durchnäßten Teppich ein platschendes Geräusch. Meine laufende Dusche hatte es also aus dem Zimmer bis auf den Flur geschafft.

– Ich hatte da ein Problemchen im Bad, räumte ich ein.

Er machte einen Satz rückwärts und schrie: – Ist das etwa Pisse? Scheiße!

– Das ist nur Wasser. Seine Lautstärke überraschte mich derartig, daß ich mich selbst fragte, ob es nicht doch Pisse war.

Er sah sich das Malheur eine Weile an, und ich fragte mich, ob Urin billige Teppichböden womöglich anders verfärbte als Wasser. Falls er dazu in der Lage sein sollte, so einen Unterschied festzustellen, war das das merkwürdigste Überlebenstraining, das ich mir vorstellen konnte.

– Das wär ja auch etwas zuviel gewesen, befand er schließlich. Er grinste, hielt sich aber weiterhin jenseits des überfluteten Bereichs.

– Los, holt mal Handtücher von unten, sagte er zu den Jungs, die sich inzwischen von historischer Genauigkeit verabschiedet hatten und sich ohne Rücksicht auf ihre Uniformen herumlümmelten.

– Wie viele? fragten zwei wie aus einem Munde.

Der Coach ging in mein Zimmer und streckte den Kopf nach draußen. – Soviel ihr tragen könnt.

Glücklich darüber, losrennen zu dürfen, rannten die klei-

nen Veteranenimitate hilfsbereit los. Nachdem sie den Fußboden meines Zimmers mit Handtüchern ausgelegt hatten,
durften sie um 5 Uhr 30 auf ihre Zimmer abtreten. Ich bedankte mich bei dem Mann noch ein dutzendmal und zog
mir dann die Schuhe an. Die frühen Morgenstunden des
11. November verbrachte ich zusammengekrümmt auf dem
Beifahrersitz unseres Dodge Neon. Als ich einige Stunden
später erwachte, hatten sich ein Dutzend «Anständige Mädchen»-Flugblätter auf den Windschutzscheiben meines und
jedes anderen Autos materialisiert.

13

Meine Erscheinung beim Familienfrühstück im Konferenzraum C des *Comfort Inn* am Sonntagmorgen ist mit dem Adjektiv «abgerissen» noch freundlich charakterisiert. Da die gnadenlose Sonne mich um acht im Auto geweckt hatte, war ich viel zu früh. Ich hatte Angst, in mein Zimmer im *Hampton Inn* zu gehen, und wagte mich nicht mal in die Lobby, weshalb ich gleich ins *Comfort Inn* marschierte und mir auf der Toilette im Erdgeschoß das Gesicht wusch. Mein Körper mußte noch warten.

In den größten Konferenzräumen waren die Tische bereits gedeckt. Statt fünfzig kleiner, runder Tische waren vier lange Sitzreihen im Stil einer Cafeteria aufgebaut. Auf jedem Tisch lag ein weißes Tischtuch. Noch mehr Hartriegel als gestern, aber die steckten jetzt in den Händen kleiner Engelfiguren aus Keramik. Drei davon standen auf jedem Tisch, mithin zwölf im gesamten Raum. Ein Dutzend kniende, männliche Babys, die Flügel unter die Popos geklemmt, die Handflächen auf den Schenkeln geöffnet.

Die Decken waren sieben Meter hoch, und weil ich ganz allein im Raum war, fing ich an, auf und nieder zu hüpfen. Macht ihr das auch manchmal, wenn ihr allein seid? Die Spielregel war: Wie hoch kann ich springen? Und es war erbärmlich. Meine Hüpfer hätte ich nur in Millimetern messen können. Es war albern, so etwas in einem Konferenzraum zu tun, aber es hob meine Stimmung und brachte meinen Blutkreislauf in Gang. Ich fühlte mich ziemlich gut dabei.

Am Ende des Konferenzraums stand ein Podium mit Mikrofon vor einem riesigen, weißen Bildschirm, der von der Decke hing. Ich fragte mich, ob dort vielleicht Dias von

früheren Mißwahlen oder Diagramme angemessener Rock-
längen vorgeführt werden sollten. Ich ging näher ans Podium, um zu sehen, ob das Mikrofon eingeschaltet war, aber
als ich auf die Spitze klopfte, um Feedback zu erzeugen, tat
sich nichts.

Ein Hotelpage lugte aus einem Durchgang. – Ich kann's
Ihnen anstellen.

– Ja, danke, sagte ich, obwohl mir gar nicht nach Singen
zumute war.

Der Unterschied zwischen einem Kellner und einem Hotelpagen besteht darin, daß der eine Trinkgeld bekommt,
aber das heißt noch lange nicht, daß der andere nur stumpfsinnig herumstehen und auf Befehle warten muß.

Der Hotelpage und ich, wir mißverstanden uns also
gründlich. Das Mikrofon hatte gar keinen Saft. Aber der gigantische Hängebildschirm hatte welchen. Das Ding begann
so laut zu reden, daß ich zusammenzuckte. Ich schlurfte
über den erdfarbenen Teppichboden von dannen. Der Bildschirm zeigte Nachrichten im Kabelfernsehen.

Die Lautstärke wurde dann runtergedreht. Ich setzte
mich an einen Tisch zwischen Bildschirm und Eingang. Un-
deutliche Bilder aus Bosnien und von Newt Gingrich waren
zu sehen. Es gab auch einen Bericht über eine Maus, die auf
dem Rücken ein menschliches Ohr hatte.

Die Mausgeschichte war wohl schon an die zwei Wochen
alt, aber ich mußte mich immer noch überwinden hinzu-
schauen. Selbst ohne das groteske Zubehör war die rote,
haarlose Maus gruselig. Sie zitterte und lahmte, und ihre
Augen waren feucht.

Der Anästhesist, dem diese bahnbrechende Leistung gelungen war, hatte nicht einfach ein menschliches Ohr in
irgendein Loch in der Maus gestopft. Er hatte Polyester-
fasern in Form eines menschlichen Ohrs gebracht und es

dann unterhalb der Haut am Körper der Maus befestigt. Das Polyesterohr war dann mit menschlichen Stammzellen behandelt worden, die wie Parasiten überlebten, indem sie sich von der Maus ernährten. Während das Polyester sich langsam auflöste, wuchsen zugleich die menschlichen Zellen, bis schließlich ein Menschenohr entstanden war, wo zuvor ein künstliches gesessen hatte. Anschließend konnte das neue Menschenohr entfernt und für kosmetische Operationen genutzt werden, und die Maus durfte unbehelligt weiterleben.

Warum treiben Sie solche Spielchen? wollte der Reporter vom interviewten Wissenschaftler wissen. Um bessere Ohren zu entwickeln? Größere? In verschiedenen Farben? Hätte dann jedes ein Firmensignet und einen Scannercode? Würde das zu einer albernen, neuen Moderichtung führen? Während des ganzen Interviews war der Reporter äußerst zynisch.

Die Forscher erläuterten dann, daß manche Kinder ohne Ohren geboren werden; daß es fürchterliche Autounfälle gibt, bei denen Gesichter fragmentarisiert werden; daß einem Jungen vom Nachbarshund die Nase abgebissen wurde; daß ein Mädchen aus einem Fenster im fünften Stock fiel und dabei ihr Ohr verlor. Dank dieser mickerigen Maus könnten also viele Leute wiederhergestellt werden.

Ich möchte euch jetzt mal erzählen, wie mein Onkel Isaac mir beigebracht hat, wie man japanisches Geißblatt in einem Blumenkorb arrangiert. Das hat er tatsächlich gemacht. Damals fand ich, daß seine Bouquets eine Erntedankfest-Tafel stärker erwärmen konnten als jedes Kaminfeuer. Ich fürchte fast, daß ich mich nie richtig von ihm lösen konnte. Vielleicht ist das Fegefeuer ja der Ort, an dem sich die Seelen so lange aufhalten, bis sie von absolut niemandem mehr gebraucht werden. Ein zweites Leben, mit dem die Berühmten und Beliebten bestraft werden.

Um 9 Uhr 15 hätte der Konferenzraum eigentlich voll sein müssen. Nicht? Wie wär's dann mit 9 Uhr 30? Der Fernseher lief noch, aber ich sah nicht mehr hin. Ich wäre jetzt gern Raucher gewesen, um die Zeit totzuschlagen. Ich wollte den Hotelpagen fragen, ob ich vielleicht im falschen Raum wartete, aber der Bursche war nicht mehr da.

Ich ging zur Rezeption, aber der Empfangschef war wohl auf der Toilette, weil ich hinter einer Tür mit dem Schild «Personal» Wasser laufen hörte. Ich wartete, aber als das Wasser nicht mehr lief, gab es neun Minuten reinsten Schweigens und dann gar nichts mehr.

Ich nahm mir einen Stift vom Empfangstresen und ging wieder ins Konferenzzimmer. Der Bildschirm war ausgeschaltet worden. Hinten stand immer noch das warm gehaltene Frühstück aufgebaut. Ich nahm mir einen Teller mit Rührei und eine Banane. Dazu ein Glas Apfelsaft.

Außer dem Flugblatt, das die Überschwemmung in meinem Zimmer überlebt hatte, hatte ich noch zehn weitere, die am Auto geklebt hatten. Sie sagten alle das gleiche, wenn auch in verschiedenen Farben gedruckt. «Anständige Mädchen. Wolltet Ihr nicht immer schon mal Sieger sein?»

In Lumpkin fand nicht nur ein Schönheitswettbewerb statt, sondern gleich zwei. Miß Unschuld war eine regionale Show, die andere eine rein lokale. Sollten die Miß-Unschuld-Festlichkeiten bis heute abend noch nicht begonnen haben, gab es immer noch eine andere Möglichkeit, bei der junge Damen sich messen konnten. Dafür wurde auch keine Teilnahmegebühr erhoben. «Kommt heute nachmittag vorbei und macht mit. Repräsentative Preise.»

In der Braddock Street im Stadtzentrum von Lumpkin. Die mit Schreibmaschine geschriebenen Hinweise unten auf dem Flugblatt waren sehr leicht zu verstehen. Ich hätte die Sache Nabisase gern vorgeschlagen, aber ich hatte schließlich einen Film zu schreiben. Ich benutzte die leeren Rückseiten der Flugblätter.

Ich versuchte, in zwanzig Minuten ein Drehbuch zu entwerfen. Aber offenbar braucht man für so etwas länger. Alles, was ich schrieb, war abgekupfert. Versionen von Filmen, die ich bereits gesehen hatte, nur daß bei mir die Charaktere schwarz waren oder aus Queens stammten. Ein Typ mit einer Eishockeytorwartmaske murkst Spießer aus der Ivy League ab. Ein Dämon befällt ein Mädchen aus Southeast Queens, und ein besorgter, junger Pfarrer muß den Satan austreiben. So dürftig war das alles.

Schließlich gab ich es auf, etwas Neues zu kreieren, und notierte statt dessen kurze Inhaltsangaben von Monsterfilmen, die ich gesehen hatte. So wüßte ich immerhin, was ich zu vermeiden hatte. Sehr rasch begriff ich, daß ich zwar kein kreatives Talent besaß, aber ein gut funktionierendes Gedächtnis. Ich erinnerte mich an Schauspieler, Regisseure, ungefähre Filmdauer und sogar an die Produktionsfirmen. Schnell hatte ich seitenweise solcher Katalogeinträge.

Gurgel des Grauens
Feldspar Pictures American, 1985; 64 Minuten
Regie: Herman Shipley
Mit: Veronica Groober, Paige Pelham, Joe Stat

Veronica Groober spielt die Schurkin, eine Kosmetikverkäuferin, die Hausfrauen ermordet, indem sie die Hälse ihrer Opfer mit einer ekeligen Flüssigkeit füllt, die sie danach wieder in deren Münder zurückfließen läßt. Die Spezialeffekte sind in der Tat schauerlich. Die Schurkin befindet sich auf ihrer todbringenden Pirsch, weil sie bei einem Bootsunfall verunstaltet worden ist und seitdem einen furchtbaren Haß gegen alle schönen Frauen hegt, denen das Schicksal hold war.

Yati, Yati, Yati

Montu Films, 1986; 83 Minuten
Regie: Ezra Washington
Mit: Manfred Owens, Manil Oswati, Helena und Bascom
Hughes

Trotz des Titels und Themas ist Yati, Yati, Yati *ein amerikanischer Film. Der Leichnam eines jainistischen Priesters (ein Yati) wird versehentlich nach Amerika überführt und landet bei einem ruhigen, ehrbaren, aber kinderlosen Ehepaar (Helena und Bascom Huz). Während ihr Mann zur Arbeit ist, stemmt die Frau die Kiste auf, und als sie das Leichentuch vom Gesicht des Yatis zieht, wird dieser von den Toten erweckt. Der Yati verspricht ihr die Erfüllung eines Wunsches. (Mit der jainistischen Religion hat das alles nicht im geringsten zu tun.) Sie wünscht sich, daß ihr Mann sie wieder so liebevoll behandelt wie in den romantischen Tagen ihrer Jugend. Dann bringt der Yati sie um.*

Im Lauf des Tages schlachtet er eine ganze Reihe von Nachbarsfrauen ab und läßt dabei viele ihrer Haustiere frei. Hunde, Vögel, Tauben, der Yati schenkt allen die Freiheit. Zuletzt ermordet er die Katzenpflegerin des Orts, die sich um etwa 100 Katzen kümmert.

Am Schluß des Films soll der Zuschauer verstehen (akzeptieren wäre wohl das treffendere Wort), daß dieser jainistische Priester nach Amerika gekommen ist, um deren ungerechte menschliche Bevölkerung zu töten und die Nation ihren heiligeren, unschuldigeren Kreaturen zu überlassen.

Die Schlußeinstellung zeigt den namenlosen Yati (der von Owens gespielt wird, einem unübersehbar schwarzen Amerikaner, der nicht einmal den Versuch unternimmt, mit fremdländischem Akzent zu sprechen – und das, obwohl es in der Besetzung mit Oswati einen echten Inder gibt, dessen einzige Aufgabe jedoch darin besteht zu erklären, warum Jainisten eine Gefahr für die Vereinigten Staaten darstellen), wie er in seinem weißen Gewand einen Greyhound-Bus besteigt, um demnächst auch in eurer Stadt aufzutauchen.

Dieser Film hätte vom Tierschutzverein produziert sein können oder vielleicht auch von Pakistan.

Nach zwei Stunden hatte ich neun solcher Filme zu Papier gebracht, aber immer noch keine brauchbaren eigenen Ideen.

Solange ich mit gesenktem Kopf arbeitete, war mir kein weiterer Frühstücksgast aufgefallen, doch als ich zu schreiben aufhörte, standen 199 Teller auf den Tischen, Frühstücksreste fast sämtlicher Gäste. Daneben Saftgläser mit Fingerabdrücken. Mir war einsam zumute, also verzog ich mich.

Von einem der braunen Haustelefone rief ich in Mamas und Omas Zimmer an, aber niemand hob ab. Meine Schwester wohnte in einem abgegrenzten Bereich für die Teilnehmerinnen, aber der Anschluß war blockiert. Jedesmal, wenn ich die Nummer wählte, summte das Telefon ablehnend. Man durfte nicht einmal mehr mit den Mädchen reden. Verführung könnte ja schon durchs Ohr Eingang finden.

Als ich das *Comfort Inn* verließ, kam ich an der Rezeption vorbei, wo der dunkelbraune Blazer des Empfangschefs über der Serviceklingel lag. Ich machte erst gar nicht den Versuch zu läuten, weil ich nicht mehr mit Hilfe rechnete.

14

Die nußförmig angelegte Stadt Lumpkin bestand in aufsteigender Ordnung aus drei Teilen. Sie fing unten an, zwischen der I-81 und Pleasant Valley Road in der Nähe der *Hampton* und *Comfort Inns* und *Chilis Restaurant*, des einzigen Kinos und der asiatischen Schnellrestaurants, und bildete einen touristischen Viertelkreis. Wußtet ihr eigentlich schon, daß europäische Toiletten anders sind als amerikanische? Bis ich darüber las, wußte ich's jedenfalls nicht. Sie sind so konstruiert, daß die Scheiße nicht direkt ins Wasser plumpst, sondern auf einem kleinen Absatz aufgefangen wird, bis man spült. Diese Konstruktion spart zwar jede Menge Wasser, doch liegt da die menschliche Ausscheidung nun zur gefälligen Betrachtung. Lumpkins Touristengegend ähnelte einer europäischen Toilette: Man ließ uns einfach am Arsch der Stadt schmoren, bis wir wieder einpacken und auf der rauschenden Interstate verschwinden würden.

Die vierspurige Pleasant Valley Road trennte die Touristen von Lumpkins Innenstadt, dem lokalen Einkaufszentrum und historischen Sehenswürdigkeiten. Manche der Einfamilienhäuser waren hier schief und krumm. Die Innenstadt war der Dreh- und Angelpunkt der Armen, weil alle Institutionen, die Essen oder Kleidung an die Bedürftigen ausgaben, an der Cameron Street lagen.

Und an der Fairmont Avenue erreichte ich den letzten Grenzposten zwischen Innenstadt und Vorort. Dieses Drittel war so hübsch wie Jamaica Estates. Die Häuser waren zwar nicht sehr viel größer als im ärmeren Bezirk; der entscheidende Unterschied bestand viel mehr im architektonischen Pomp: Portikos und dorische Säulen wie eine Promenadenmischung.

Der Fußweg vom Hotel zur Fairmont Avenue am anderen Ende Lumpkins dauerte nur dreißig Minuten, und ich ließ mir Zeit. In der ärmeren Gegend waren die Häuser eingezäunt, aber im schönsten Stadtteil gab es keine Abgrenzungen.

Ich trieb mich eine Weile auf den Gehwegen herum, hätte aber nicht zu sagen gewußt, wie lange. Meine Achselhöhlen und mein Bauch juckten, weil ich noch nicht geduscht hatte. Manchmal verharrte ich vor einem der Häuser, dachte aber eigentlich immer nur daran, wie ich meine Familie erreichen konnte, die nicht in ihren Hotelzimmern war. Die gottverlassene Atmosphäre des *Comfort Inns* hatte die ganze Stadt erfaßt: Ich begegnete keinem einzigen menschlichen Wesen.

Ich näherte mich einem winzigen Café, in dem niemand saß. Ich öffnete die Tür und versuchte mein Glück mit dem Münztelefon, bis mir dämmerte, daß der Laden wohl gar nicht geöffnet hatte. Meine Anrufe in Mamas Zimmer blieben unbeantwortet. Geschlossen war der Laden aber auch irgendwie nicht: Die Lichter waren an, und die Kaffeemaschine brummte leise vor sich hin. Als ob der Besitzer das Café nur mal kurz verlassen hätte, mal eben um die Straßenecke gegangen sei.

Ich schenkte mir Apfelcidre aus einem Krug ein, der in einem Kühlschrank hinter dem Tresen stand. Um zu entspannen, schnürte ich meine Schuhe auf und zog sie aus. Meine Füße wußten diese Geste sehr wohl zu schätzen. Ich ließ Ahmed Abdel ein weiteres Mal in mein Leben treten.

Obwohl ich doch leicht beunruhigt war, wie sehr mir dieser Typ auf den Keks ging. Nicht nur wegen Lorraine. Verglichen mit dem exzessiven Leben, das ihm seine Einkerkerung ermöglichte, schien mir meine Freiheit doch beträchtlich eingeschränkt. Auf Seite zwei der Broschüre gab es ein kurzes Frage-Antwort-Spielchen, das ebenfalls von dem gleichen, windigen Journalisten von der Bostoner Universität durchgeführt worden war.

> Frage: Mr. Abdel, was ist heutzutage die größte Bedrohung der Freiheit?
> Antwort: Die elitären Wirtschaftsoligarchien der westlichen Welt.
> Frage: Über welche Frage sollten die Menschen, die dies Interview lesen, Ihrer Meinung nach nachdenken?
> Antwort: Wir wissen, wer uns überwacht. Die Polizei. Das Militär. Die Mediokratie. Aber wer denkt schon darüber nach, wer die Überwacher überwacht?

Was für ein Vollidiot! Was für ein Dünnbrettbohrer! Und das war der Mann, für den Lorraine sich verhaften lassen würde. Ein Typ, der Comichefte zitierte? Mit meinem Stift und meiner unerschütterlichen Verbitterung schrieb ich auf die Rückseite meines letzten Anständige-Mädchen-Flugblatts dieser Knattercharge einen Brief.

> *Mr. Abdel,*
> *wie gefällt's Ihnen im Knast – beziehungsweise, wie man manchmal auch zu sagen pflegt: hinter schwedischen Gardinen? Eine Freundin hat mir die Broschüre mit dem Interview gegeben, auf der hinten Ihr Foto drauf ist. Sie haben zahlreiche Bewunderer.*
> *Aus Ihrer Bemerkung über die ‹Überwacher› schließe ich, daß Sie bis ins Erwachsenenalter Comichefte gelesen haben. Der Sozialismus wird sowieso überbewertet. Ich wette, daß Sie den Namen Muhammad nicht einmal*

buchstabieren konnten, bevor Sie Ihren Gefängnisauf-
enthalt angetreten haben.

Mir ist aufgefallen, daß Sie Dreadlocks haben, obwohl
Sie Japaner sind. Glauben Sie etwa, daß Sie schwarz
sind? Oder möchten Sie gerne schwarz sein? Diesen Na-
men zu benutzen ist einfach albern. Warum tun andere
Minderheiten eigentlich immer so, als ob sie schwarz
wären, um das System zu bekämpfen? Sie sind jedenfalls
nicht schwarz.

Mit freundlichen Grüßen
Anthony

Ich unterschrieb nur mit meinem Vornamen, setzte aber
meine vollständige Adresse auf den Briefkopf. Natürlich rechnete ich mit einer Antwort; deshalb schrieb ich ja schließlich.
Kurz, knapp und zielgenau. Ließ meine Zehen knacken,
setzte die Füße flach auf den Fußboden und genoß es, wie die
Kälte durch meine dünnen Socken drang.

Nachdem ich mich ausgeruht hatte, schaute ich zur Uhr,
aber die tickte wohl nicht richtig. – Schon drei? fragte ich
mich. Hab ich wirklich zwei Stunden für dies Briefchen gebraucht?

Das erinnerte mich an die Arbeit, die ich im Konferenzraum geleistet hatte. Ich breitete die Blätter auf dem Café-
tisch aus. Las die Filmbeschreibungen so schnell, daß mir
noch genügend Zeit blieb, sie ein zweites Mal zu lesen. Las
sie laut. Das Gefühl war noch am ehesten mit dem zu vergleichen, das meine Mutter überkam, wenn sie sich die Kassetten anhörte, die unsere Familie besprochen hatte. Beides
waren im Grunde Rettungsversuche.

Ich berührte die Blätter sanft mit den Fingerspitzen und
dachte über den kommenden Monat und das kommende

Jahr nach. Geschrieben war das alles mit meiner lausigen Klaue, was die Aufzeichnungen nur noch kostbarer machte. Über meine Familie und mich mußte ich unvoreingenommen nachdenken. Womit die anderen geschlagen waren und wie ich selbst davonkommen würde. Ich erinnerte mich daran, daß meine Mutter mich zum ersten Mal nicht mehr wiedererkannte, als ich zehn Jahre alt war. Es dauerte drei Wochen, und während der ganzen Zeit war sie an ein Krankenhausbett gefesselt. Oder als Onkel Isaac sich tagelang zu schlafen weigerte und erst Ruhe fand, als er schließlich in Ohnmacht fiel.

Irgendwie war es ein Glück für mich, daß ich hier nun schon so lange saß und mir selbst leid tat. Andernfalls hätte ich vielleicht meine Schuhe angezogen und das Café verlassen. Wenn ich gegangen wäre, hätte ich auch die Piccadilly Road verlassen. Und wenn ich die Piccadilly Road verlassen hätte, hätte ich Nabisase und Oma nicht vorbeigehen sehen.

Sie hatten sich ein Tragegestell gebastelt, so ähnlich wie das, was wir gestern abend aus meinem Jackett zusammengezurrt hatten. Ihres bestand aus Bettlaken. Meine Schwester trug Oma auf dem Rücken. Ein dreizehnjähriges Mädchen trottete über die Straße und schleppte ihre dreiundneunzigjährige Großmutter in einer Tragetasche mit.

Sie gingen die Piccadilly runter und kamen am Café vorbei, so daß ich sie vom Stuhl aus sehen konnte. Ich zog also meine Schuhe an, hinterließ vier Dollar neben der Kasse und legte einen Dollar in den Trinkgeldkorb. Verfolgte sie mit meinen Blicken, bis sie zwei Häuserblocks weiter eine große Bibliothek erreichten. Meine Schwester bog rechts ab.

Ich ging zur Braddock Street, in die Nabisase eingebogen war. An der Ecke lag die mit Marmor verkleidete Bibliothek, viel zu edel für diese bescheidene Stadt. Ein Mann in einem sauberen, neuen Drillichoverall und einem schönen, weißen, langärmeligen Hemd wischte Trittspuren von den Eingangsstufen. Er sah noch schicker aus als ich, und ich hatte immerhin meinen braunen Anzug an.

Nach der Menge zu urteilen, hatte sich die verschollene Bevölkerung der Stadt offenbar vollständig in der Braddock Street eingefunden. Obwohl es ein Riesenauflauf war, schienen die Leute dennoch weniger Platz einzunehmen, als ihn die gleiche Anzahl Menschen in New York beansprucht hätte. Schließlich kam ich dahinter, daß das daran lag, daß hier niemand seine Eile mit Stöhnen und Schubsen dramatisch übertrieb.

Auf der Straße waren drei Zirkuszelte aufgebaut; sie waren so hoch wie die zweistöckigen Häuser der Umgebung und, ein Zelt nach dem anderen, gestaffelt angeordnet; die Zeltbahnen schlappten je nach Windrichtung nach links oder rechts.

Im ersten Zelt befanden sich Teenager. Ich sah ein paar Mädchen hineingehen, nicht jedoch meine Schwester.

Gelbe Ballons hingen an standortfesten Objekten. An Laternenmasten, Bäumen, Autoantennen und Gartentoren. Ein Junge im Rollstuhl hatte fünf Ballons an den Seitenstützen festgebunden. Eine alte Frau, die in einem Gartenstuhl auf dem Gehweg saß, hatte je einen Ballon an beiden Ohren, so daß ihre Ohrringe oberhalb ihrer Haare baumelten.

Eine Marschkapelle erschien am Ende des Häuserblocks, und als sie die Ecke Braddock und Louden erreichte, bog sie rechts ab, um durch die Innenstadt zu ziehen. Blasmusik mit einer einzelnen Pauke.

Die Leute schlenderten die Straße entlang und sammelten sich bei den drei Zelten. Frauen mittleren Alters standen in halbkreisförmigen Gruppen zusammen, damit sie stets ihre Kinder im Auge behalten konnten.

Christentum dominierte. Jede Wette, daß meine Schwester so tat, als sei das auch ihre Leidenschaft. Ich sah, wie ein Pastor und zwei Prediger aufs süßeste begrüßt wurden und sich dann unters Volk mischten. Alte Frauen, an denen ich vorbeikam, sangen entrückt von Jesus.

Es gab Schwarze und Weiße, aber beide Gruppen irritierten mich. Als New Yorker war ich dazu in der Lage, den Unterschied zwischen schwarz und weiß nach Gehör festzustellen. Aber hier war es schon verwirrend, einen Mann neckisch mit seiner Frau turteln zu hören, und wenn ich aufblickte, konnte er ebensogut blond als auch ein schwarzer Bruder sein. Es irritierte mich, daß so viele Menschen verschiedener Rassen freundlich miteinander umgingen. In New York gab es solche Höflichkeiten nicht, sondern Parallelwelten. Wir bemühten uns nach Kräften, die anderen zu ignorieren. Aber hier unten gaben sich weiße und schwarze Leute die Hand, begrüßten sich und hielten ihre gegenseitige Verachtung unter der Decke.

Auf Klapptischen, die auf dem Gehweg aufgebaut waren, verkauften Frauen Fleisch, das sie zu Hause zubereitet hatten; Schweinefleisch und jede Menge Hähnchen. Zwischen den Ständen gingen andere mit Tupperwaretabletts herum und boten Schokoladenkekse, Kürbiskuchen und Malapees an (in Honig getränkte, mit braunem Zucker bestreute, warme Walnußkekse; die Frau, die sie verkaufte, verriet mir das Rezept, rülpste und entschuldigte sich vielmals). Ich kaufte zehn für drei Dollar, aß vier davon auf und schob den Rest in meine Jackettasche. Ich brauchte die Energie. Ach, halt's Maul.

Ich versuchte, das erste Zelt mit den Mädchen zu betreten, aber eine kleine Frau verweigerte mir den Zugang. Sie rauchte und sah dabei auf ihre Uhr. Da sie kleiner war als ich, konnte ich über sie hinweg ins Zelt sehen, aber so war Nabisase natürlich nicht ausfindig zu machen.

Im Zelt waren mindestens dreißig Mädchen. Wieder und wieder blitzte im Hintergrund eine Polaroidkamera auf.

– Gehn Sie mal schön ins zweite Zelt und setzen sich da hin, sagte die Frau vor mir, aber ich hörte gar nicht hin.

– Nabisase! rief ich.

Vier der Mädchen sahen zu mir hinüber, aber der Rest war zu beschäftigt. Etwa ein Drittel der Mädchen trugen zerschlissene Jeans und langweilige T-Shirts. Die anderen trugen lange Kleider und hatten Make-up aufgelegt. Ich vermutete, somit zu wissen, wer von ihnen an der Mißwahl teilnehmen würde, sollte aber später feststellen, daß ich da falsch lag.

– Gehen Sie mal schön ins zweite Zelt und setzen sich da hin, sagte die Frau ein letztes Mal und nahm die Zigarette aus dem Mund. Sie redete sehr streng, weil sich jetzt auch ihr aufgeblasener Mann zu uns gesellt hatte.

Ich musterte ihn von oben bis unten und einmal rundherum, um abzuschätzen, ob ich an ihm vorbeistürmen konnte.

Vorm Eingang des zweiten Zelts aß ich noch zwei Malapees. Knöpfte das Jackett auf und zog meinen ockerfarbigen Schlips fest. Ein kleiner Junge streckte mir eine Plastikbüchse entgegen. Er sammelte Geld für einen anderen Jungen, der sehr schwere Verbrennungen erlitten hatte. Sein Foto war auf die Büchse geklebt. Sah aus wie gegrilltes Kalbskotelett. Ich spendete einen Dollar.

Ich war nicht der einzige, der ins zweite Zelt ging, und der erste war ich schon gar nicht. Hundert Klappstühle waren bereits besetzt, und an den Seiten des Zelts standen noch jede Menge Leute. Aber drinnen war es immer noch kühl. Nicht nur, weil es November war, sondern auch, weil sich am Zeltende zwei oszillierende Ventilatoren drehten.

Sie waren links und rechts einer kleinen Bühnenplattform aufgestellt. Vorn auf der Bühne stand ein Mikrofon, aber noch kein Redner.

Es war schwierig, sich aus dem Eingangsbereich zu lösen. Bald würden die Leute unter den Zeltbahnen an den Seiten durchkriechen müssen, wenn sie überhaupt noch etwas sehen wollten. Aber das interessierte offenbar niemanden. Eintritt wurde jedenfalls nicht verlangt.

Als ein schmächtiger Neger die Bühne betrat, wußte ich, daß es losging. Mir ist bekannt, daß das Wort «Neger» nicht mehr korrekt ist, aber dieser stammte noch aus einem vergangenen Jahrhundert. War mit verschlissenem Frack und weißen Gamaschen wie ein Kutscher gekleidet. Der Mann hatte sogar eine Melone auf dem Kopf. Hätte er jetzt noch eine kleine Laterne in der Hand gehalten, hätte er auf vielen gepflegten Rasenflächen einen Job finden können.

Er war weizenhell, aber offensichtlich ein Schwarzer, und die meisten Leute kannten ihn. Als er auftrat, riefen einige: – Hey, Onkel! Oder: – Jetzt geht's los, Onkel!

Die Jubler waren total aus dem Häuschen. Vier applaudierende Gestalten.

Sonst klatschte niemand, weder die Schwarzen noch die Weißen, weder die Fetten noch die Pummeligen. Im Gegensatz zu dem Jubelquartett sahen die meisten Leute nur beiläufig hin.

Der kleine Mann berührte das Mikrofon mit dem Daumen, so daß als erstes Geräusch das Kratzen eines Fingernagels aus den Lautsprechern drang. Das zweite war dann seine Stimme, die wie ein Bienenstich quiekte.

– Das sinja vielma Leute als wie 'ch gehofft hab, jawoll.

Damit löste er Beifall aus. Vermutlich, weil er irgend etwas undeutlich Positives über uns gesagt hatte.

Um's gleich zu sagen: Sein Dialekt plättete mich total.

Selbst Südstaatensklaven aus der Zeit vor dem Bürgerkrieg hätten sich über sein erbärmliches Englisch mokiert.

– Warum sinwer hia? fragte er. Warum sinwer hia?! wiederholte er.

– Deinetwegen, Onkel!

– Weiß ich doch. Stimmt genau.

Diese vier Typen hatte ich sofort als übelstes Gewächs in der Publikumsflora ausgemacht. Falls sie dafür sorgen sollten, uns in Stimmung zu bringen, hatten ihre Begeisterungsausbrüche allerdings den gegenteiligen Effekt. Der Neger hatte ja noch gar nichts geleistet. Was sollte also die Ekstase?

– Also gut, mümmelte er. Reicht jez aber ers ma.

Nach einer kleinen Pause legte der Alte wieder los:

– Is ja nich wegen mich, daß ihr hia seid. Is wegen eure kleinen Kinners. Is wegen eure lieben Mädjens. Ihr habt se herjebracht wegen die Schangse 'ne Schönheißskönigin zu sein. Stimmt's oder hab ich recht? Na?

Klar, natürlich hatte er recht, aber viele von uns brauchten geraume Zeit, um seine Sätze zu übersetzen. Und dazu gehörten auch die meisten der guten Leutchen aus Lumpkin. Ich behaupte keineswegs, daß dieser Mann einen Südstaatenakzent hatte; die Diktion dieses Typen quallte jenseits jeder Geographie daher. Weiße Hinterwäldler wurden früher von den reichen Plantagenbesitzern Bergaffen genannt. Dieser schwarze Mann hatte die Bergaffensprache perfektioniert.

– Mädjens. Frauens. Um die tut's gehn. Als se aufe Welt kam, warnse noch so klein, aber jetzt sinse schon groß. Und ihr wollt, dasse jez ma am lecker Essen schnuppern tun. Ihr seid nachs schöne Lumpkeen gekomm und hofft jez, dasse diese Miß-Unschuldich-Schönheißwettewerb gewinn und mittem Stimpenjum wieda nachhaus gehn. Die Leut von Lumpkeen kenn mich ja nu schon alle, aber die aus auswerts, die kenn mich noch nich. Ihr könnt mich Onkel nenn. Als wennwer vawantt wärn.

Unser aller Onkel warf jubilierend die Hände in die Höhe und war nicht der einzige, der nach Luft rang.

Er war ein schmächtiges Kerlchen, das sagte ich ja schon. So etwa knapp einsfünfzig; vielleicht hatte er sogar noch Höhenverstärker in den Schuhsohlen. Kein Liliputaner oder Zwerg, sondern nur eine kleine Person, wenn auch nicht im klinischen Sinn; eher eingeschrumpft. Aber als er seine Arme hochriß, waren die so lang wie Skistöcke; das klingt zwar nicht sonderlich lang, aber denkt daran, wie klein der Mann war. Als er seine Hände hochreckte, ergab das einen monströsen Effekt, weil es so aussah, als hätte er seine beiden Hände an die Decke geworfen, während sein Körper dort blieb, wo er war.

– Jajaja. Ich hab die Zelte hier hinjebaut und euch Mädjens und Familljen einjeladen, weil ich den annern Wettewerb nich leiden tu. Den Miß-Unschuldich-Schönheißwettewerb nämmich. Weil nämmich da nebenan, da wolln se euern Mädjens erzähln tun, was nich ganz richtich an se is. Da müssense nämmich so groß und so dünn sein, und wennse das nich sind, dann is Essich! Stimmts oder hab ich recht? Jawoll. Die Leute von Lumpkeen ham sich nu schon seit drei Jahrn viele Wettewerbe angekuckt. Aber Diesjahr hamwer Glück, weil nämmich die ganzen Familljen aus auswerts wegen den annern Wettewerb gekomm sind, und ich will, dasse alle zu meinem komm. Ich tu mich richtich freun, weil die Fluchbletter in eure Zimmer gelegen ham und weil jez so viele Elterns ihre Mädjens ranjeschafft ham. Oder ham etwa die Mädjens die annern alle ranjeschafft?

Viele Eltern lachten, weil es vermutlich stimmte. Manche Mädchen, wie zum Beispiel Nabisase, kamen nur aus Spaß, aber die meisten waren Profi-Teenager. Hätten ihre Eltern sie nicht hergekarrt, hätten sie sich ihr eigenes Flugzeug gechartert. Jede Wette.

– Wir tun jez die Mädjens reinrufn. Die sind ja alle sowas von schön und süß und schnucklich. Die müssn gakeine Kirchenkleider oder Bikinos vor euch anziehn als ob die da was zu verkaufn ham. Die komm bloß hier rauf und redn. Erzähln, wo se herkomm und wasse so mitjemacht ham, weil nämmich haate Abeit schöne Seelen machn tut.

Ich dachte, daß das Publikum jetzt beleidigt wäre, weil er ja auf dem Miß-Unschuld-Wettbewerb rumhackte; daß sie das Gefühl haben müßten, von ihm dafür beschimpft zu werden, ihre Töchter auf Schönheit zu trimmen. Aber ihm ging es in Wahrheit um ernstere Dinge. Dieser Mann, unser aller Onkel, scherte sich nicht um pickelige Haut oder spiddelige Schenkel, sondern wollte Charakterstärke mit einem Preis krönen.

Die ersten Mädchen waren Miß-Unschuld-Ableger und kamen nicht gut weg, weil sie nicht gelernt hatten, wie sie sich präsentieren mußten. Bei solchen Wettbewerben muß man schauspielern können, das Drehbuch verstehen und seine Rolle durchziehen. Die meisten spielten die gleiche Heldenrolle: hübsch, selbstbewußt, optimistisch. Genau das machten die ersten Mädchen falsch.

Sie trugen keine Gewänder, hatten aber reichlich Make-up aufgelegt und die Haare bis in die Spitzen durchgestylt. Onkel Langarm (ich hörte, wie sein Spitzname geflüstert wurde) machte den derart aufgebrezelten Mädchen Komplimente: Er nannte sie hübsch, glänzend, umwerfend, Begriffe, die auf anderen Richterskalen Höchstpunkte ergeben hätten, aber bei Onkel Langarm bekamen umgekehrt die Jammergestalten Bestnoten. Das zehnte Mädchen war die erste Einheimische, die auftrat; sie trug übel ausgebeulte Jeans und ein Sweatshirt aus Polyester.

Die Eltern der Miß-Unschuld-Mädchen brachen massenweise in unterdrücktes Lachen aus, als sie das armselige Outfit sahen. Aber die andere Hälfte des Publikums klatschte Beifall. Überschwengliches Lob von unserem Onkel, als sie erzählte, daß ihr Vater vor sechs Monaten als Apfelpflücker gefeuert worden war.

Als diese Nummer derart glatt über die Bühne ging, änderten alle Auswärtigen ihre Strategie. Haare wurden zu schlichten Knoten gebunden und Schönheitsfehler herausgekehrt. Und herzzerreißende Schicksale für alle. Diese Mädchen, die von weit her angereist waren, hatten noch ihre Kleider an (allerdings keine Bühnengewänder), aber sie versuchten, den Makel dadurch zu kompensieren, daß sie trampelig über die Bühne latschten.

– Und es war ganz schwer, auf der Schule zu bleiben, sagte das neunzehnjährige Mädchen, weil nämlich die Fabrik dichtgemacht hat und auch nicht mehr aufmacht.

– Paß auf dichauf, sagte Onkel Langarm zu dem Mädchen. Paß auf dichauf, tu ich sagn.

Das Mädchen nickte, ging von der Bühne und verließ das Zelt, und als die Plane beiseite geschoben wurde, sah ich, daß sie sich am Ende der Schlange anstellte, die vor dem dritten Zelt wartete: die letzte Station dieses Staffellaufs.

Ein anderes Mädchen, fetter, aber besser gelaunt, kam auf die Bühne.

– Gib Onkel ma'n Küßchen!

Der alte Mann flirtete, ganz so wie alte Männer es halt noch so tun dürfen. Sie berührte leicht seine runzlige Wange und setzte dann wieder ein Lächeln auf.

– Jez erzähl deim Onkel ma was von deim Leid und Elend.

– Mein Papi und ich sind übers Wochenende bei diesem Wettbewerb, aber meine Mami ist nicht da.

Sie machte eine Pause, als der kleine, alte Mann ihre Hüfte berührte. – Warum kann deine Mami denn an som wichtjen Wochnende nich hier sein?

Das Mädchen ließ die Schultern noch tiefer sinken. – Ja, wissen Sie, wir sind nur ganz einfache Leute aus Tennessee.

– Kanns uns ruhj alles erzähln, Mädjen, sind doch alles gute Menschen hier, wir verstehn dich schon.

– Ja, also meine Mami wollte eigentlich mitkommen, aber dann mußte sie am Wochenende arbeiten. Sie hat schon fünf Tage Überstunden gemacht, aber man hat ihr gesagt, daß sie keine Chance hat.

Die Frauen im Publikum, die sich mit Tyrannen auskannten, nickten.

– Un was tut se denn abeiten? Für die Leute, für die se malochen muß?

Das Mädchen grub ihre Fingernägel in die Handballen, was vielleicht eine Strategie war, Tränen zu erzeugen.

– Mama mußte … sie mußte … sie mußte nach Singapur fliegen und sich mit dem Handels- und Wirtschaftsminister treffen.

Schließlich brach das Mädchen in Tränen aus. Ein Drittel des Publikums empfand Mitleid, das sich wohl aus dem gelungenen Auftritt speiste, aber die anderen hielten sich mit Applaus eher zurück. Sogar der alte Mann sah sie streng an. Eine Moral von der Geschicht fiel ihm offenbar auf die Schnelle nicht ein. Also schubste er sie einfach aus dem Zelt.

– Nu wolln wir ma 'n anneres Mädjen aufe Bühne holn.

Ihr könnt euch ja schon denken, wer als nächste auftrat. Ich kann mir den Namen also ersparen. Ich wußte, was kommen mußte, aber als meine Schwester auf die Bühne ging, bedeckte ich mein Gesicht.

Nabisase trug immer noch Oma auf dem Rücken, sah

aber nicht erschöpft aus. Oma wog ja nicht viel, und die Aufregung machte meine Schwester vermutlich stark. Nabisase hätte ihre Großmutter natürlich vorher abschnallen können, aber meine Schwester muß wild entschlossen gewesen sein zu gewinnen.

Nabisase knotete die Bettlaken auf, und Oma kletterte behutsam vom Rücken ihrer Enkelin herunter. Die versammelte Menge saugte bereits mit einer solchen Neugier an der Innenseite ihrer Kollektivbacke, daß diese Neugier jeden Augenblick in schiere Sentimentalität umschlagen konnte.

– Nu komma schön hier rüber zu deim Onkel, sagte der Mann.

– Guten Tag allerseits, sagte Nabisase.

Gute Manieren an den Tag zu legen war natürlich schlau.

– Un wen hassu uns denn da mitjebracht?

– Das ist meine Großmama. Sie ist dreiundneunzig.

– Seid ihr auch wegen dem Wettewerb hier?

– Ja, Sir.

Sir! Das einzige Sir, das ich je zuvor aus Nabisases Mund gehört hatte, war die erste Silbe des Worts Service.

– Un wo is der Rest von deine Famillje? Dein Mama un dein Papa un so?

– Ich habe sonst niemanden mehr, flüsterte Nabisase ins Mikrofon. Es gibt nur noch mein Großmütterchen und mich. Wir sind Waisenkinder.

15

Selbst als Nabisase, Oma wieder auf den Rücken geschnallt, unter heftigem Beifallsgeprassel das Zelt verlassen hatte, selbst als der alte Mann sich hinkniete, um für das arme Kind zu beten, stand ich immer noch wie angewurzelt und zog lediglich meine Brieftasche aus der Hose, um mich des Namens zu vergewissern, der auf meinem Führerschein stand.

Die Band marschierte auf und zog dreimal um den Block, während andere Mädchen ihr Leid klagten. Unabhängig von ihrer Rasse, ihrem kulturellen Hintergrund oder ihrer Herkunft, Ohio, Rhode Island, New York, Pennsylvania, betonten die auswärtigen Mädchen ihren heimatlichen Akzent anfangs überdeutlich, endeten aber schließlich alle im gleichen, erbärmlichen Südstaatenkauderwelsch. Als ob eine einzige Region den Alleinvertretungsanspruch aufs Leid der Menschheit hätte.

Während Miß Unschuld Schönheit und Unberührtheit voraussetzte, war dieser kleine Karneval ein Wettbewerb in Sachen Elend. In unserem Elendsprüfzelt versetzten die Unterjochten das Publikum in Verzückung.

Die Gewinnerin erhielt einen Vertrag als Modell.

Die Mädchen kämpften also darum, in lokalen Anzeigenblättchen abgebildet zu werden. Nichts Landesweites, der Wettbewerb war ja eher bescheiden. Vielleicht würden der Gewinnerin des Großen Preises Probeaufnahmen für einen Versandhauskatalog winken. Onkel Langarm würde die Siegerin am Sonntagnachmittag küren, um den vielen neuen Teilnehmerinnen genügend Zeit zu lassen, sich am Abend an dem anderen, größeren Wettbewerb zu beteiligen.

– Ich bin richtich stolz, daß ich diese Mädjens helfn kann, weil ich nämmich harte Zeiten kennen tu. Stimmts etwa nich? Stimmt doch. Aber ich will euch ma was Gutes erzähln, nämmich was über die Vereinichtenstaaten, wo wir drinne leben tun.

Ich weiß, daß es hier mal Ärger gegem hat. Kuckt mir an, dann wißt Ihr wieso ich das wissen tu. Aber ich wa auch schoma in Ängland. Is schon komisch, stimmts oder habich recht? Ich. Onkel Allen, in Ängland und auch in Franckreich.

Und da drüm ham se auch reiche Leute und ame, aber die amen Leute könn da drüm nie reich wern. Nie im Lem. Da drüm ham se Klasse, das tun manche Leute sagn. Na gut, dann hamse da drüm ebn Klasse! Ame Klasse, Abeiterklasse und Oberklasse.

Dann bin ich wieder nach Amerika gekomm, und obwohl ich seh, daß wir gegenanner kämpfen tun, weiß ich aber, daß wir alle reich sein könn, wenn wir Geld genuch kriegn tun. Wir ham keine Klassn inne Staaten, und das macht mir stolz. Wir ham hier nur die Leute, die reich geborn wern, und die annern, die reich wern könn, aber beide könn sich 'n schönes Haus kaufn. Stimmts oder habich recht?

Während Onkel Langarm redete, empfand selbst ich Stolz. Ich glaubte ihm, weil ich ihn sah. Onkel Langarm war die lebende Litfaßsäule seines Erfolgs.

– Hier bei uns gibs nich bloß ein oder zwei Gewinner und die annern Mädjens schicken wir einfach wieder wech. Nix. Hier bei uns kriegn viele Mädjens was zu tun, weil ich nämmich will, daß viele 'ne Schangse ham. Hier gehts nämmich um Schangsen.

Die Leute applaudierten freundlich, aber niemand geriet in Ekstase. Wenn ihr jetzt meint, daß Onkel Langarm wie ein Prediger klang, dann seid ihr noch nie einem Mann begegnet, der auf Kommissionsbasis arbeitet.

Zusammen mit den meisten anderen Zuschauern verließ ich das Zelt. Die noch blieben, wollten persönlich mit Onkel Langarm reden. Anfangs stand er noch auf der Bühne, aber trotz des Podestes war er immer noch kleiner als viele der Männer und manche der Frauen. Als er schließlich heruntersieg, um Hände zu schütteln, war er überhaupt nicht mehr zu sehen.

Ich ging zum dritten Zelt rüber, suchte dabei aber nicht mehr nach meiner Schwester. War es fair von mir, mich beleidigt zu fühlen? Ich kam mir wie eine Warze vor, die man entfernt hatte. Nur gut, daß ich Nabisase und Oma nicht sah, weil ich diesen Findelkindern meine beiden letzten Malapees an den Kopf geworfen hätte. Ich hätte meine Schwester angeschrien, daß sie gelogen hatte. Ich hätte ihre Chancen ruiniert.

Im dritten Zelt waren blaue und gelbe Lose an die Mädchen verteilt worden, aber jede Wette, die Frauen, die die gelben Lose bekommen hatten, dürften schnell dahintergekommen sein, daß sie sich damit genausogut am Käsetresen im Supermarkt hätten anstellen können. Als ich das zweite Zelt verließ, war es fünf, aber im dritten Zelt sah es jetzt schon so aus wie auf der Pferderennbahn kurz vor Torschluß: Nieten bedeckten den Boden.

Als ich wieder nach draußen ging, versuchte ich, Onkel Langarm anzurempeln, verfehlte ihn jedoch. Mein Ellbogen stach über seinem Kopf ins Leere. Nachdem meine Schwester mich in aller Öffentlichkeit aus ihrem Stammbuch gestrichen hatte, fragte ich mich, warum sie mich überhaupt hierher mitgenommen hatten. Ich dachte, daß ich mich bei dem Wettbewerb nützlich machen sollte, aber vermutlich war ich doch nur der Fahrer. Und in Rosedale wollten sie mich nicht allein zu Hause lassen, weil sie Angst hatten, ich würde mit meinem nackten, dreckigen Arsch in ihre Kissen pupen.

Beim dritten Versuch, den Onkel anzurempeln, stellte ich mich einfach vor: – Ich bin Reporter, sagte ich.

Im ersten Moment zuckte er zusammen. – Nein, nein, ich kann Ihnen versprechen, daß ich dreitausend Worte über den anderen Wettbewerb schreiben soll.

Das beruhigte ihn. – Wo kommse denn her? fragte er.

– Seit wann werden Sie Onkel Langarm genannt?

Er zog ein beleidigtes Gesicht. – So werd ich ga nich genannt.

– Entschuldigung.

Er lächelte und entblößte dabei zwei mit Gold überkronte Schneidezähne. – Ich seh, daß Se 'n schnieken Anzuch anham, und da denk ich mich, daß Se auch Manieren ham, Brass Ankles (*).

– Hab ich ja auch.

– Und? Was ham Se damit gemacht? Ham Se die aufgefressn?

– Hören Sie, ich möchte mich nicht mit Ihnen streiten. Tut mir leid. Entschuldigen Sie.

Ich folgte ihm hinters dritte Zelt, wo eine Frau die gelben Lose zusammenkehrte.

– Seit wann sind Se denn schon inner Stadt?

– Seit gestern abend.

– Und ham Se schon was gefunden, womit Se Ihre Brötchen verdien könn?

– Eigentlich nur, daß einige der Mädchen gelogen haben, als es um ihre Lebensumstände ging.

Wir bogen von der Braddock Street in die Louden Street ein. Eine Pfandleihe im nächsten Block warb mit Sonderangeboten für Waffen. Das galt sowohl für Handfeuerwaffen als auch für Messer. Mehr Gewehre als Schlagringe.

An der Wand dieses Eckladens hing ein weißes Transparent mit Onkel Langarms grinsendem Gesicht. Keine Zeichnung, sondern ein professionell digitalisiertes Foto. Die Überschrift dazu lautete: Euer Onkel baut euch euer Nest. Telefonische Hypothekenberatung.

– Mm hmm, antworte Onkel Langarm.

– Bei einer Teilnehmerin habe ich klare Beweise, daß sie ihre Familiengeschichte getürkt hat. Mein Redakteur meint, das mache die Story erst richtig aufregend. Wie tief sich manche Leute freiwillig sinken lassen, bloß um zu gewinnen. Ich finde das unheimlich spannend.

– Was issn das für 'ne Zeitung, für die Se abeitn?

– *The New York Observer*. Wir sind 'ne ganz scharfe Truppe.

Ich rechnete damit, daß er mir nicht glauben oder mich vielleicht anschreien würde. Statt dessen schubste er mich ins Gebüsch. Er stieß mich mitten in den Kanadaschierling.

– Über das, was Sie da gehört zu haben behaupten, werden Sie auf keinen Fall berichten, flüsterte er.

Er stellte sich auf die Fußballen. Mein Hinterkopf berührte die schattige Erde.

Ich fragte ihn: – Wo ist denn Ihr Akzent geblieben?

16

An diesem Samstagabend kam ich um sechs Uhr wieder am *Hampton Inn* an. Als ich zur Rezeption ging, hatte ich solchen Schiß, daß ich fast gekotzt hätte. Aus einer silbernen Kanne goß ich mir einen Kaffee ein.

Die Empfangsdame war eine bleistiftdünne Frau in grüner Weste mit einem weißen, langärmeligen Hemd darunter. Sie wartete, daß ich etwas sagte, aber der Kaffee war so heiß, daß ich meinen Mund krampfhaft geschlossen halten mußte, um nicht auf den Boden zu spucken.

Also fragte sie mich schließlich: – Sind Sie 603?

– Höchstens 350!

Sie zögerte, aber drollig wollte ich eigentlich gar nicht sein.

– Haben Sie vergessen, Ihre Dusche abzustellen, als Sie heute weggegangen sind?

– Nein. Wieso?

– Sind Sie sicher?

– Ich kann Ihnen versichern, daß ich seit vierundzwanzig Stunden nicht mehr geduscht habe.

Sie glaubte mir, was mein Schuldproblem löste, aber sie machte einen Schritt rückwärts und hielt sich eine Hand über die Nase. Als das Zimmermädchen Ihre Bettwäsche wechseln wollte, erklärte sie aus sicherer Distanz, stand das ganze Zimmer unter Wasser.

– Das tut mir leid.

Sie machte einen schnellen Schritt vorwärts. – Wieso entschuldigen Sie sich denn überhaupt?

– Niemand sieht es gern, wenn derart unangenehme Dinge in angenehmen Hotels passieren.

Sie wich zwar nicht wieder zurück, behielt aber die Hand vorm Gesicht. Ich nahm mir fest vor, mir heute abend ausreichend Zeit zu nehmen, mich abzuseifen.

– Machen Sie sich darüber keine Sorgen, sagte die Empfangsdame. Das Zimmermädchen hat Handtücher ausgelegt. Ungefähr sechzig Stück. Wir geben Ihnen ein anderes Zimmer.

Gerettet. Nicht verantwortlich. Freigesprochen vorm Bagatellgericht. Ich hätte mich als Glückspilz fühlen müssen. Statt dessen stand ich mit dreckigem Hals und Schweißflecken auf den Innenseiten meiner Hose in der Lobby und heuchelte Empörung.

– Das hat doch alles das Zimmermädchen verbockt, nicht wahr?

Zimmer 414 und Zimmer 603 glichen sich wie eine Stehlampe der anderen. Eine mit, die andere ohne Glühbirne. Ich stand in meinem neuen Zimmer.

Ich brauchte dringend eine Dusche, aber als ich ins Badezimmer ging, merkte ich, daß ich mich vor dem Duschkopf fürchtete. Ich drehte den Hahn auf, doch als das Wasser herausströmte, phantasierte ich weiteres Unglück. *Zwei* ruinierte Zimmer würden die Toleranzschwelle des *Hampton Inns* wohl überschreiten. Ich hatte eine Panikattacke, weiter nichts. Wie ein Gesprächstherapeut sprach ich beruhigend auf mich ein: – Macht ja nichts. Dusch einfach etwas später. Mach was anderes. Nicht sofort. Demnächst. Stell das Wasser ab.

Ich hielt mir den Hörer des Hoteltelefons ans Ohr und lauschte dem Gestotter des Wähltons: Das Signal verkündete, daß es Nachrichten für mich gab. Sie waren aus Zimmer 603 weitergeleitet worden. Zwei stammten von Nabisase, und zwar von 9 Uhr 30 und 11 Uhr morgens. Die erste

Nachricht erkundigte sich mit beleidigtem Tonfall, wo ich steckte. Die zweite klang niedergeschlagen: – Ich nehme an, daß du und Mama beschäftigt seid.

Die dritte, kaum zu verstehende Nachricht stammte von Mama. Ihre Stimme klang wie ein gepreßtes Trillern. Man hätte sie eher für ein kleines Mädchen als für eine erwachsene Frau halten können. Um 15 Uhr 18 sagte sie: – Ich muß die Hunde aus dem Auto holen, aber ich lasse sie dir erst später vorbeibringen. Mach dir keine Sorgen, Anthony. Ich weiß schon, wie ich dich erreichen kann.

– Geh da jetzt mal hin, sagte ich laut zu mir selbst. Steh auf und such deine Truppe.

Ich rief unseren Anrufbeantworter in Queens an, aber wieso eigentlich? Nabisase hatte mehr Freunde als wir alle zusammen, und zwar genau zwei. Den Anrufbeantworter abzuhören war lediglich eine Ausrede, nicht in die Hufe kommen zu müssen.

Zu meiner Überraschung hatten wir fünf Anrufe. Fünf für Anthony. Was dazu führte, ich weiß nicht, warum, daß ich mir begehrenswert vorkam.

Der erste Anruf war vom Geschäftsführer von *Blitzblank*, der mir schon zum zweiten Mal Wochenendarbeit anbot. Die anderen vier waren von dem gleichen Mann, einem Mann, der zweifellos nicht zugehört hatte, als ich ihm gesagt hatte, daß ich verreisen würde: – Hallo, das ist eine Nachricht für Anthony. Ruf mich zurück. Du weißt ja schon, wen.

– Hier ist Ledric, tut mir leid, daß ich noch so spät anrufe und so.

– Nabisase, kannst du mal abheben und mich mit Anthony sprechen lassen?

– (stöhnend) Ich bin das dümmste Arschgesicht weltweit.

17

Der Kofferraum des Dodge Neon war aufgebrochen. Das Schloß sah aus, als sei es mit Klauen traktiert worden. Weiße Lacksplitter lagen auf dem Parkplatz des *Hampton Inns*. Meine Reisetasche war noch da, aber Mamas achtzehn Hundeskulpturen fehlten.

An Ledric verschwendete ich keinen einzigen Gedanken mehr, sondern öffnete meine Tasche, um mich zu vergewissern, daß meine sauberen Anzüge noch da waren. Es war natürlich möglich, daß sich in Lumpkin ein auf Nippes spezialisierter Dieb herumtrieb, aber das bezweifelte ich doch sehr. Ich faltete einen der Anzüge auseinander, schüttelte ihn aus und zog mich auf der Rückbank des aufgebrochenen Wagens um. Ich versuchte zwar ein paarmal, die Klappe zuzuschlagen, aber der Kofferraum ließ sich nicht mehr schließen.

Ich stieg aus und ging die dreißig Meter zum *Comfort Inn* zurück. Ein Mädchen in der Hoteluniform, mit Jackett und freundlichem Lächeln, führte mich wieder nach draußen und zeigte nach Südwesten auf ein riesiges, blaßrosa Gebäude, in dem Veranstaltungen abgehalten wurden.

Das *Blue Ridge* Theater.

– Ich glaube, daß Sie dahin wollen, Sir.

Vorprogramme, bei denen Freizeit- und Sportmode präsentiert werden sollten, begannen um acht Uhr.

– Das ist ja erst in einer halben Stunde, sagte ich.

– Wenn Sie wollen, können Sie so lange in unserer Hotelbar warten.

– Ich sollte lieber nichts trinken, sagte ich. Ich muß heute abend noch Auto fahren.

– Macht Ihre Tochter da mit?

– Meine Schwester. Haben Sie sich heute nachmittag den anderen Wettbewerb angesehen?

– Den von Onkel Langarm? Na klar. War dies Jahr viel größer als sonst. Meine Cousinen haben 93 und 94 mitgemacht.

– Und wieso nicht Sie?

– Mein Leben ist gar nicht so schlecht, sagte sie.

Ich ließ mir von der Hotelangestellten Bindfaden geben und band den Kofferraum unseres Dodge Neon damit zu. Der Anblick deprimierte mich. Gestern erst, am 10. November, war Mama mit diesem Auto nach Hause gekommen. Er ließ den ganzen Block heller strahlen, weil er so makellos war. Mit dem weißen Band an der Kofferraumhaube sah der Wagen jetzt genauso aus wie die anderen Rostlauben, die in Zweierreihe an der Hillside Avenue parkten.

Ich startete den Motor und verließ Lumpkin, Virginia, um Viertel vor acht.

Miser's Wend war ein noch kleineres Kaff, vierzig Meilen südlich von Lumpkin. Zwischen beiden Orten lag die größere Stadt Winchester, Virginia. Wenn die Quäker hier nicht 1773 angekommen wären, hätte Miser's Wend heute nie und nimmer eine eigene Autobahnausfahrt an der I-81. Von diesen historischen Tatsachen, dem Gründungsjahr und den Gründern, kündeten Plaketten, die alle drei Meter im gesamten Stadtgebiet aufgestellt waren. Adelten jeden Back- und Bordstein und jede Zigarettenkippe zu historischen Sehenswürdigkeiten des Quäkertums. Aber 1995 waren die Quäker längst zu völliger Bedeutungslosigkeit gealtert. Als ich in Miser's Wend ankam, betrat ich eine aussterbende Gesellschaft.

Die Innenstadt bestand lediglich aus vier Blocks mit einem Buchladen, einem Lebensmittelgeschäft und einer chemischen Reinigung; die Ladenfassaden waren alle vor dem Bürgerkrieg errichtet worden. Ich empfand eine Mischung aus Bewunderung und Rückenschmerzen. Mir tat immer noch alles weh, weil ich morgens im Auto geschlafen hatte.

Ein Gemeindehaus der Quäker stand wie verloren auf einem weiten Feld. Zwanzig mal zwanzig Meter, einstöckig, das Dach mit Erkern verziert. Abgesehen davon, daß es im direkten Einfall des Mondlichts schimmerte, fand ich eigentlich nicht, daß es wie ein religiöses Gebäude aussah. Das Mondlicht ließ das Holz noch weißer wirken. An der rechten Seite des Gemeindehauses war eine Veranda angebaut, auf der ein einzelner, kleiner Stuhl stand. Er sah mich an, aber ich fuhr vorbei.

Ich berührte den Beifahrersitz, auf dem meine Schwester am Freitag noch gesessen hatte. Als ich daran dachte, wie sie mit Oma auf die Bühne gekommen war, bereute ich die Fehler, die ich heute gemacht hatte. Hatte ihre Anrufe verpaßt und fuhr jetzt vierzig Meilen durch die Gegend, bloß weil sie meine Gefühle verletzt hatte. Als wir am 3. September aus Ithaca nach Rosedale zurückgekommen waren, hatte Nabisase mir geholfen, den Keller zu entrümpeln, damit ich ein hübsches Schlafzimmer bekam. Mir blieben aber immer noch ein paar Meilen, um zu entscheiden, ob ich umkehren und ihr Waisengeheimnis für mich behalten sollte.

Onkel Langarm hatte die Wegbeschreibung auf der Rückseite eines Antrags für einen Autokredit geschrieben.

Die Beschreibung war allerdings etwas zu genau für mich.

Aufstehen. Den Dreck abwischen. Ins Hotel zurückgehen. Ins Auto setzen. Östlich auf Jubal Early Drive. Auffahrt zur I-81 Süd. Auf der I-81 Richtung Süden. Sechsundvierzig Meilen auf der I-81 Süd fahren. Bis Ausfahrt

303 – Miser's Wend. Ab bei Ausfahrt 303 – Miser's Wend.
Ausfahrt führt zu Ampel. Bei Ampel rechts ab auf Strop
Street. Geradeaus.

Ich erreichte die Schokoladenseite der Gemeinde, wo es Einfamilienhäuser von bescheiden bis geräumig gab, die Wände
aus Sandstein, die Lichter gelöscht. In allen Häusern, überall. Schön, aber gottverlassen. Um acht Uhr war die Sonne
vollständig hinter den Bäumen versunken.

Rechts ab in die McCutcheon Street. Vor dem Eckhaus
steht ein orangfarbener Briefkasten. Bei keinem der Häu-
ser anklopfen. Auf der kleineren Straße langsam fahren.

Inzwischen wurde die Wegbeschreibung zu einer Beleidigung. Vielleicht war Onkel Langarm ja ein Arschloch aus
Überzeugung. Oder redete ich etwa so oder sah so aus, daß
die Leute dachten, sie müßten mich mit der Kneifzange anfassen? Ich hatte immer geglaubt, daß ich meinen verwirr-
ten Geisteszustand routiniert kaschieren konnte.

Nachdem ich zehn Minuten auf der McCucheon Street
gefahren war, zweigte rechts ein Privatweg ab; schmal wie
das Farbband einer Schreibmaschine und ohne Straßen-
schild. Die letzte Anweisung lautete:

Meine Straße hat keinen Namen. Auf Lichter im Wald
achten. Dahin fahren.

18

Onkel Langarm stand auf den Eingangsstufen seines Sandsteinhauses und winkte mir zu. Obwohl das Haus zweieinhalb Stockwerke hatte, wirkte es klein, weil es sehr schmal war. Aus dem langen, geneigten Dach ragten drei Schornsteinzüge, je einer an den Giebelseiten und ein dritter in der Mitte. Das Gebäude stand auf einer schlichten, aber sehr gepflegten Wiese. Es war wirklich schön. Die schmale Straße erwies sich als Zufahrt, die ums Haus herumführte.

Ich wollte bis ans Hausende fahren, um das ganze Anwesen überblicken zu können, aber er gab mir gestikulierend zu verstehen, daß ich auf dem vorderen Rasen parken sollte.

Nächte auf dem Lande behagen mir eigentlich gar nicht. Ich freue mich immer, wenn ich einen Verkehrshubschrauber am Himmel sehe. Ich sagte mir einfach, daß der wolkenlose, sternenübersäte Himmel wie ein vollbestücktes Mischpult aussah, und das machte mich locker.

Klein war Onkel Langarm immer noch, hatte aber keine Goldzähne mehr im Mund. Der braune Anzug, den er anhatte, war besser als der, den er nachmittags im Zelt getragen hatte. Als ich ihn an der Schulter berührte, fühlte sich der Stoff weicher als Schlagsahne an.

Als er mich durch den Vordereingang ins Haus führte, schielte ich zum Hinterhof hinüber. Dort stand eine Holzhütte, die viel kleiner als das Haupthaus war.

– Sie sind gar nicht von der Zeitung, sagte Onkel Langarm, kaum daß wir die Eingangsdiele seines Hauses erreicht hatten.

Die Diele war schmal wie das gesamte Haus, und ich

dachte, daß die Quäker wohl sehr dünne Leute gewesen sein mußten.

– Wie haben Sie das herausgefunden?

– Ein Telefongespräch hat genügt.

An der Dielenwand stand eine zwei Meter hohe Standuhr mit hölzernem Gehäuse, aber sie schien nicht mehr zu gehen. Eine derbe, zwei Meter lange, zur Sitzbank umfunktionierte Totenbahre stand gegenüber der Uhr in der Diele. Zwischen diesen Erbstücken gab es nicht viel Platz für mich, und die Decke war auch nicht besonders hoch. Ich berührte die Bahre, und das Holz war so mürbe, daß ich fürchtete, es durchgedrückt zu haben. Die ganze Einrichtung war dezent, aber erste Sahne.

– Ihre Familie war wohl schon immer reich, sagte ich.

Er ging mir voraus und ließ nichts mehr von den Faxen seiner Karnevalsnummer von heute nachmittag ahnen. Wißt ihr, wie er jetzt aussah? Wie ein ehemaliger Tänzer. Mit diesem merkwürdigen Wiegeschritt. Ich wußte nicht, wie alt er war, aber sein Körper mußte einmal geschmeidig gewesen sein. Er schlurfte nicht mit den Füßen.

Eine Treppe führte zum ersten Stock hinauf, aber wir blieben im Erdgeschoß, gingen links an der Treppe vorbei in einen weiteren, schmalen Raum mit hellblauen Wänden, in dem ein Klavier stand.

Beim Gang durch sein Haus machten die Dielen unter meinen Füßen knirschende, knarrende Geräusche. Ich schämte mich. Schlimmer wurde das alles noch dadurch, daß Onkel Langarm nur etwa fünfhundert Gramm wog, wie seine lautlosen Schritte bewiesen.

Wir gingen durch den schmalen Raum, an dessen einem Ende das Klavier und am anderen ein Mahagoni-Sekretär standen, bis zur Hinterseite des Hauses. Hier gab es nur ein einziges Zimmer, das aber groß genug war, um mich wieder frei atmen zu lassen.

Es gab einen Eßtisch, einen unbenutzten Kamin und jede Menge freien Raum. Hier hätte ich campieren können und immer noch Platz genug gehabt, meinen roten Anzug zum Trocknen aufzuhängen. Er war bereits jetzt schweißnaß, vom Tragen formlos und ausgeleiert und klebte mir am Körper.

Sechs eingerahmte Dokumente hingen an der Wand, aber ich konnte sie jetzt nicht lesen, weil Onkel Langarm durch eine Hintertür in den Garten ging.

Sein Grundstück war abschüssig, so daß ich von der Hintertür aus die fünf Meter entfernte, kleine Holzhütte sehen konnte, und dahinter lag der Rest des Grundstücks, noch ein freies, höchstens 4000 Quadratmeter großes Feld. Ich wunderte mich, wie weit ich blicken konnte, obwohl nur ein Dreiviertelmond schien, aber die Sterne leuchteten auch.

An der hinteren Grundstücksgrenze erhob sich eine Reihe kleiner Bäume, und dahinter lag ein kleineres, unbebautes Feld, auf dem zwei Dutzend Zelte aufgeschlagen waren. Kleine, verstreute Dome im fernen Gras.

Pfadfinder, dachte ich zuerst, aber dann erinnerte ich mich an die Kindersoldaten aus dem Hotel. Wie ernst würden die ihre Rolle nehmen? Würde ihr Anführer wirklich von ihnen verlangen, die Nacht im Freien zu verbringen, um dann bei dem Wettbewerb so richtig verkrampft, hungrig und abgerissen aufzutreten? Als kriegsmüder Haufen?

Direkt hinter den Zelten war ein leeres, riesiges gelbes Ungetüm geparkt. Sein Heck lag im Schatten, und die Schnauze berührte fast einen Baum. Die schwarzen Reifen waren vom Gras verdeckt, so daß der gelbe Bus über dem fernen Feld zu schweben schien. Auf seiner Seite war ein weißes Transparent angebracht. Es war zu dunkel, um den

Slogan zu entziffern, aber ich kannte ihn schon von den Raststättenrevoluzzern: Die Uns-stinkt's-gewaltig-Fraktion war angekommen.

Wieso waren die denn in der Gegend von Lumpkin?

Hatten sie uns etwa verfolgt?

– Ich habe sie eingeladen, erklärte Onkel Langarm.

Wir wollen sie jetzt aber mal für einen Moment vergessen, weil Onkel Langarm die Tür wieder zumachte. Er hatte ein phantastisches Essen vorbereitet.

Wie alle anderen Möbel auch schwieg sich der lange Tisch aus Pinienholz über seinen Wert aus. Über die Platte war ein Tischtuch ausgebreitet, das zwar keine Rüschen an den Säumen hatte, aber ein schachbrettartig eingewebtes Muster, das Marinekompasse zeigte. – Wie alt sind diese Sachen? Sind die nicht unheimlich wertvoll?

Er fragte: – Ist das Ihre Vorstellung von der Vergangenheit? Eine Preisrevue?

– War ja nur so 'ne Frage. Sie wissen schon, was ich meine.

– Wenn alles andere den Bach runtergeht, wird Geschichte zur Religion des Humanen. Woran glauben Sie?

– Können wir jetzt essen? fragte ich.

– Natürlich. Entschuldigen Sie. Ich habe mich bemüht, etwas aufzutischen, was Ihnen vertraut sein dürfte, sagte er.

Onkel Langarm sprach mit mir, als sei ich Ausländer, aber ich nahm mir vor, sein Gesülze à la Nord-und-Süd-zwei-Nationen-in-einer-Nation nicht so ernst zu nehmen. Er hatte es aber ernst genommen, indem er nämlich eine Auswahl spanischer Spezialitäten zubereitet (oder wohl eher gekauft) hatte.

Reis und Zuckererbsen, geröstetes Schweinefleisch, Hähncheneintopf und gebratenes Fleisch. Als er die Deckel von den Töpfen hob, stieg mir das Aroma von Zwiebeln, Paprika und Koriander in die Nase. Der Duft war so gut, daß ich in meiner Nase dies feine Kribbeln spürte, als ob ich niesen müßte.

– Was meinen Sie denn, wo ich herkomme? fragte ich ihn, nachdem ich mir das Essen angesehen hatte.

– Aus New York.

– Und wieso dann spanisches Essen?

– Weil Sie Mexikaner sind! Meine Frage hatte ihn wohl aus dem Konzept gebracht.

– Das hat aber noch nie jemand geglaubt, daß ich Mexikaner bin, sagte ich. Puertoricaner schon eher. Dominikaner.

– Das meinte ich ja auch. Puertoricaner.

– Warum haben Sie dann nicht Puertoricaner gesagt?

– Hab ich doch.

– Sie haben Mexikaner gesagt.

Er hob beide Hände und ballte sie zu zwei sehr unagressiven Fäusten. – Das ist doch so, als wenn man Vereinigte Staaten und Amerika sagt. Mexikaner. Puertoricaner.

– Das sind aber zwei verschiedene Länder.

– Ach, kommen Sie schon. Er tat so, als sei diese Unterscheidung das schlimmste Symptom von Hypersensibilität.

Beim Essen bin ich schweigsam wie ein Grab. Manchmal scheinen sich nicht einmal meine Hände zu bewegen, weil ich die Gabel mit einer Kranladung Essen hebe, mir zuführe und bedächtig kaue.

Onkel Langarm war wählerisch; weil seine Portionen so winzig waren, sah ich viel weißes Porzellan von seinem Teller.

– Sie sind also gar nicht von der Zeitung, sagte er noch einmal, war aber nicht sauer.

– Ich bin Gebäudereiniger.

– Und Sie sind tatsächlich wegen der Mißwahl hier?

– Na klar doch.

– Ich kann mir gar nicht vorstellen, daß jemand seine Tochter bei dieser Katastrophenshow mitmachen läßt.

Wer war dieser Typ? Vor nicht einmal zehn Stunden hatte er noch die volle Vardaman-und-Bilbo-Nummer (*) abgezogen, und jetzt saß er hier als moralisierender Quäker-Gentleman aus reicher Familie auf hohem Roß?

– Meine Schwester macht da mit.

– Und Ihr Vater hat sie dazu überredet?

– Wenn er das getan hätte, wär sie disqualifiziert worden.

Er ließ mich über mein eigenes Witzchen lachen, bis es wieder still im Zimmer wurde. Ich kam mir albern vor und sagte: – Unsere Mutter hat die Teilnehmergebühr bezahlt, aber es war meine Schwester, die unbedingt mitmachen wollte.

– Es ist primitiv, daß die Mädchen sich auf Grund ihrer Unberührtheit bewerben.

– Immer noch besser als Leid und Elend! rief ich.

Hab ich schon erwähnt, daß ich zwei Bier getrunken hatte? Oder daß ich betrunken war? Vielleicht hab ich das verschwiegen, weil ich mich zuzugeben schäme, daß ich nicht hart im Nehmen bin.

– Ist Ihnen noch nie in den Sinn gekommen, daß das ganze Mißwahlsystem etwas Archaisches hat? fragte er.

– Ach, ist doch völlig wurscht, seufzte ich. Häßlich ist heutzutage sowieso niemand mehr.

Es ist schon ein Supergefühl, wenn man mit Essen fertig ist und nur noch die Reste auf dem Teller liegen. Diesmal war es eine Mischung aus Bratensauce, Reiskörnern, Öl und kleinen Stücken geschnetzelten Fleischs. Ich hob den Teller an die Lippen. Das Zeugs war so lecker wie Portwein.

Als nur noch abgenagte Knochen auf unseren Tellern lagen, servierte Onkel Langarm aus einer dunkelgrünen Flasche einen hellgrünen Likör. Er schmeckte wie eine Mischung aus Paprika und Pfefferminz.

Er sagte: – Wir waren Quäker, bis mein Großvater aus der Gemeinde ausgeschlossen wurde. Er zerstritt sich mit ihnen wegen des Problems der Dienstbarkeit. Er war dafür, und sie waren dagegen.

Dienstbarkeit war der freundlichste Euphemismus für Sklaverei, der mir seit langem untergekommen war.

– Er war der erste schwarze Quäker, der je ausgeschlossen wurde.

– Gab es noch andere?

– Nein.

– Er war also der einzige schwarze Quäker, der ausgeschlossen wurde.

– Man wird ihn aber wegen etwas anderem in Erinnerung behalten.

– Als Sklavenhalter?

– Mein Urgroßvater Otis gründete drei technische Hochschulen. Eine in Mississippi und zwei in Tennessee.

Onkel Langarm erzählte mir, daß die Hochschulen ursprünglich Kurse in Pferdezucht und Hauswirtschaftslehre angeboten und sich dann zu Computertechnologie, Wirtschaftsmanagement und sogar Rechtspflege weiterentwickelt hatten. Dank Otis, dem schwarzen, exkommunizierten Sklavenhalter, ging es nun Tausenden von Absolventen besser als zuvor. Onkel Langarm nahm das alles sehr wichtig. Ich hörte ihm zu, aber manchmal nur noch mit einem Ohr. Der Likör hatte mein Gehirn längst in eine taube Nuß verwandelt.

– Wieso führen Sie sich dann wie Old Remus auf? (*) Wenn Sie so stolz auf Ihre Vorfahren sind?

– Den Leuten will es nicht in den Kopf, daß es schwarze

Aristokraten geben soll. Sie haben einfach zuviel in eine Vergangenheit investiert, die sich aus einer einzigen Legende speist. Schwarzen und Weißen fällt es viel leichter, mich für einen armen Teufel zu halten. Also trete ich als der zerlumpte, aber großherzige Baumwollpflücker auf. In Colorado habe ich Onkel Eisenarm vom Stamm der südlichen Ute-Indianer gespielt. Ich bin der beste Geschäftsmann, dem Sie je begegnet sind, das kann ich Ihnen sagen.

Über dem Kamin hingen also diese sechs gerahmten Dokumente. Eins war eine Auflistung von Möbeln, ge- oder verkauft im Jahr 1884. Ich tat, was jeder getan hätte, indem ich mir vorstellte, daß man sich mit so viel Geld in der Tasche ein Himmelbett hätte kaufen können.

Daneben hing ein gerahmter Zeitungsausschnitt, aus dem hervorging, daß jemand in Frederick County hundert Äcker Land erworben hatte. Ich muß das genauer formulieren: weitere hundert Äcker (Otis Allen, freier Mann, erwirbt Grund, Boden und Vieh).

Neben dem Text war eine Zeichnung des Manns abgebildet. Er war schlank und glatzköpfig wie ein Mönch. Die Augen lagen weit auseinander, und die Nase war nach links geneigt. Zu seinen Gunsten hoffte ich, daß der Zeichner kein Talent hatte.

Onkel Langarm näherte sich mir mit zwei frischen Gläsern des grünen Elixiers. Sein Kopf reichte mir kaum bis ans Brustbein. Er sagte: – Die Quäker glaubten, daß Otis ohne ihre Hilfe zugrunde gehen würde, aber seine Geschäfte blühten.

Ich hab mal gelesen, daß einige der englischen Siedler in Jamestown zu Kannibalen wurden: Vor Hunger wahnsinnig geworden, öffneten sie frische Gräber und aßen die Leichen, um selbst zu überleben. Ich sammele solche wahren Geschichten. Und natürlich sind es alles Gruselgeschichten.

– Die Quäker meinten, er würde zugrunde gehen, wiederholte Onkel Langarm. Aber was ist aus ihnen selbst geworden?

– Was hätten Sie gemacht, wenn ich tatsächlich Reporter gewesen wäre?

– Dann hätte ich kontrolliert, ob einige von unseren Mädchen tatsächlich über ihre Lebensumstände gelogen haben.

– Und dann?

– Wenn man es hätte beweisen können, hätte ich sie disqualifizieren müssen. Pech gehabt.

– Ich brauche etwas frische Luft, sagte ich.

Der Wein zum Essen, der smaragdgrüne Trunk danach. Wenn wir jetzt nicht nach draußen gingen, würde ich vor seinen Kamin kotzen. Dann standen wir auf der Hintertreppe seines Hauses, und eine Brise fächelte uns Kühlung zu.

Ich hätte mir gern die Hütte angesehen, aber Onkel Langarm führte mich daran vorbei.

Sie war sowieso leer; zumindest war die Tür geschlossen. Wir gingen über das Feld. Manchmal ging er neben mir, manchmal ging er voraus. Es dauerte nicht lange, nur zehn Minuten, bis wir die hoch aufragenden, verstreuten Bäume am Ende des Grundstücks erreichten.

Ein schmaler Pfad erwartete uns. Er schwieg, und ich schwieg auch. Es war stockdunkel zwischen den Bäumen. Und immer noch weit entfernt von dem kleinen Feld mit den aufgeschlagenen Zelten. Unter meinen Füßen spürte ich Blätter und braune Disteln. Sogar Onkel Langarms Schritte verursachten Geräusche, als er über sie hinwegging. Das kleine Wäldchen speicherte kalte Luft am Boden. Meine Beine und mein Kopf befanden sich in unterschiedlichen Klimazonen; meine Knie waren kalt, aber im Gesicht schwitzte ich. Ich fand das lustig.

Als wir auf das kleinere Feld hinaustraten, bedeckte ich

meine Augen, weil die Nylonzelte grelles Licht reflektierten. Fünfundzwanzig kleine Dome mit zugezogenen Reißverschlüssen. Ich hatte die Vision, daß Ledric sterbenskrank aus einem Zelt herausstolperte. Die Hände vorm Bauch verschränkt, die Haare schleimbedeckt.

Der Demonstrantenbus war nicht ganz leer. Eine dünne Frau nahm das Transparent ab.

– Haben Sie die dafür bezahlt, daß sie herkommen? flüsterte ich.

– Solche Leute lassen sich nicht dafür bezahlen, daß sie ihrem Ärger Luft machen, sondern sie machen es umsonst, wenn es um eine gerechte Sache geht.

– Und was haben Sie denen erzählt?

– Daß hier Mädchen ausgebeutet werden.

– Kennen Sie einen Mann namens Ishkabibble?

Die Zelte standen in keiner regelmäßigen Ordnung, so daß wir zwischen ihnen im Zickzack gehen mußten. Ich hatte gedacht, daß alle schliefen, aber als Onkel Langarm und ich vorbeigingen, hörte ich, daß sich Leute in den Zelten unterhielten.

Im Vorbeigehen streifte ich wohl eins der Zelte so heftig, daß der Reißverschluß sich öffnete und ein ziemlich kaputt aussehender Zwanzigjähriger herausschaute. Sein Bart war noch schütter, aber schon voller, als ich es je schaffen würde. Nachdem ich ihn geweckt hatte, kletterte er aus dem Zelt und rauchte.

Unbewachte Kofferradios standen vor zwei verschiedenen Zelten; ihre Besitzer hatten wohl volles Vertrauen in die Elemente.

Onkel Langarm führte mich zu der Frau, die das Transparent zusammenfaltete. Sie war älter, als ich gedacht hatte. Nicht neunzehn, sondern neununddreißig. Trug Jeans und ein Sweatshirt, ging aber barfuß.

– Kriegen Sie keine kalten Füße? fragte ich sie.

Sie lachte laut auf. Das überraschte mich, weil Onkel Langarm und ich nur miteinander getuschelt hatten. Sie schüttelte Onkel Langarm und mir die Hand.

– Wo ist Jerry mit seinen Kameras?

Sie zeigte auf den Bus. – Sie meinten, daß es in den Zelten zu kalt ist.

– Im Bus kann's auch nicht warm sein, sagte ich.

– Ich weiß auch nicht, warum sie das wollten. Mit zwei Leuten im Zelt ist es doch kuscheliger als auf einem Plastiksitz.

– Jerry ist da drin? fragte Onkel Langarm, und als sie nickte, stieg er in den Bus.

Und wir standen also da. Um überhaupt etwas zu tun, trat ich gegen einen Reifen.

Auf dem Boden lagen ziemlich viele Zigarettenkippen. Nicht einfach so weggeworfen, sondern in einem sauberen Haufen.

– Ziehen Sie mal Ihre Schuhe aus, sagte sie.

– Wieso das denn?

Sie streckte einen Fuß hoch in die Luft. Er war lang und schlank, und die Zehennägel waren hellrot lackiert.

– Ich dachte, Leute wie Sie tragen kein Makeup.

– Was denn für Leute?

– Sie gehören doch zu den Demonstranten, nicht?

– Das heißt doch nicht, daß ich tot bin. Ziehen Sie Ihre Schuhe aus, und lassen mich mal Ihre Füße sehen. Werfen Sie sie da einfach auf die Erde.

Onkel Langarm kam mit zwei Videokassetten in der Hand wieder aus dem Bus. Er schwenkte sie vor meinen Augen hin und her. Dieselgeruch stieg unter dem Bus auf.

– Ich gehe mit ihm wieder ins Haus.

184

– Das ist Ihre letzte Chance, sagte sie zu mir. Es ist ein tolles Gefühl.

– Barfuß komm ich mir albern vorn, gab ich zu. Ich trage schließlich einen Anzug, sagte ich.

Sie seufzte. – Sie müßten endlich mal dahinterkommen, wie sich das anfühlt, wenn man sich von all seinen Klamotten befreit.

– Ich werd mal drüber nachdenken, sagte ich.

Onkel Langarm führte mich durch das Wäldchen zurück in seinen Garten. Als wir noch keine fünf Meter über das Grundstück gegangen waren, fragte ich: – Warum tun Sie das alles?

Onkel Langarm sagte: – Diese Studenten, die da schlafen, sind die Abkömmlinge von Kriegsdienstverweigerern überall im Land. Heutzutage ist der Feind jener Lebensstil, der jungen Mädchen weismachen will, daß sie wegen ihrer Körper schön sind.

– Aber Sie organisieren doch selbst eine Mißwahl!

– Bei mir gewinnen die Damen aber, weil sie es schwer haben. Wahrscheinlich ist für Teenager heutzutage Seelenstärke die einzige Möglichkeit, Charakter zu zeigen. Man kann nie wissen, wie jemand empfindet, der seit Generationen nur Elend kennt. Ich meine, daß die Fehler eurer Eltern von euch fortgesetzt werden und euch belasten. Was mein Urgroßvater getan hat, gefällt mir nicht, aber natürlich behalte ich gerne das Geld.

Wir waren jetzt nicht mehr weit vom Haupthaus entfernt und standen direkt neben der Hütte. Obwohl sie nicht beleuchtet war, verströmte sie einen gelblichen Schein. Die Hütte schien von einem beredten Schweigen beseelt zu sein, das nach draußen drang und sich auf meine Ohren legte. Das mit Holzschindeln gedeckte Dach war in der

Mitte eingesunken, als ob es von innen nach unten gesogen würde.

Ich hörte Onkel Langarm immer noch sprechen, aber aus größerer Ferne. Er sagte: – Wenn ich heute einigen Mädchen das Leben erleichtern kann, dann ist das ein Weg, um Otis Allens Kontostand auszugleichen.

Ich will nicht gerade behaupten, daß ich Angst hatte. Aber ich war erregt.

Wäre Onkel Langarm nicht gewesen, hätte ich den Abend mit Hotelfraß und Fernsehen verbracht. In diesem Moment, da der Vorbereitungsabend vorbei war, saß Nabisase wahrscheinlich wieder in ihrem Zimmer und putzte die Schuhe, die sie morgen zu ihrem Bühnengewand tragen würde. Maulte über das Fehlverhalten von Mama und mir. Wieso sollte ich mir das antun? Anöden lassen konnte ich mich noch mein ganzes Leben lang. Natürlich wäre es richtig gewesen, jetzt zu meiner Schwester zu fahren, aber heute nacht war mir eher nach Spaß zumute.

– Ich möchte Ihnen helfen, flüsterte ich.

– Was?

– Onkel Langarm, ich würde gern Ihr Freund sein.

Als ich die Hütte vorhin beim Essen von drinnen gesehen hatte, sah sie nur merkwürdig aus, aber nun wirkte sie auch sehr viel älter. Sie kam mir vor wie eine Rekonstruktion in der Art, wie sie in Bastelläden im Kleinformat verkauft wird, ein hübsches Örtchen, in dem man nützliche Dinge wie Rasenmäher oder Streusalz deponiert.

– Sie ist von eigener Hand erbaut, Anthony. Vor über zweihundert Jahren.

Sie hatte Fenster, aber gab es auch Stühle darin? Ein Bett? Einen Bewohner?

– Was kann ich tun? fragte ich.

– Ich habe eine Überraschung für dich.

Onkel Langarm sah ich schon gar nicht mehr, weil ich nur noch Augen für die Hütte hatte. Lichtreflexe auf den Fenstern; wenn ich den Kopf senkte, ergaben sich lange Schatten.

– Du hast doch bestimmt keine Probleme damit, eine Tür zu öffnen, nicht war?

– Ich möchte etwas Besseres tun.

– Du verstehst mich nicht, Anthony. Diese eine Geste würde mir sehr helfen.

– Wie sehr?

Er sagte: – Ich müßte dann keinen von den Demonstranten darin unterbringen. Denen vertraue ich nicht. Sie würden nicht den richtigen Moment abwarten. Sobald der nächste von ihnen hereinkommt, fängt er an, Slogans zu skandieren, und schmeißt mit Flugblättern um sich. Sie haben zuviel Energie.

– Kommen denn die Leute, die da reingehen, zu Schaden?

– Ich hab dir schon mal gesagt, daß ich kein Monster bin.

Feurige Loyalität ist ein Kinderspiel, das am besten bei Nacht gespielt wird, wenn die Einbildungskraft jeden Schatten zu einem Schrecken machen kann. Onkel Langarm ging ins Haus und kam wieder hinaus. Er war so dünn wie ein Spazierstock. Er brachte zwei kleine Gläser und die grüne Flasche mit.

– Zu einem bestimmten Moment wirst du während der Abendveranstaltung hinter dem Zuschauerraum ein Klopfen hören. Dann machst du die Tür des Notausgangs auf.

Und ich hatte gedacht, die ganze Welt interessierte sich für meine Geschichte, nur um jetzt feststellen zu müssen, daß ich in seine hineinstolperte.

Während er im Haus gewesen war, hatte ich mich nicht von der Hütte wegbewegt. Wir standen nur zwei Meter von ihr entfernt, als wir tranken. Näher traute ich mich nicht heran, aber ich lief auch nicht davon.

Onkel Langarm fragte: – Gewinnt deine Schwester öfter bei solchen Wahlen?

– Nein, sagte ich. Hat sie noch nie.

– Vielleicht wird das jetzt ihr Jahr.

– Kannst du das arrangieren?

– Die Namen von Siegern bedeuten mir nichts. Wenn du dafür mitarbeitest und ein paar Jahre den Mund hältst, dann kann ich was für sie tun.

– Sie war das Mädchen mit der alten Frau auf dem Rücken.

– Das Waisenkind! Onkel Langarm lachte. Das Nest, aus dem du kommst, gefällt mir, sagte er.

Ich war froh, etwas für meine Schwester tun zu können, aber auch, daß ich mir wie ein Erwachsener vorkam. Dergestalt betrat ich am 11. November die Sphäre der Hinterzimmergeschäfte. Nabisases Sieg wurde von einem Fettwanst und einem Kobold ausgeheckt, die mitten im Unkraut standen, und sie würde nie etwas davon erfahren. Auf diese Weise wird über sehr viele Schicksale entschieden.

Nachdem wir die Flasche mit dem grünen Likör ausgetrunken hatten, konnte ich nicht einmal mehr schwanken, sondern kippte um und fiel gegen die Hüttenwand. Da ich nun dichter heran war, konnte ich das Innere besser erkennen. Die Rückenlehnen von zwei Stühlen und ein Eisentopf, der über einem Kamin hing. Ein niedriges, schmales Bett in der Ecke. An die rechte Seite des Fensterrahmens stand ein Gebilde gepreßt, breit wie ein Herd und doppelt so hoch, als blicke es nach draußen. Als ich nähertorkelte, bewegte es sich weg.

Die Tür bestand aus drei breiten, zusammengefügten

Holzbrettern. Sie waren mit Schnitzereien dekoriert. Es gab keinen Türgriff, sondern nur ein Loch in der Tür, etwa in Höhe meines Bauchs. Durch das Loch war wie ein Schuhband eine Lederschlaufe gezogen. Das Loch hatte die Form eines Herzens.

Onkel Langarm flüsterte hinter mir.

– Um diese Tür abzuschließen, hatten die Quäker nur einen hölzernen Riegel im Inneren der Hütte. Der Lederriemen, der aus dem Loch hängt, ist damit verbunden. Wenn Besucher willkommen sind, hängt der Riemen nach außen. Wenn ein Besucher daran zieht, hebt sich der Riegel, und man kann eintreten. Daher kommt auch die Redensart «ein Loch im Herzen». Wenn der Riemen nicht heraushing, bedeutete das, daß Besuch unerwünscht war.

– Wer ist jetzt da drin?

– Mach die Tür auf.

– Was werde ich da finden?

– Die unsichtbare Hand, sagte er.

Mein ganzer Körper war begierig, es herauszufinden. Ich berührte die Tür, und das Holz war ganz kalt. Ich griff nach dem Riemen, aber er bewegte sich, ohne daß ich ihn berührt hätte. Verschwand langsam. Von innen hereingezogen.

19

Mit ihren dreizehn Jahren sah Nabisase nicht gerade selbstbewußt aus, als sie wie versteinert aus dem Fenster von Omas Hotelzimmer starrte. Sie wirkte so steif, als säße sie da schon seit achtzig Jahren und als wollte sie auch die nächsten achtzig Jahre so sitzenbleiben.

Oma lag auf dem Rücken im Bett des *Comfort-Inn*-Zimmers und benahm sich tadellos.

Nabisase wandte sich vom Anblick der niedrigen Hügel dort draußen ab, setzte sich aufs Bett und berührte Omas Hüfte. Oma gab kleine Seufzer von sich, weil sie Schmerzen hatte und noch mehr Schmerzen erwartete. Sie zuckte zusammen. Meine Schwester drückte auf Omas Oberschenkel und fragte: – Tut das hier weh? Hier? Wo?

Ich war um zehn Uhr morgens von Miser's Wend zurückgefahren. Am Sonntag, dem 12. November.

Mamas Bett, das etwas weiter vom Fenster entfernt stand, war so professionell gemacht, daß niemand darin geschlafen haben konnte.

Statt zuvor anzurufen, wie ich es am Vortag versucht hatte, ging ich gleich zum Fahrstuhl, drückte die zweite Etage, und niemand stellte sich mir in den Weg. Marschierte den Flur entlang, direkt in Omas Zimmer. Das hätte ich am Samstag natürlich auch machen können, aber ich hatte angenommen, daß dort Wachposten stationiert wären.

Oma zitterte, setzte sich aber sofort aufrecht, als sie merkte, daß ich das Zimmer betreten hatte. Die Bewegung ließ sie vor Schmerz erschauern, und sie keifte mich an: – Wie kommst du denn hier rein?

– Durch die Tür.

– War die denn nicht abgeschlossen?

– Mama ist weg. Nabisase sprach mit mir, aber ich erkannte ihre Stimme nicht wieder: weder aufgeregt noch wütend, nicht mal gereizt, was die mir vertrauten Tonlagen waren.

– Hast du mich verstanden? fragte meine Schwester. Oma stützte sich auf die Ellbogen. – Wir haben deine Mutter seit Freitag nicht mehr gesehen.

– Dann müssen wir die Polizei verständigen.

Nabisase wiederholte sich immer nur: – Mama ist weg.

– Und ich dachte, sie hätte mit dem Quatsch aufgehört, sagte ich.

Oma sagte: – Hat sie ja auch. Wenigstens 'ne Zeitlang.

Ich war guter Dinge, aber die beiden waren es nicht. Ich fragte mich nun, ob ihre Nachrichten nicht doch verzweifelter geklungen hatten, als ich sie verstanden hatte. – Was hat sie denn gesagt, als ihr sie zuletzt gesehen habt?

Oma sagte: – Sie ist abgehauen, als ich gerade die Augen zugemacht hatte.

– Wir können von hier aus die Bullen verständigen.

– Vergiß bloß die Polizei, sagte Nabisase.

– Wieso redest du eigentlich so erwachsen daher? fragte ich sie.

Meine Schwester saß neben Oma. Beide hatten die gleiche Haltung, aber Oma hatte wenigstens einen Grund, so schlaff dazuhängen. Sie war dreiundneunzig und hatte sich vielleicht die Hüfte gebrochen. Wohingegen meiner Schwester demnächst Onkel Langarms Großer Preis verliehen würde. Das wußte sie natürlich nicht, und ich konnte es ihr auch nicht sagen, weil sie mir sowieso nicht geglaubt hätte. Aber bald.

Obwohl sie da so konsterniert hockten, war ich bester Laune, weil ich mir bis dahin noch nie wie ein Orakel vorgekommen war.

– Hat sie eine Nachricht hinterlassen?

Oma sagte: – Glaubst du im Ernst, sie denkt nach, wenn sie sich verdrückt?

Oma war es leid. Onkel Isaac. Mama. Ich. Wie können Eltern, die selber kerngesund sind, eigentlich weiterleben, wenn sie zusehen müssen, wie es mit ihren Kinder nach und nach den Bach runtergeht?

– Sie kommt bestimmt heut nachmittag zurück, sagte ich. Ich war optimistisch. Manchmal vergaß Mama einfach ihre Existenz, und das konnte wochenlang dauern, aber meistens war sie nur etwas verwirrt, wanderte fünf Stunden lang durch die Gegend und kam dann zu uns zurück.

– Darauf will ich nicht warten, sagte Nabisase.

– Wir können sie doch nicht einfach durch die Stadt rennen lassen. Da kriegt sie Ärger, insistierte ich.

– Wieso nicht?! krähte Oma.

Was ich euch hier erzähle, ist nicht der Anfang von allem. Es ist auch nicht die Mitte. Da stand ich nun und wunderte mich, zum Paladin des Mitleids geworden zu sein.

– Ich suche sie und bring sie zurück.

Nabisase und Oma legten sich beide die Hände vors Gesicht.

– Du mußt Oma mitnehmen, Anthony. Hinter der Bühne gibt's eine Frau, die mir mit der Frisur hilft, aber mein Gewand muß ich ganz allein bügeln. Und ich muß auch noch Straß für meine Schuhe auftreiben.

– Verpaßt du da denn nicht die Entscheidung? fragte Oma. Die Siegerehrung? Von dem Wettbewerb mit dem kleinen Mann?

Nabisase schlug sich auf den Schenkel. – Vergeßt das doch mal alles. Es ist nicht wichtig. Ich muß für heute abend vorbereitet sein. Onkel Allen hat sich sowieso nicht für hübsche Mädchen interessiert.

Ich hätte sie drängen sollen, sofort in die Stadt zu düsen und sich da ihren Scheißpreis abzuholen, aber die Art, wie sie sich ganz nebenbei selber Komplimente machte, brachte mich auf die Palme. Ich war stinksauer. Ein dicker, verbitterter Junge. Bockig, weil ich nicht gut aussah.

– Wir können dir ja bei deinen Vorbereitungen helfen, bot Oma ihr an.

– Ich muß mich daran gewöhnen, meinen Kram allein zu machen, sagte meine Schwester. Ich will, daß ihr beide jetzt geht.

Ich kam mir vor wie der persönliche Kammerdiener einer jungen Kalifin, tat aber so, wie das junge Mädchen mir geheißen hatte. Nabisase schnallte mir Oma mit ein paar Bettlaken auf den Rücken. Ich schleppte sie zum Parkplatz und setzte sie auf den Beifahrersitz.

In dem demolierten Dodge Neon fuhren wir durch Lumpkin, Virginia. Die Chance, Mama vom Auto aus zu sehen, war allerdings nicht besonders groß. Die erfolgversprechendere Methode bestand darin, noch etwas weiter zu fahren, den Wagen abzustellen, mir Oma auf den Rücken zu schnallen und dann um ein paar Blocks herumzulaufen und in Läden und Einfahrten zu suchen.

Onkel Isaac hatte Mama 1981 mal auf einer Entenfarm in Providence aufgespürt.

Oma hatte ein neueres Foto dabei, das wir Verkäufern zeigten und Leuten, die vor roten Ampeln warteten. Fußgänger und Fahrer zeigten deutliche Spuren von Befremdung auf ihren Mienen, wenn ich Oma an ihnen vorbeischleppte. Die meisten waren zwar höflich genug, uns zuzuhören, aber gesehen hatte niemand die Gesuchte.

Abseits der Phalanx aus Touristenrestaurants und Hotels war auch die Stadt Lumpkin, genau wie unser Southeast Queens, das Reich des Herrn.

Golgatha Baptisten, Kirche der Barmherzigen Brüder, Heilig-Herz-Katholiken, Erste Kirche der Christlichen Wissenschaft, Bergpanoramakirche Christi, Christlich-Episkopale Kirche, Griechisch-Orthodoxe Herberge der Jungfrau Maria, Barmherzige Lutheraner, Erste Presbyterianer, Siebten-Tags-Adventisten, Hundertjährige Vereinte Kirche Christi, Vereinte Methodisten Braddock Street, Methodisten Market Street, Sankt Paulus der Erlöser, Beth-El-Vereinigung Reformierte Synagoge. Und das alles in einer ziemlich kleinen Stadt. Bei fünfundzwanzig Andachtsanstalten war es nicht weiter verwunderlich, daß an Sonntagen Hochzeiten Hochkonjunktur hatten.

Vor einer A.-M.-E.-Kirche stand die Festgemeinde. Frauen in rosa Kleidern, Männer in roten Anzügen. Die Rasenfläche sah wie ein Bonbonladen aus.

Abgesehen von der Rollstuhlrampe, die zum Portal führte, sah die einstöckige Holzkirche wie alle anderen weißen Häuser dieses Blocks aus.

Als ich den Rasen betrat, kam ein kurzer, aber breiter Mann auf mich zu. Er war einer dieser kleinen Burschen, deren Brustkorb so groß ist, daß man einen Automotor hineinbauen könnte. – Tag auch, sagte er.

Er streckte mir die Hand entgegen.

– Ja, sagte ich.

– Kleiner Spaziergang.

Was wie eine Frage klingt, war in Wirklichkeit keine. Er legte mir seine rechte Hand auf die Schulter und drehte mich von der Kirche weg, so daß Oma und ich wieder zur Straße blickten.

Oma sagte: – Wir suchen jemanden.

– Ja, sagte er, aber sein Gesicht verriet Desinteresse.

Er schob eine Hand in die Tasche seiner roten Weste, die

zu den roten Schuhen, dem roten Jackett und dem elfenbein-
farbenen Hemd paßte. Ich wollte ihm Mamas Foto zeigen,
aber dafür blieb keine Zeit.

– Ich wünsch euch beiden noch einen guten Tag, sagte er.
Ihr geht jetzt mal schön weiter, weil hier gleich 'ne ganze
Menge Autos wegen 'ner Hochzeit die Straße raufkommen.
Dann wird's hier voll. Los, los. Los, los.

Pantomimisch heuchelte er Freundlichkeit.

Eine Frau, seine Ehefrau wohl, kam näher und lächelte
ebenfalls.

Die komplette Hochzeitsgesellschaft, an die fünfund-
fünfzig Leute, wenn ich richtig zählte, rückten uns auf die
Pelle. Und alle lächelten.

Der Bursche gab mir einen verstohlenen Stoß, als ob er
an Gittern rüttelte. Mit seiner Hand an meinem rechten Arm
setzte er Oma und mich in Bewegung. Ob ich wollte oder
nicht, mußte ich losgehen, weil mich der Stoß sonst ins Stol-
pern gebracht hätte. Ich winkte freundlich zum Abschied,
bis Oma mir eine Ohrfeige gab.

– Was winkst du denn da? fragte sie. Die waren un-
freundlich. Als sie die Stirn runzelte, verdeckten die Augenbrauen ihre Augen, so daß das Licht aus ihrem Gesicht
wich.

– Die waren doch ganz nett. Sie haben gelächelt, obwohl
wir ihnen auf den Wecker gegangen sind.

– Die fanden uns abstoßend.

– Dich?

Sie kniff mich ins Ohr.

– Mich etwa? fragte ich. Sie mochten mich nicht?
Wieso?

– Weil du ein Stinker bist. Eine dürre, gefleckte Hand
rieb sich nicht etwa die eigene Nase, sondern meine.

– Woher sollten die das wissen? Vom Ansehen?

Sie schob ihren Daumen unter dem Laken durch und berührte meine Achsel. – Er hat dich gerochen.

– Ist es wirklich so schlimm?

– Grauenhaft, sagte sie.

Ich öffnete die beiden oberen Hemdknöpfe und beschnupperte mich. – Wonach rieche ich denn?

Oma war aber nicht bereit, ihre Beleidigung im Detail auszuführen. Mir war noch gar nichts aufgefallen. Die letzte Dusche lag jetzt drei Tage zurück. Das ist natürlich 'ne ganze Weile.

– Tut mir leid, sagte ich zu Oma.

Der Wagen war in der Innenstadt abgestellt. Während ich hinging, langte sie über meine Schulter und tätschelte mir die Wange. Bevor wir wieder am Auto ankamen, gingen wir in eine kleine Apotheke. Weil die Verkaufsgänge so schmal waren, drückte ich Oma aus Versehen gegen einen Stapel bunter Kühlboxen, als ich mich in den Gang mit Körperpflege quetschte. Ich wollte doch nur Eau de Cologne kaufen, um mich damit zu besprühen.

Bei *CVS* war's geräumiger: eine Ladenkette mit jeder Menge Platz. In einer Glasvitrine gab es Parfüms, aber die Vitrine ließ sich nur mit einem Schlüssel öffnen. Ich hätte sie natürlich mit dem Ellbogen einschlagen können, aber wer möchte schon aus einem derart dämlichen Grund zum Ganoven werden.

– Ich muß mir das jetzt aber wirklich kaufen, sagte ich zu Oma.

– Sind doch viel zu teuer hier. Versuch's mit was anderem. Sie drückte mein Gesicht nach rechts, und zwar nicht sehr sanft.

Manche Parfüms kosteten zwanzig Dollar, aber ich wußte schon, was Oma meinte. Sie hatte gar nichts dagegen, daß man zwanzig Dollar für Eau de Cologne ausgab, war aber der Ansicht, daß man duschen sollte, bevor sich das Problem überhaupt ergab.

Gegenüber den Parfüms standen Duschgels. Ich ging am Regal entlang, öffnete mehrere Packungen und hielt sie Oma unter die Nase, bis sie endlich eine gefunden hatte, die ihr gefiel. Beim Schnüffeln schürzte sie die Lippen ganz dicht vor der Flasche. Wenn man es mir nicht zutraute, mich abzuseifen, dann traute ich es mir auch nicht zu, eine Auswahl zu treffen.

Was für eine pedantische Frau! Beim dreiundzwanzigsten Versuch, einer Handlotion, sagte sie: – Das ist es.

Es roch weder nach Blumen noch nach Kerzenwachs, noch nach Meerwasser. Es roch viel schlimmer. Es roch muffig. Es roch echt nach Dreck. Körpergel mit Kaminaroma der Firma *Mennen*.

– Wenn du was nimmst, das zu süß ist, riecht man dich immer noch durch. Das hier ist stark und nicht parfümiert. Darunter hast du volle Deckung.

Als ich die Plastiktube drehte, drückte ich mir zuviel von dem Zeug auf die Hände. Ich rieb die Hände gegeneinander, bis meine Handflächen und Finger vollständig mit grüner Paste eingeschmiert waren. Dann griff ich mir unters Hemd und rieb mir den Bauch ein. Ich schmierte mir das Zeug auch auf den Hals und ins Gesicht und massierte es so lange ein, bis die grüne Farbe verschwand und nur der Geruch übrigblieb. Darf ich vorstellen: Mensch aus Staub.

Am Ende der Abteilung stand ein kleiner Glaskasten im Regal, in dem Schmuck lag. Die Stücke waren schön, aber mit Sicherheit nicht sehr langlebig. An einigen konnte ich noch den Klebstoff sehen, mit dem rote oder violette Steine auf die vergoldeten Ringe geklebt worden waren.

– Wie wär's mit 'ner Halskette? sagte ich zu Oma. Es gab da eine hübsche, zierliche mit einem orangefarbenen Stein.

– So was trag ich nicht, sagte sie. Sie kratzte mich sanft hinter einem Ohr.

Ich wußte, daß das stimmte. Keine Armbänder, keine Medaillons, keine Halsketten, keine Ohrringe.

– Wie wär's mit 'nem Mittelfingerring? schlug ich vor.

– Gar nichts.

– Bist du allergisch?

– Überhaupt nicht.

– Dann kauf ich dir jetzt einen. Den kannst du dann heute abend tragen.

Ich wollte schon den Mann hinter dem Tresen rufen, den Kasten aufzuschließen, aber sie schlug mir auf die Schulter. Ich ließ die Hand sinken.

– Du glaubst, daß ich keinen Geschmack habe, sagte ich.

– Ich trage so was nicht, sagte Oma streng.

– Ist das 'ne afrikanische Sitte?

– Afrikanische Sitte? Du Idiot. Seit Isaacs Tod trage ich so was nicht mehr.

– Hat er denn viel Schmuck getragen?

– Nein.

– War er allergisch gegen Schmuck?

– Nein.

– Was hast du dann gegen Schmuck?

– Seit mein lieber Sohn gestorben ist, kann ich nicht mehr schön sein.

Wir fanden Mama.

Aber es dauerte zwei Stunden.

Sechzig Minuten vergeudeten wir, weil Oma es nicht erlauben wollte, daß ich mich in Kneipen nach Mama erkundigte. Als Oma es schließlich doch erlaubte, lag Mamas Pfad hell erleuchtet vor unseren Augen. In fünf Kneipen war sie gesichtet worden: bei *Dick's, Dell's* und im *Doughboy.* Im *Happy Rabbit.* Bei *Pretty Sue's.*

Der Schnappschuß, den wir von ihr hatten, war letzten Monat in einem Kaufhaus aufgenommen worden. Mama stand da neben einem Mannequin bei *Macy's* im *Roosevelt-Field*-Einkaufszentrum auf Long Island. Beide trugen lange Mäntel mit Pelzkragen. Beide probierten sie lediglich an. Mamas hatte den Kopf nach hinten geneigt und äugte mit Raubtierblick in die Kamera. Aus einem Mundwinkel ließ sie zwei Zentimeter Zunge sehen. Das Foto hatte meine Schwester gemacht.

Als ich das Bild den Barleuten zeigte, erkannten sie Mama sofort wieder, allerdings nicht unter dem Namen, den wir nannten. Das ist Ihre Mutter? fragten alle, lachten, grinsten, zwinkerten und gaben schließlich Auskunft. Hier war sie nicht mehr, sondern war weiter zu *Dell's* gezogen. Zum *Doughboy.* Und so weiter.

Bis wir in die sechste Kneipe namens *Right Not Left* kamen. Hier hüpfte die Frau, die die Getränke servierte, von einem Fuß auf den anderen und sagte: – Sie ist eben gegangen. Durch die Hintertür. Mit 'nem Inder.

– Süd-Ute? fragte ich.

– Aus Uttar Pradesh.

Wir fanden sie draußen mit einem indischen Burschen, der einen mächtigen, gezwirbelten Schnurrbart hatte, womit er wie ein Pornodarsteller aus Bollywood aussah: ein brauner Harry Reems (*), der einen Arm um ihre Schulter gelegt hatte. Der Kofferraum seines Wagens stand offen, so daß ich die darin aufgetürmten, schwarzen Plastikbeutel sehen konnte. Ich fragte mich, was da wohl drin sei; wahrscheinlich waren es nur Lebensmittel.

Tatsächlich versprühte meine Mutter wieder diese magnetische Anziehungskraft. Der Inder starrte sie fast so intensiv an wie Oma und ich. Er löste sich keine zehn Zentimeter von ihr. Hätte ich nicht ihr Gesicht gesehen, wäre mir der ganze Auftritt kriminell vorgekommen, weil er wie fünfzig, Mama jedoch wie eine blühende Sechzehnjährige aussah.

Sie trug braune Caprihosen, die ihre Waden freiließen. Der langärmelige Baumwollpulli preßte sich an ihren Körper wie eine Vakuumverpackung; sie wirkte darin äußerst sportlich, zumal sie keine hochhackigen Schuhe trug, sondern schlichte grüne Turnschuhe, die ihre Füße aufs Format von Zuckererbsen reduzierten.

– Willst du's mir wirklich nicht sagen? Er hatte eine dieser tiefen Stimmen, die die Männer, die sie haben, immer zum Reden verführt.

Sie sagte: – Wenn ich dir sagen würde, daß ich 'ne Bankräuberin bin, würdest du mich vielleicht in den Knast bringen.

– Aber vorher würd ich mich noch von dir in deinem Versteck fesseln lassen. Er grinste, was allerdings nicht mal lüstern aussah.

Vielleicht lagen die Hundeskulpturen in den Plastiktüten? Für wen, wenn nicht für mich, brauchte sie die sonst? Um eine neue Wohnung einzurichten? Gemeinsam machten sie den Kofferraum zu; egal, wer nun dies Pärchen war, die Bewegung sah irgendwie rührend aus. Ich wich zurück, um mich zu verstecken, aber wenn Mama tatsächlich drauf und dran war, eine neue Affäre anzufangen, hätte sie uns sowieso nicht erkannt, selbst wenn ich mich in ihr Auto gesetzt hätte.

– Doonay, sagte sie zu ihm. Doonay. Dein Name gefällt mir, aber das ist doch bestimmt nicht der, den deine Eltern dir gegeben haben, oder?

– Hier nennen mich alle Doonay. Das ist ein Spitzname.

Und was, wenn das jetzt ein Serienmörder war? So passieren solche Sachen doch, stimmt's? Die Szene hätte aus *Morde machen mich an* oder tausend ähnlichen Filmen stammen können. Die sexhungrige Frau, die unbedingt gebumst werden will. Entführt von einem Fremden, der seine Opfer verstümmelt. Das passierte den jungen Frauen doch dauernd; daß sie bestraft wurden, meine ich.

– Hey, du bist doch nicht etwa böse auf mich? sagte Doonay freundlich. Wir kennen uns jetzt schon seit zwei Stunden, und du hast mir deinen Namen immer noch nicht verraten.

– Meinen Namen? Der ist so wie deiner. Schwierig auszusprechen, sagte sie. Nenn mich doch einfach Yummy.

Sie setzten sich in den Wagen. Meine Finger rochen nach Kaminstaub. Ich legte mir die Hände vors Gesicht.

Er fuhr einen schwarzen Monte Carlo, ein sehr schnelles Gerät. Den Kanister mit Stickstoffoxyd hatte er vielleicht im Kofferraum installiert; damit läßt sich der Wagen auf kurzen Strecken noch stärker beschleunigen.

Mama schäkerte mit ihm herum; das Fenster war heruntergedreht. Oma und ich waren schon sehr nah an ihnen dran gewesen, aber jetzt ging ich noch näher. Mama warf einen beiläufigen Blick auf uns.

Als wir uns anstarrten, zeigte sie Überraschung, aber keine Spur von Wiedererkennen. Erschreckt durch diese rechts von ihr auftauchende Kreatur, drehte Mama das Fenster halb zu. Als wir sie nicht angriffen, kurbelte sie nicht weiter. Doonay setzte den Wagen in Bewegung. Nachdem sie den Schreck überwunden hatte, glotzte Mama uns nur noch an, begann unnatürlich zu lachen und machte es sich auf dem Sitz bequem.

Sie sah sich noch einmal nach uns um. Auch Doonay sah zurück. Das Leben, das Mama bis zu diesem Moment geführt hatte, war wie ausradiert. Sie war sich nicht bewußt, je irgendwem irgendwas angetan zu haben, und würde es auch nie tun. Meine Mutter war wie ein neugeborenes Baby. Meine Mutter war unschuldig.

– Ich könnte sie aufhalten, sagte Oma.

– Das schaffst du nicht.

20

Das *Blue-Ridge*-Theater glänzte von allen Seiten. Die Fenster geputzt und alle Lichter an. Knochige, junge Marinekadetten davor als Türwächter; die Jungs waren nervös, aber ihre Uniformen hielten sie zusammen. Und ganz am Ende einer riesigen Menge von Eltern, Geschwistern und Freunden konnte man ein stehendes und sitzendes Paar sehen, das umherwandelte.

Der Mann auf zwei Beinen war ich: frisch gewaschen und geölt. Die Frau war Oma in einem Rollstuhl, den wir uns vom *Hampton Inn* geliehen hatten. Ich hatte angenommen, das Hotel würde den Rollstuhl extra berechnen, aber solange ich dort Gast war, galt ich offensichtlich als solvent. Statt sie zu tragen, schob ich meine Großmutter nun vor mir her, und das machte einen seriösen Eindruck. Voll normal. Und mehr wollte ich auch gar nicht sein. Die Türen wurden uns gleich von drei verschiedenen Leuten aufgehalten.

Ich roch nicht mehr ranzig. Oma trug ein holzfarbenes Kleid und einen schwarzen Hut, der ihr locker auf dem kleinen Kopf saß. Nabisase, noch hinter der Bühne, trug ein orangefarbenes Gewand und drei Armreifen aus Messing am linken Handgelenk. Ich hatte ihre Garderobe im Kofferraum liegen, aber noch nicht an ihr selbst gesehen. An der Wahl beteiligten sich so viele schwarze Mädchen, daß zumindest eine der Garderobenkosmetikerinnen wissen mußte, wie die Haare meiner Schwester zu bändigen waren.

Wir waren glücklich. Oma, Nabisase und sogar meine Wenigkeit.

Natürlich würde Mama zurückkommen, würde vielleicht

sogar noch vor uns in Queens eintreffen. Bis dahin waren wir erlöst. Natürlich ein unglückliches Wort, um den Verlust eines Familienmitglieds zu beschreiben, aber Mama war ja nicht gestorben, sondern lediglich abgängig.

Würdet ihr das auch so empfinden, wenn ich fehlen würde? fragte ich mich. Ich wollte schon Oma fragen, aber sie hätte ja doch nur etwas Herablassendes gesagt. Eine ehrliche Antwort hätte ich von ihr gar nicht gewollt.

Das *Blue-Ridge*-Theater verfügte über zwei große Auditorien und sieben kleinere im ersten Stock. Es war schon ein imposantes Gebäude. Draußen auf dem Gehweg standen alle zwei Meter Bogenlampen, deren Pfosten den Durchmesser von Hydranten hatten. Die weißen Strahler waren gegen bunte ausgetauscht worden, so daß die Lampen nun eine vielfarbige Lichterkette bildeten, die aussah wie Kaugummikugeln.

Besser drauf als ich war niemand! Ich fühlte mich wie ein Alligator in den Everglades-Sümpfen.

Mein grüner Anzug hätte in einem dezenteren Ambiente wie ein deplaziertes, vierblättriges Kleeblatt gewirkt, aber hier war kaum jemand geschmackvoll gekleidet. Die meisten Väter und Söhne trugen Design von der Stange der Firma *Bugle Boys*. Am elegantesten wirkten da noch die Bootsschuhe. Die flachen Plastikslipper, die man gratis dazubekommt, wenn man sich einen Frack leiht, wären hier doch allzu profan gewesen.

Ein Mann, der sich sein Baby vor den Bauch gebunden hatte, trug ein Jeanshemd, auf dessen Rücken das Symbol der Freimaurer eingestickt war, und Prince Hall (*) prunkte gigantisch: der Kompaß und der Großbuchstabe G. Der Mann gehörte einem Geheimbund an, und er wollte, daß alle Welt es wußte.

Omas Rollstuhl machte enormen Eindruck. Wohin ich

sie auch schob, stets wich die Menge vor uns zurück. Ich machte mir einen Spaß daraus auszutesten, wie oft die Leute uns wohl ausweichen würden, aber Oma gebot mir Einhalt, weil sie ins Theater wollte.

Im Foyer waren die Wände gelb. Der Fußboden war grau, gelegentlich unterbrochen von aufgemalten, großen, braunen Rechtecken. Kleine Kinder standen auf diesen Quadraten und vergnügten sich mit Geduldsspielen: Wer hielt es am längsten innerhalb der Linien aus?

Ein Junge schlug alle anderen aus dem Feld. Er wurde sogar von einigen Erwachsenen angefeuert. Er hatte rote Haare und seine schwarzen Jeans in die weißen Stiefel gestopft. Sein Vater kam dazu, scherte sich nicht um das Spiel, sondern tippte seinem Sohn auf den Hinterkopf und sagte:
– Wo steckst du denn?

Dann führte er seinen Sohn ab.

Im Foyer prangten auch zwei drei Meter hohe Gummibäume in Kübeln. Daneben standen zwei junge Marinekadetten und forderten die Leute auf hineinzugehen. Einer hatte Erfolg damit, aber der andere nicht so sehr.

– Ma'am, würden Sie bitte weitergehen, sagte der Erfolglose zu einer widerspenstigen Frau mit behaarten Unterarmen. Sie war offenbar wild entschlossen, keinen Schritt weiter zu machen, ehe sie nicht alles, was sich in ihrer Handtasche befand, durchwühlt hatte.

– Ma'am, ich habe Sie bereits dreimal gebeten …
– Dann lassen Sie's doch sein, sagte sie.

Im Auditorium reichte Oma unsere Eintrittskarten einem anderen Marinekadetten. Sie waren allgegenwärtig. Und sie wirkten sehr würdevoll.

Als der Junge, der Omas Eintrittskarten kontrollierte, bemerkte, daß ich nicht nachkam, sondern mich immer noch umschaute, ging er zu mir und zog mich am Arm.

– Hallo, Sir. Meine Name ist Ahab. Bitte lassen Sie sich zu Ihrem Platz führen.

Ich versuchte, mich loszureißen, aber er verfügte über einen einschüchternd festen Griff.

Oma lachte mich aus, als der Junge wieder weg war.

– Der hätte dir fast eine verpaßt, sagte sie.

– Das hätte mir aber gar nicht gepaßt, sagte ich.

Das verstand Oma gut. Sie drückte einen ihrer dünnen Finger mitten auf meinen runden Schädel. – Das kann ich mir denken.

Als Oma zu husten anfing, lief ich los, um Wasser zu besorgen. Als sie sich bewegen wollte, zog ich ihre Füße von den Hinterreifen des Rollstuhls weg und klappte die Fußstütze hoch. Half ihr schließlich aus dem Gang auf den Sitzplatz im Auditorium.

Und dann all diese Frauen! Ich meine das keineswegs lüstern. Es war einfach so, als ob die Leute überhaupt keine Söhne mehr hatten. In der Reihe vor uns saßen fünf Frauen nebeneinander, alle in verschiedenen Kleidern, aber mit dem gleichen, merkwürdigen Lächeln. Verschiedene Generationen mit schiefem Grinsen. Die jüngste, die am Gang saß, kaute lautstark Kaugummi und verschluckte es noch lauter. Gab dabei jedesmal ein zufriedenes «hach» von sich. Wühlte wieder in ihrer kleinen Handtasche, wickelte einen neuen Streifen aus der Folie und schmatzte weiter. Ich hoffte nur, daß sie das nicht während der Show tun würde, weil ich dann nichts mehr verstanden hätte.

Nach zwanzig Minuten hatten sich die Reihen gefüllt. Bis auf unsere. Oma saß auf dem Gangplatz, neben sich den zusammengeklappten Rollstuhl. Ich saß neben ihr.

Über die nächsten zehn Sitze hatte man ein weißes Markierungsband gespannt. «Reserviert» stand auf schlichten, weißen Blättern, die auf allen zehn Sitzen lagen.

Da gab es also nur Oma, mich, zehn reservierte Sitze und somit freien Zugang zur Doppeltür des Notausgangs. Der einzige Eingang, der nicht von Serviceleuten kontrolliert wurde.

Ich stand auf. Ich ging hin. Ich berührte die Türen und rechnete damit, einen Alarm auszulösen, aber alles blieb still. Sie ließen sich leicht öffnen. Ich drückte mit der Hand dagegen.

– Noch nicht, flüsterte eine Stimme von der anderen Seite.

Der Saal war gewaltig. Die Bühne hatte ein ganz anderes Kaliber als die im Zelt der Elendsgeständnisse. Hier gab es rote Vorhänge, die ein schweres Schleifen verursachten, wenn sie zugezogen wurden. Von meinem Sitz aus konnte ich das Geräusch hören, obwohl der Vorhang 15 Meter von der Bühne entfernt war. Bühnenarbeiter probten ein paarmal, ob das Öffnen und Schließen funktionierte.

Die Bühne verfügte gleich über zwei rote Vorhänge. Einer blieb als Hintergrund geschlossen, und der vordere ließ sich während der Show teilen. Als einmal beide aufgezogen wurden, konnten wir bis tief in die Eingeweide des Theaters sehen.

Dort stand eine vierköpfige Band, Jungs mit schulterlangen Haaren, die Drillichhosen und schwarze Jacketts anhatten und die wohl lieber *Bark at the Moon* als *Some Enchanted Evening* spielten.

Über dem Publikum stiegen Parfümwolken auf. Die Luft über unseren Köpfen war ein einziger, rosaroter Dunst.

Die Lichter gingen aus, aber ich war noch gar nicht soweit. Ich hatte gedacht, daß erst mal eine Ansage erfolgen würde. Die Show begann jedoch ohne Vorwarnung. Ich fragte mich, wie Onkel Langarm mit meiner Schwester Kontakt aufnehmen wollte. Indem er ihr per Post ein Szepter schickte?

Fünfzig Sekunden lang versanken wir im Dämmerlicht. Ich hörte das Quietschen des Vorhangs, als er im Dunkeln zugezogen wurde und Musiker und Kabel hinter sich verbarg. Die nunmehr unsichtbare Band stimmte eine schmissige Melodie an, im Doo-Wop-Beat.

Kleine Scheinwerfer vom Durchmesser einer Teetasse blitzten auf, einer nach dem anderen, bis hundert Lichter über den roten Vorhang wirbelten.

Unser Conferencier trat von links auf, während die Lichter weiterhin den rechten Bühnenrand bestrichen. Er räusperte sich. Der unsichtbare Lichttechniker warf jetzt sein gesamtes Arsenal nach links. Derart angestrahlt, lächelte der Conferencier.

– Liebe Familie! Liebe Freunde! sagte er.

Er trug einen Frack und sang ein paar schräge Verse.

Miß Unschuld der amerikanischen Ostküste 1995
Du allerliebster Star
Nicht Zufall oder Glück es war
Daß Du bliebst rein bis heute

Wie er diese Worte derart ernsthaft schmetterte, daß sie schon fast wieder einen Sinn ergaben, war schon klasse. Er hatte das Talent einer Bratwurst, sättigend und wohlvertraut. Eine volle, tiefe Stimme. Groß genug und nur ein klein bißchen stämmig. Nicht eigentlich hübsch, aber angenehm anzuschauen.

Der Conferencier sagte: – Wir haben uns hier heute abend wegen einiger sehr talentierter, wundervoller junger Damen versammelt, nicht wahr? Applaus bitte! Er war so aufgeregt, daß er hüpfte.

– Ja, Leute! Wir haben hier Damen von Florida bis Nantucket, die sich um die Chance bewerben, bei der Nationalen Miß-Unschuld-Wahl im nächsten Jahr die amerikanische Ostküste zu repräsentieren.

Er war ein echter Motivator mit Bombast vom Feinsten. Stellte sich selbst als Maximilian Duvet vor. – Heute abend ist hier schwer was los, stimmt's?

Das Publikum reagierte zwar, aber doch eher matt.

Also fragte er noch einmal: – Also los, Leute! Stimmt's?!

Mit einem passiven Publikum konnte er sich nicht lange aufhalten; also verwöhnte er uns mit einem eingeübten Grinsen und einigen simplen Tanzschritten. Er wirkte nicht sehr routiniert, sondern nur aufgeregt. Gab uns die Genehmigung, ausgelassen zu sein. Und als er das tat, war es so, als hätte er unsere Atomkerne geknackt. Wir, ich inklusive, pfiffen, klatschten und setzten mächtig Energie frei.

Er grinste und stieß eine Hand in die Luft. – Jawoll! schrie er.

Seit er zu reden begonnen hatte, flackerten die kleinen Scheinwerfer über Maximilians Gesicht. Sie irritierten ihn aber nicht nur, sondern schienen ihn schwindelig zu machen. – Okay. Er wedelte mit den Händen herum. Freunde. Jungs. Die Lichter!

Das Publikum lachte.

– Die sind ja noch aufgeregter als ich!

Aus dem Äther schollerte nun eine traurige Weise, dumpfer Bass und dünne Gitarre.

– Laßt uns einen Augenblick innehalten, sagte Maximilian. Laßt uns gedenken, sagte er zu uns. Und nie vergessen.

Und hier kam nun mein Gespensterbatallion von Freitagnacht ins Spiel; die Jungs, die so nett gewesen waren, die Überschwemmung einzudämmen. In Uniformen der Konföderierten und mit gezogenen Holzsäbeln. Ernst zu nehmende

Spielzeuge. Einer marschierte aus dem Glied und baute sich neben Maximilian auf.

Maximilian fragte: – Wer magst du denn nur sein?

– Mein Name ist Lewis Tilgham Moore, Colonel der 31. Virginia-Miliz aus Frederick County.

Max kniete sich hin, weil es albern aussah, wie der Junge da auf Zehenspitzen schwankte und wegen der schweren Säbelscheide an der Hüfte fast das Gleichgewicht verlor. – Und wo willst du hin?

– Wir sind unterwegs nach Harper's Ferry, sagte der Junge.

– Und rechnet ihr da mit Ärger?

– Wird schon etwas Ärger geben, aber ich nehme an, daß wir das in den Griff bekommen.

Der Junge war der geborene Schauspieler; die Worte kamen ihm natürlich über die Lippen, und er wirkte ernsthaft, ohne zu übertreiben. Seine Stimme war hoch, aber weil er langsam sprach, klang sie dennoch erwachsen. Der Junge reihte sich wieder bei seinen Kameraden ein, und sie marschierten langsam zur Bühnenmitte, wo sie sich aus dem Profil drehten und dem Publikum ins Auge sahen.

Diese Freiwilligenmiliz brachte mich ins Grübeln; nicht als Truppe, sondern wegen der jungen Männer, die eines Oktobernachmittags im Jahr 1859 losmarschiert waren und kaum mehr als ein Scharmützel erwartet hatten. Ich hatte die Broschüre gelesen, die ihr Übungsleiter mir gegeben hatte. Die Jungs marschierten nach Jefferson County und dann weiter zur Festung bei Harper's Ferry, wo John Brown mit einer lachhaften Truppe von achtzehn Mann eine Sklavenrevolte anzuzetteln hoffte; innerhalb von zwei Jahren entwickelte sich daraus der Bürgerkrieg.

Erst hundert Jahre später erscheinen uns solche Kreuzzüge als unausweichlich; nach all den Jahren sind die Schuldigen leicht auszumachen. Aber wer weiß schon um seine Rolle in dem Moment, in dem Geschichte tatsächlich geschieht?

– Wißt Ihr was, Leute? Ich möchte jetzt mal einen Moment ganz offen mit Euch sprechen.

Maximilian war von der Bühne gestiegen und hatte sich unters Volk gemischt. Mit dem Mikrofon in der Hand stand er vor der ersten Reihe. Ein starker, aber nicht sehr heller Scheinwerferspot fiel auf seine Schultern.

– In unserem Geschäft sind in letzter Zeit ein paar furchtbare Sachen passiert. Die kleine Pepper Miller beschuldigt in der TV-Talkshow *Heiße Affären* ihren Vater des Mißbrauchs.

Als der Name Pepper Miller fiel, drückte sich das ganze Publikum in die Sitze zurück. Ein unangenehmer Wind war hinter dem Vorhang aufgezogen und blies nun durch unsere Niederungen.

– Aber ich will euch mal was sagen, sagte er, euch allen. Ich arbeite nun schon seit fünfunddreißig Jahren bei diesen Veranstaltungen mit. Er lächelte. So ist es, dreißig und fünf. Ich weiß, daß man mir das nicht ansieht. Zumindest hoffe ich das. Sieht man's mir an?

Wer hätte dem widerstehen können? Ich wollte applaudieren. Wir mochten ihn einfach.

– Nein!

– Aber mal im Ernst. Ich fahre jetzt schon sehr lange auf diesem Zug mit, und mir liegt am Herzen, daß ihr versteht, was ich meine. Illustrierte und Fernsehshows kommen vorbei, um uns abzulichten. Sie machen sich über die Leistungen unserer jungen Damen lustig. Und zwar nicht nur auf deren Kosten, sondern auch auf Kosten aller beteiligten Familien. Manche Gruppierungen behaupten sogar, daß diese jungen Frauen ausgenutzt werden, aber ich möchte doch darauf hinweisen, daß keine andere Privatorganisation in der ganzen Welt mehr Collegestipendien für Mädchen vergibt als die Mißwahlen-Veranstalter in diesem Lande.

Er ließ uns fünf Sekunden lang abnicken.

– Miß Unschuld hat man kritisiert, weil wir nur Mädchen akzeptieren, die sich ihre Unberührtheit bewahrt haben. Ich bin gestern in der Braddock Street gewesen, so wie viele von euch. Diese jungen Damen sind es leid, samstags gleich zweimal arbeiten zu müssen!

Jetzt wurde es noch ungemütlicher. Sogar ich zuckte zurück.

Er kratzte sich den Kopf und zupfte an seiner Fliege herum.

– Ich will gar nicht behaupten, daß das unzulässig ist. Wir alle gehen auf Hunderte solcher Wettbewerbe. Das ist ein gutes System. Ich respektiere auch den anderen Wettbewerb. Mädchen, die schwere Zeiten durchmachen müssen, haben Applaus verdient, aber das Besondere an Miß Unschuld ist nun mal eben, daß wir Mädchen belohnen, die sich dafür entschieden haben, ein anständiges Leben zu führen. Jungfrau zu bleiben ist nicht leicht. Da draußen laufen eine Menge gutaussehender, junger Männer herum. Ich weiß das genau, weil ich selber mal einer war!

Er lachte, und ich lachte auch. Die meisten im Publikum lachten.

– Trotz allen Drucks seitens der Schule und seitens der Werbung haben die zweiundvierzig Mädchen, die hinter der Bühne warten, sich entschieden, nicht nachzugeben. Es gibt so viele Dinge in diesem Leben, die uns ein Gefühl von Ohnmacht vermitteln. Heute abend feiern wir jedoch junge Frauen, die bewiesen haben, wie stark sie sind. So ist das nämlich. Applaudieren Sie ihnen. Ich jedenfalls tu's.

Er schob sich das schwarze Mikrofon unter eine Achsel und klatschte. – Jawoll! schrie er.

Ich nahm meine Brille ab, weil eins meiner Ohren fürchterlich juckte. Es war so schlimm, daß ich mit einem Brillenbügel bis zum Trommelfell hineinfuhr und kratzte.

Als ich die Brille wieder auf hatte, sah ich zu Oma hinüber. Sie war interessiert, aber auch verwirrt. Wenn sie verstanden hätte, was geredet wurde, hätte ihr die Show wahrscheinlich besser gefallen.

Maximilian wandte sich nun der ersten Bewerberin zu, die eilig auf die Bühne kam. Sie stand neben ihm, er legte einen Arm um sie und ließ sie sich selbst vorstellen.

– Hallo und schöne Grüße. Ich heiße Karen Tiffany Haynes, und ich repräsentiere hier die schöne Stadt Knuckleswipe, Rhode Island.

Ich fragte mich, wie Miß Haynes sich wohl neben mir ausnehmen würde. Mit mir als Paar. Ihre Hand auf meinem Oberschenkel. Mein Arm um ihre Schulter. Später würden wir dann tollen Sex miteinander haben. Da war ich mir sicher.

– Guten Abend. Ich heiße Baretta Watkins, und ich komme aus dem schönen East Orange, New Jersey. Besuchen Sie uns da doch mal!

Für Baretta stellte ich mir einen Strand vor. Sie in einem Tanga, und ich hätte einen grauen Trainingsanzug an. Für meinen Körper schämte ich mich sogar noch in meinen Tagträumen. Ich konnte mir nicht einmal vorstellen, einen Waschbrettbauch zu haben.

Baretta käme aus dem Wasser, riebe sich die Augen trocken und umarmte mich dann. Wir rollten im Sand herum. In meiner Phantasie konnte ihr kleiner Körper ziemlich viel Gewicht aushalten. Wir trieben es überall miteinander. Im Sand. Auf einem Felsen. Im Stehen.

– Schöne Grüße und grüß Gott, mein Name ist Sareen Amber Follows. Ich persönlich und ganz Tennessee, vom Natchez State Parkway bis zum historischen Schlachtfeld von Fort Donelson, wir würden uns alle freuen, wenn ihr mal irgendwann zum Essen vorbeikommen würdet.

Nachdem die einzelnen Mädchen sich vorgestellt hatten, gesellten sie sich zu denen, die vor ihnen aufgetreten waren und am rechten Bühnenrand in einer Reihe standen. Als immer mehr junge Frauen erschienen, ließ die Dichte meiner Phantasien doch etwas nach. So schnell konnte ich mir keine neuen Sexpraktiken ausdenken und fing an, mich zu wiederzuholen. Auch Demetria Shavers saß neben mir in einem leeren Theater. Und Tiffany Murdock saß im Sand.

Als neun oder zehn lächelnd auf der Bühne standen, malte ich mir aus, sie zu schwängern. Dann wäre die ganze Sitzreihe von meinen Kindern besetzt. Dabei dachte ich nicht einmal so sehr an die ganze Fickerei, sondern stellte mir eine sehr erregende Nummer im fünften Monat vor, wenn der Schwangerschaftsbauch schon ausgeprägt ist, und es nach einem kräftigen Gebumse eine Lust ist, die Haut abzulecken.

Es war seltsam, die Mädchen nach Onkel Langarms Veranstaltung auf einer besseren Bühne zu erleben. Sareen Follows trug langärmelige Handschuhe, die ihre dürren Ärmchen bedeckten, aber am Samstagnachmittag hatte sie sie noch zur Schau gestellt.

Ich weiß nicht mehr, ob ich das Klopfen hörte oder nicht, aber ich glaubte zumindest, es gehört zu haben. Während Maximilian das nächste Mädchen erwartete, schlich ich mich zu der Doppeltür.

Aufrecht konnte ich nicht gehen. Ich wollte nicht auffallen, nicht erkannt werden, wollte nicht, daß man mich gegenüber der Polizei beschreiben konnte.

Zu Maximilians Überraschung gingen die Lichter ohne Stromausfall aus. Sein Mikrofon funktionierte noch. In den plötzlich dunklen Saal rief er: – Scheibenkleister!

Als ich die Doppeltür erreicht hatte, drückte ich die langen Metallsperren nach unten und hörte, wie sich das Schloß öffnete.

Draußen erwartete mich ein Rollkommando.

Straßenfackeln sollten nur im Freien Anwendung finden.

Das klingt wie eine Gebrauchsanweisung, wem sage ich das?, aber manchen Leuten fehlt eben gesunder Menschenverstand.

Die Beleuchtung im Saal war fast ganz erloschen, und selbst Maximilian war nur noch verschwommen zu erkennen. Er brauchte dringend Hilfestellung. – Hallo, Regie? fragte er ins Mikrofon. Bei welchem Teil sind wir jetzt?

Das Publikum war weitgehend unsichtbar. Das dauerte aber nicht sehr lange. Nur eine Minute Dunkelheit.

Dann die Straßenfackeln. Um sie zum Brennen zu bringen, muß man sie erst zünden, so daß erst mal nur ein halbes Dutzend schnappende Zündgeräusche zu hören waren.

Ich sah, wie die Demonstranten die Fackeln reintrugen. Der Flur, in dem sie gewartet hatten, war so dunkel wie das Auditorium.

Die dünne Frau ging voran; sie sah immer noch wie neunzehn aus, war aber neununddreißig. Ich erkannte sie sofort, obwohl sie jetzt Stiefel anhatte. Sie trug ein schwarzes Trikot und ein schwarzes Unterhemd aus Thermostoff, hatte aber das Gesicht nicht vermummt. Rechnete sie damit, gesehen zu werden? Wollte sie gesehen werden? Ich fragte mich, wo wohl die Filmcrew postiert war.

Sie pflanzte ihre Fackel mitten im Gang auf. Die sechs Demonstranten, die ihr folgten, taten das gleiche.

Sie rannten an mir vorbei. Ich zog die Tür wieder zu. Ich war immer noch im Saal. Wir befanden uns in einem Innenraum, aber er kam mir weit wie die Welt vor.

Nach den Fackeln zogen die Demonstranten Handsirenen aus ihren Jacken und ließen sie aufheulen. Der Lärm half den Leuten, sich zu orientieren: Jawohl, ihr sollt Angst haben.

Im Publikum kreischten einige Frauen, und andere zogen die Köpfe ein. Die Männer machten so ziemlich das gleiche. Kreischten weniger, duckten sich aber um so mehr.

Die Frau mittleren Alters, die die Aktion anführte, schrie: – Weg mit Schönheit! Her mit Kunst!

Sie waren als Gruppe gekommen, aber jetzt rannten die Demonstranten einzeln durch die Gänge. Ließen die Sirenen aufheulen, wann immer es den Anschein hatte, daß das Publikum nun die Faxen dicke hatte, sich aufraffen und die Demonstranten verprügeln würde.

Alle zwei Minuten. Heul! Heul!

Das sollte wohl der allgemeinen Belustigung dienen. Abgesehen von den Fackeln, gab es kein Licht mehr, und ich hatte sieben dieser Radaubrüder in den Saal gelassen.

Es war schwierig, sich an die Lichtverhältnisse zu gewöhnen.

Als ob die Handsirenen nicht schon laut genug waren, begannen jetzt auch Leute im Publikum zu schreien. Wenn die Leute aufstanden, schnarrten die rostigen Scharniere der Sitze und knallten nach unten, wenn sie sich wieder setzten.

– Weg mit Schönheit! Her mit Kunst!

Die Demonstranten belehrten uns brüllend, aber hörte ihnen überhaupt jemand zu? Ich vernahm zwar die Worte, verstand sie aber nicht. Es war jetzt so laut, daß sich sogar Oma die Ohren zuhielt. Als ich mich zu ihr zurückschlich, zog sie sich den Hut über die Augen.

Der hintere Bühnenvorhang wurde aufgezogen, aber die Band war nicht mehr da. Ein Schlagzeug, auf dem niemand mehr spielte.

Aus dem geöffneten Bühnenhintergrund drang jetzt etwas Licht und mischte sich mit den grellrosa Straßenfakkeln. Die hintere Beleuchtung hing wohl an einem anderen Stromkreislauf. Aber das Licht erleuchtete kaum mehr als die Bewerberinnen, die jetzt alle auf der Bühne standen. Zweiundvierzig heulende Mädchen.

Sie waren total durcheinander. Wir allerdings auch. Zweiundvierzig Mädchen. Ich versuchte, meine Schwester ausfindig zu machen, indem ich auf die Bühne laufen und sie retten wollte, aber ich konnte Nabisase nicht entdecken. Einige der Mädchen kletterten von der Bühne und suchten nach ihren Familien. Viele schrien: – Mutti! Mutti!

Es klang, als hätten sie alle ihre Mutti verloren.

Auch Maximilian ließ wieder von sich hören. Zwischen all den anderen Stimmen hätte ich seine Stimme gar nicht erkannt, aber er hatte immer noch das Mikrofon. Er murmelte: – Ich will nur noch nach Hause.

Irgend jemand hatte wohl die Lautsprecher ausstellen sollen, aber in dem Durcheinander hatte er den Regler auf hundertachtzig gedreht.

– Ich will nur noch nach Hause.

Ich konnte meine Augen nur teilweise fokussieren; zum anderen Teil war's zappenduster.

Ich sah, wie immer mehr Miß-Unschuld-Mädchen von der Bühne kletterten. Einige sprangen sogar. Man hätte meinen können, daß sie in Flammen standen. Wir standen weit unter ihnen, aber sie kamen zu uns herab. Eine Geste des Edelmuts.

Als die Bühne sich geleert hatte, warf die neununddreißigjährige Guerillakämpferin Ballons in die Luft. Sie stand ganz vorn am Rand, aber man ließ sie gewähren. Furcht vor dem Saboteur.

Ihre Freunde kamen dazu. Vier warfen mit Ballons um sich, drei wandten sich dem Publikum zu und fuchtelten furchteinflößend mit ihren Handsirenen herum. Das wäre gar nicht nötig gewesen. Angst hatten sowieso schon alle. Ich auch.

Die Ballons torkelten schwerfällig abwärts. Als sie auftrafen, verspritzten sie grüne Schmiere auf der Bühne. Fünf Ballons. Dann fünfzehn. Große Öllachen breiteten sich auf dem Parkett aus.

Ich versuchte Oma zu trösten, aber das wollte sie nicht. Ich fragte mich, ob sie gesehen hatte, daß ich die Doppeltür geöffnet hatte. Probleme hatte sie mit dem Gehör, aber nicht mit den Augen. Ich tätschelte ihre Schulter, aber sie stieß meine Hand weg. Mit vorgebeugtem Kopf schrie sie: – Nabisase! Sie schrie es in ihren Schoß.

Um uns her standen ganze Familien auf, rannten herum und setzten sich dann wieder. Sie wußten nicht, was sie tun sollten.

Ich verspürte den Wunsch, Onkel Langarm zwischen die Finger zu bekommen, damit ich ihm seinen verlogenen Hals umdrehen könnte. Das war nun doch zu monströs. Ich bedauerte es sehr, hilfsbereit gewesen zu sein.

Als ich zum zweiten Mal zur Tür ging, wußte ich genau, daß es geklopft hatte.

Es klang nicht dringlich, und ich glaubte, daß Onkel Langarm nun von außen gepocht hätte.

Die Türen schwangen auf, obwohl ich sie kaum berührte. Ich sagte: – Onkel Langarm, ich muß mit dir reden.

Aber durch den tumultösen Refrain im Saal hätte er mich sowieso nicht verstanden. Ich wunderte mich, daß die Handsirenen noch nicht heiser waren. Abgesehen von Maximilians vertrauter Stimme war nicht mehr auseinanderzuhalten, wer etwas sagte. Alle anderen Stimmen verwandelten sich im Auditorium zu reinem Verkehrslärm. Ein langer, vokalartiger Ton; eine Klangwolke der Verzweiflung; oder ein ekstatischer Ausbruch aus Göttermund.

Einer der Türflügel schwang zehn Zentimeter zurück. In dem Versorgungsflur brannte jetzt Licht. 10 000 Watt. Es war ein sauberer, belebter, erleuchteter, weißglühender, flackernd flimmernder Scheißflur. Ich hielt mir die Augen zu. Fünfundzwanzig weitere Anarchisten stürmten an mir vorbei in den Saal.

Wir hätten lieber in Rosedale bleiben sollen. Ich hätte dem Schicksal ein Schnippchen geschlagen. Es war der 12. November. Das weiß ich noch genau.

Nabisase fand Oma.

Ich hörte, daß meine Schwester einen Namen rief, verstand jedoch nicht, ob es meiner war.

Sechs Meter von mir entfernt waren Oma und Nabisase. Ich hielt die Tür auf. Das Flurlicht rahmte mich ein. Ich war leicht zu erkennen. Und ich erkannte sie auch. Oma auf ihrem Platz. Nabisase kniete im Gang. Beide starrten mich an. Verständnislos.

Meine Augen zuckten, als ich die Tür losließ. Sie schloß sich hinter mir. Meine Familie war drinnen im Saal, aber ich war ausgesperrt. Wenn auch nicht allein. Bei mir war noch eine letzte Gestalt, breit wie ein Herd und doppelt so hoch. In ihre Hütte hatte sie mich nicht lassen wollen, aber nun war sie gekommen, mich zu holen. Sie berührte mich mit ihren sehr kleinen Händen auf beiden Wangen. Auf der Zunge spürte ich den Salzwassergeschmack meiner Tränen. Ich öffnete den Mund, versuchte zu sprechen, aber in meiner Kehle steckte das Ei eines Löwen. Wir waren zu zweit im Versorgungsflur. Wir gerieten aneinander.

TEIL 3
HUNDE

21

Meinetwegen konnte Ledric Mayo ruhig verrecken; ich jedenfalls würde ihm nicht helfen. Während der ganzen, siebenstündigen Rückfahrt von Lumpkin, Virginia, sagte ich das immer wieder zu mir selbst. Hätten Nabisase und Oma mich angesprochen, hätte ich ihnen haargenau das gleiche gesagt.

Ich sagte es immer noch zu mir selbst, als ich mich am Montagmorgen bei *Blitzblank* krankmeldete.

Und dann sagte ich mir es wieder gegen Mittag, als ich nach draußen ging, um im Garten herumzupuzzeln, weil ich nicht schlafen konnte. Um die Stimmung zu charakterisieren, in der sich meine Familie befand: Ich versteckte die Küchenmesser. Kein Scheiß!

– Ey, Nigger!

– Schnappt euch den Nigger!

– Schnappt euch den Nigger! Der soll aufhörn an den Büschen rumzuschnippeln!

Dreimal brüllte Pinch mich an, und dreimal ignorierte ich ihn. Er lümmelte mit ein paar anderen Typen im Nachbargarten rum; sie hockten auf den Eingangsstufen von Candans Haus.

Als ich mich seinem Befehl widersetzte, meine Hecke zu schneiden, stand Pinch auf und marschierte in meine Einfahrt. Jetzt konnte ich ihn nicht länger ignorieren, weil seine fleischige Hand schon auf meiner Schulter lag. Ich ließ den Schalter der Heckenschere los, und das grelle Schnippschnapp-Geräusch verebbte.

– Die Büsche haben dir doch gar nix getan!

Er und ich hielten die Hecke in Schuß, die siebeneinhalb Meter an meiner Einfahrt entlanglief. Bis zum Hintergarten, wo eine weniger formelle Reihe Sträucher stand.

Ich war stolz auf mich, weil ich ganze Arbeit geleistet hatte. Es war doch wirklich nicht schön, daß sich im Sommer diese Brombeeren zu einem unmöglichen, grünen Afrolook auswachsen würden, den man dann alle vierzehn Tage schneiden müßte. Und das, obwohl es eigentlich gar nicht unser Eigentum war. Das Scheißding wucherte von Candans Seite zu uns rüber. Der Präsident hatte die Hecke gepflanzt. Wieso mußte ich mich da eigentlich auch noch um die Hälfte kümmern?

– Weil man das gute Nachbarschaft nennt, sagte Pinch.

Es gab noch jede Menge anderer Gründe, sich aufzuregen, aber am meisten wurmte mich die Sache mit Mr. Ledric Mayo. Mir wollte einfach nicht in den Kopf, wieso ich die Verantwortung für einen Wirrkopf übernehmen sollte, der sich aus lauter Blödheit selbst vergiftete.

Die beiden anderen Typen, von denen einer Candan war, standen in Candans Garten und rückten näher, um mich aus geringerer Distanz einzuschüchtern. Durchs Zweigwerk der kahlen Winterhecke sah ich, wie sie die Köpfe schüttelten.

Candan sagte: – Das reicht jetzt aber echt, Anthony. Nächstes Mal mußt du weniger abschneiden.

Wer weiß. Vielleicht redete der Typ ja so mit mir, weil er einfach nett sein wollte, aber der Ton macht schließlich die Musik, wenn man von jemandem angesprochen wird, der sich seinen Lebensunterhalt verdient, indem er Weiß- von Buntglas trennt.

– Du hast da oben sechzig Zentimeter abgeschnitten, sagte Pinch. Da wird sich der Präsident aber freuen.

– Der hat niemandem was zu sagen, beeilte sich Candan.

Daß er derart giftig war, wunderte sogar mich.

Dann bog der Präsident in seinem Lincoln Town Car um die Ecke.

Sein Town Car war eine Katastrophe, obwohl er nicht mal besonders alt war; ein 94er Modell, aber die Vorderseite war total verbeult. Die Scheinwerfer hingen nur noch an grauem Klebeband. An einer der hinteren Türen war das Fenster wie geädert, weil es angebrochen war.

Pinch grinste. – Candan, jetzt erzähl mal dem Präsidenten, was du uns gerade gesagt hast.

Der Typ neben Candan war so fett wie ich. Hier in Queens kam das nicht so selten vor, wie es dem Gesundheitsminister lieb wäre. Hier war's wie im ländlichen Pennsylvania. Das häßliche Amerika, das bin ich.

So, wie der Präsident rumrangierte, machte er's seinem Auto auch nicht gerade leicht. Mehrmals rammte er den Bordstein.

Mit 40 Stundenkilometern und ohne auch nur ein einziges Mal auf die Bremse zu treten, riß der Präsident den schwarzen Wagen nach rechts, als er sein Haus erreichte. Als der Wagen in die Einfahrt rollte, stieß er gegen einen Zaunpfahl, so daß der Zaun wie eine Klapperschlange rasselte.

Der Präsident war kein Säufer. Es war nicht der Alkohol, der ihn Schlangenlinien fahren ließ. – Hallo, Jungs! rief der Präsident aufgekratzt. Er ließ das elektrisch betriebene Fenster auf der Beifahrerseite runter, blieb aber noch in seinem Town Car sitzen. Candan und der fette Typ standen auf einer Seite der Hecke, Pinch und ich auf der anderen.

Candan spuckte aus.

Der Motor wurde abgestellt.

Der Präsident stieg aus, gekleidet in einen türkisfarbenen Trainingsanzug.

Das Problem waren seine Augen. Ich hatte sie noch nie

aus dieser Nähe gesehen. Sie schielten in zwei verschiedene Richtungen, aber nicht geradeaus. Sein Führerschein war schon seit drei Jahren abgelaufen, aber er weigerte sich, ihn verlängern zu lassen. Männer glauben eben nie, daß ihre Kräfte sie verlassen.

– Hallo, Jungs, sagte er noch einmal.

Pinch grinste als erster: – Wie geht's, Mr. Jerome?

Er zuckte die Schultern. Der Präsident gehörte zu jenen Leuten, die aus Prinzip schlecht drauf sind, egal, wie's ihnen geht. Wenn er im Bett lag, jammerte er über Rückenschmerzen, aber sobald er aufstand, konnte er es angeblich nur noch aushalten, wenn er sich sofort auf einem Holzbrett zum Schlafen ausstreckte. Der Präsident sagte: – Die haben mich so was von gescheucht, Chester. Ich bin noch ganz außer Atem.

Candan ging zum Auto, ohne seinen Vater zu begrüßen.

– Ich hab die Scheißautoschlüssel! C. D., komm mal her. Und wo hast du denn gesteckt? fragte mich der Präsident.

– Hab mit meiner Familie 'n Wochenendausflug gemacht.

– Wohin denn? fragte er.

– Virginia. Sieben Stunden Fahrt. Wir sind heut morgen um vier wiedergekommen.

– Seid Ihr alle wieder da? fragte Candan.

– Wo sollen wir denn sonst sein?

– Seid Ihr heut morgen zu viert angekommen? fragte Candan. Eins, zwei, drei, vier?

– Scheiße, Candan, sagte der Präsident. Der Mann kann doch zählen!

Ich sah mir seinen Sohn an, Candan, und fragte mich, wie man hier wohl über mich redete, seitdem ich vor einigen Wochen nach Hause zurückgekehrt war.

Der Präsident alberte rum, um seinen Sohn abzulenken.

Er zeigte auf mich und den anderen netten Fetten neben Candan. – Ihr beiden seht aus wie Buchstützen in 'ner Keksfabrik.

Die Jungs kicherten, sogar der andere Dicke, aber ich verstand den Witz gar nicht.

– Wofür braucht man denn Buchstützen in 'ner Keksfabrik? fragte ich.

Dafür war's nun aber leider zu spät, weil der Präsident meine Arbeit in Augenschein nahm. Er schritt die Hecke auf seiner Grundstücksseite der Länge nach ab und kratzte sich dann den grauen Schnurbart. Er hatte eine schwarze Baseballkappe aus Leder auf, die man am Hinterkopf festzurren konnte. – Da hast du ja ganz schön Mist gebaut, sagte er.

Ich wunderte mich, warum er *mich* so zielgenau beschuldigte, aber dann fiel mir ein, daß ich noch die orangefarbene Heckenschere in der Hand hielt.

Die anderen lauerten auf einen deftigeren Anschiß, aber das Nette am Präsidenten war, daß er nie so weit ging, das Gewehr aus dem Schrank zu holen. Im schlimmsten Fall warf er einem ein Ei an den Kopf.

– Falls ich je 'ne neue Frisur brauchen sollte, werd ich dich nicht fragen, sagte der Präsident.

Bevor es zu weiteren Scherzen kommen konnte, kam Candans roter Hund aus dem Hintergarten angelaufen und warf sich dem Präsidenten vor die Füße. Ein schlanker Dobermann, dem ein Ohr fehlte. Ich dachte, er wollte mit dem Alten spielen, aber dann knurrte er den Präsidenten an, bis Candan dazukam, dem Hund auf die Flanke schlug und schrie: – Halt's Maul!

– Hau ab! schrie Candan.

Der Präsident senkte den Kopf, aber mir blieb unklar, ob die Geste seinem Sohn galt oder dessen Gesandtem, dem Dobermann.

Auf Candans Kommando stand der Köter auf und trollte sich. Sein dünner Körper schlenkerte so hoch über dem Boden, daß er fast wie ein länglicher, nutzloser Ballon davonzuschweben schien. Er bellte ein paarmal, was einige andere Hunde in der Nähe dazu veranlaßte, ebenfalls anzuschlagen, und schließlich heulte und jaulte es fast dreißig Minuten lang aus allen Ecken der Nachbarschaft.

Noch ein Tag – so weit; ohne Mutter – so gut.

Nachdem der Präsident ins Haus gegangen war, schlenderte Candan beiläufig zum Lincoln und zog die Schlüssel, die der Präsident versehentlich hatte stecken lassen, aus der Fahrertür. Er schüttelte sie vor unseren Augen hin und her, als ob Candan ein Publikum brauchte, das ihm bestätigte, daß sein Vater den Tatterich hatte, aber wir sahen weg und schämten uns für ihn.

22

Als ich mit Heckenschnipseln im Haar wieder reinging, saßen Oma und Nabisase im Wohnzimmer. Die jüngere Frau redete, während sie der alten Frau Zöpfe flocht, aber als ich dazu kam, schwiegen sie.

Erschöpfung verdreht einem die Zunge, bis sie blau anläuft. – Ich finde, daß ihr überreagiert, sagte ich zu ihnen. Mama hat euch im Stich gelassen, nicht ich.

Zum ersten Mal seit vielen Jahren kam ich mir wieder wie ein Kind vor. Verglichen mit dem Erwachsensein, ist das eine schreckliche Zeit.

– Habt ihr nicht gehört, was ich gesagt hab?

Nabisase und Oma spielten aber weiter Osterinseln: Ich stand im Wohnzimmer einen Meter von einer Zivilisation entfernt, die nicht willens war, mir zu antworten.

Also trollte ich mich und machte mich, blöd, wie ich war, an Mamas Tür zu schaffen. Bei unserer Abreise war sie abgeschlossen gewesen. Wieso sollte das jetzt anders sein? Ich kniete mich hin und schob meine Nase gegen den unteren Türspalt. Dann mein Ohr. Ich wartete auf ein Zeichen, daß sie wieder da sein möge.

Sie war aber nicht da.

Ich holte die Post aus dem Kasten, und dabei fiel mir ein, daß ich meinen Brief an Ahmed Abdel nie abgeschickt hatte. Ich hatte ihn in meiner Jackentasche vergessen, als ich meiner Schwester und Oma zu Onkel Langarms Mummenschanz gefolgt war.

Ich holte den Brief und ging zur Tür. Endlich sagte meine Schwester etwas.

– Kümmerst du dich eigentlich um Ledric?

– Woher weißt du denn davon?

– Ich hab den Anrufbeantworter abgehört.

– Ich wollte nur einen Brief einwerfen.

Oma sah mich nicht an, sagte aber: – Er klingt ganz furchtbar krank.

– Habt ihr beiden denn nichts anderes als Ledric Mayo im Kopf?

Ich schlug mit dem Brief an Ahmed Abdel gegen die Tür. Sie warteten.

– Ich hab nicht die Energie dafür, jammerte ich. Könnt ihr euch nicht über was anderes mit mir unterhalten?

Nabisase stand auf. – Ich hab ihn schon angerufen und hab auch seine Adresse. Ich hab ihm gesagt, daß wir vorbeikommen.

– Warum hast du das gemacht?

– Weil wir's so machen.

Ich wollte Nabisase nicht mit nach Jamaica nehmen, und glücklicherweise war es inzwischen auch vier Uhr. Da stand die zweite, montägliche Gebetsrunde in der Kirche meiner Schwester auf dem Programm. Die Schule schwänzte sie gern, aber nicht den Gottesdienst. Mit seiner Bibel, von der ihr alle ja auch bestimmt schon viel gehört habt, hatte Christus meine Schwester wirklich schwer beeindruckt. Zurück aus Lumpkin, las sie schon am ersten Morgen in der Heiligen Schrift und verdrückte dazu Corn-flakes.

Aber was soll's? Ich werde nicht mal mehr von Christus reden, wenn ich mich auf Nabisases Glauben beziehe, weil ich immer noch davon überzeugt bin, daß sie es nicht ehrlich meinte. Ich sage einfach Selwyn statt Christus, weil Nabisase den Unterschied sowieso nicht gemerkt hätte.

Nabisase begleitete mich also, aber durchaus nicht, um mir Gesellschaft zu leisten. Ich ging auf dem Gehweg, und sie blieb stur auf der Straße. Sie meinte, daß ich sie beschissen hatte. Vor der Rückfahrt von Lumpkin hatte ich vollgetankt und war dann ohne Zwischenstopp durchgebrettert. Sie und Oma hatten kein einziges Wort gesagt.

Erst als wir endlich zu Hause waren, ich ausstieg und auf die Seite hinüberging, auf der Nabisase saß, sagte meine Schwester: – Hältst du mir etwa nicht mal mehr die Tür auf?

Es ist schwierig, sich nahezubleiben, wenn jemand mitbekommt, daß man bescheißt. Sie glaubte, mich total zu durchschauen, und ich konnte mich ihr gegenüber einfach nicht erklären.

Ich lächelte, als wir an der Ecke 229. Street und 147. Avenue ankamen. Nabisase wollte sich die Predigt im Apostolischen Tempel Selwyns anhören. Eine Kirche mit den Kräften der Tradition.

Ich sah sie an und fragte mich, wieso ein Mensch eigentlich religiös wird.

Nach zehn Minuten hielt etwa anderthalb Blocks vor mir ein brauner Kleinbus. Ich wartete, daß er kehrtmachen würde, aber der Fahrer wollte nicht wenden, so daß ich hinlatschen mußte.

In diesen Transportunternehmen auf Privatbasis werden zwei unterschiedliche Arten von Kleinbussen eingesetzt. Der Unterschied besteht in der Größe der Türen. Ein Typ verfügt über eine große, breite Schiebetür, während der andere nur eine Einstiegsluke vom Format eines Flugzeugfensters hat. Dreimal dürft ihr raten, was dies für ein Typ war; die Antwort dürfte nicht allzu schwer sein. Als ich die winzige Klappe öffnete, begannen die Passagiere zu grummeln. Einen Mann hörte ich wortwörtlich flüstern: – Oh, Scheiße, als er mich sah.

Zehn Passagiere sahen zu, wie ich mich hineinkämpfte.

Im Fahrgastraum roch es nach Schweißfüßen und Kakaobutter. In jede Sitzreihe paßten drei Leute, aber das waren Einzelsitze. Also mußte ich daran vorbei bis ans Arschende, wo es eine breitere Bank für vier Personen gab.

Mit meiner breiten Schulter stieß ich einer Frau den Hut vom Kopf.

Ein Teenager wurde derart eingezwängt, als ich mich vorbeiquetschte, daß ihr ihre Scheißzeitschrift zwischen den Knien durchrutschte und auf den Boden fiel.

– Tschuldigung, flüsterte ich, tschuldigung.

Sogar die anderen dicken Leute beschimpften mich oder verdrehten die Augen.

Die Fahrerin war eine fünfzigjährige Frau mit einem Gesicht wie eine Betelnuß. Sie wartete, bis ich beinah Platz genommen hatte, und trat dann aufs Gas, und zwar kräftig.

Aus dem Radio säuselte Tanzmusik, und aus der Funksprechanlage des Kleinbusses knarzten Gespräche und statische Störgeräusche. Die Fahrerin hieß Lorna Tintree, und immer wenn ihre Fahrzentrale sie anrief, griff sie zum Mikrofon. Die Zentrale nannte sie immer bei ihrem vollen Namen. Sie brüllte ihre Antworten ins Mikro und fuhr entschieden zu schnell.

Ihre Stimme hatte einen starken karibischen Akzent. Ich konnte mir Mangobäume vorstellen, aber keine bestimmte Insel. Die einzige Nachricht, die ich mir von ihrer Zentrale wünschte, lautete: Fahr langsamer. Ihre Frisur war ein großes, lockeres Gewusel schwarzer Halblocken, die von ihrem Schädel tropften wie die Schallwellen ihrer munteren Gespräche von ihren Lippen.

Wenn sie zu reden aufhörte, dauerte es immer einen Moment, bis der Typ am anderen Ende antwortete, und dann klang das Geknarze des Mikrofons wie ein Name: – ledric – ledric –.

Man muß schon verstehen, wie gefährlich so eine Bus-fahrt ist. Lorna Tintree nahm die Kurven mit achtzig Sachen. Bei Schlaglöchern und Bodenwellen flogen elf Menschen in die Luft. Angeschnallt war nur unsere Fahrerin.

Meine Schwester mochte ja meinen, daß ich Mr. Mayo helfen wollte. Aber genau das wollte ich nicht. Ich wollte mir bloß eine Ausleihkarte in der Stadtteilbibliothek von Jamaica besorgen, irgendwo zu Mittag essen und dann wie-der nach Haus fahren. Ihr würde ich erzählen, daß ich die Adresse verloren hätte.

Doch wenn dann nach jedem Satz der Bus wieder auf die Straße krachte, erzeugte das Knirschen des Bodenblechs gegen den Straßenbelag einen nur allzu vertrauten Namen: – ledric – ledric –.

Die Stimme meines Gewissens klang wie die meiner Schwester, und sie wies meinem Kopf die Richtung. Führte mich am Rufus King Park vorbei. Zum Sutphin Boulevard und zur 88. Avenue, an der ein gewisser feister Schweine-hund ein Zimmer gemietet hatte. Wo ich mir doch alle Mühe gegeben hatte, nicht sein Lebensretter zu werden. Scheiß der Hund drauf.

23

Das Haus, in dem Ledric wohnte, gehörte einer Nigerianerin, die mich partout nicht reinlassen wollte, bevor ich nicht mehrere Male seinen Namen genannt hatte. Dabei musterte sie mich mißtrauisch und fragte: – Sie sind sein Bruder?

– Ja, klar, sagte ich. Kann ich jetzt zu ihm?

Die Frau bewohnte eines von drei Einfamilienhäusern, die in diesem Block zwischen sechsstöckigen Mietshäusern standen.

– Gehen Sie durch den Hintereingang, sagte sie.

Die Dame vermietete Einzelzimmer in ihrem Keller. Drei Zimmer für jeweils 400 Dollar im Monat. Das deckte vermutlich die Hypothek ab, so daß ihr eigenes Einkommen reichte, um sich den Großbildschirmfernseher leisten zu können, den ich durchs Vorderfenster gesehen hatte.

Nachdem ich höflich geklopft, aber keine Antwort bekommen hatte, trat sie so heftig mit der Stiefelspitze gegen Ledrics Zimmertür, daß es rummste. Nach drei Minuten gab Ledric endlich ein Geräusch von sich. Währenddessen beobachtete ich, wie die Dame mit den Fingern zwischen ihren Zähnen pulte und dann auf ein paar steckengebliebenen Fleischfasern herumkaute.

Ledric konnte seine Zimmertür öffnen, ohne aufzustehen, weil er sowieso auf dem Boden lag. – Hallo, Ant. Nabisase hat mich eben angerufen um zu hören, ob du schon da warst, flüsterte er.

Die Nigerianerin sagte: – Ich verlange Geld dafür, daß ich Ledrics Kotze von meinem Teppich putzen muß.

Ich bin kein seelenloses Monstrum. Ich hege durchaus

menschliche Gefühle. Ich setzte mich auf den Boden, legte die Arme um seine Taille und half Ledric auf sein Bett. Das war jedoch keine gute Idee, weil die Matratze bis auf die Laken durchnäßt war.

Die Nigerianerin sagte: – Und wenn die Matratze im Arsch ist, muß er die auch bezahlen.

Ledrics Zimmer war gerade groß genug für ein Bett und einen Schreibtisch. Das Fenster stand offen, was den feuchten, ekelhaften Gestank etwas milderte, aber es war mitten im November und ziemlich kalt.

– Du solltest das Fenster lieber zumachen, sagte ich zu ihm.

Die Vermieterin hielt sich die Nase zu. – Lieber nicht.

Ich half ihm, sich anzuziehen, aber er bekam die Arme nicht in die Hemdsärmel hinein. – Ich seh alles doppelt, flüsterte er.

Auf dem Schreibtisch lag nur Arbeitsmaterial; Briefumschläge, vorgedruckte Adreßaufkleber und Formbriefe der *SunTrust*-Bank in Washington, D.C. Ich durchstöberte sie, als gehörten sie mir. Angebote für Kreditkarten ohne Kontodeckung; jedem Antrag wird stattgegeben.

– Ist das etwa dein Job? fragte ich.

– Diese Woche muß ich noch hundertfünfzig mehr schaffen.

– Das mach ich aber nicht für dich, sagte ich.

In Queens findet man auf jedem U-Bahn-Sitz solche kleinen, roten Karten mit Telefonnummern und windigen Angeboten: Reduzieren Sie Ihr Gewicht – 15 Kilo in 30 Tagen. Brauchen Sie Geld? – Arbeiten Sie einfach zu Hause. Ich hätte nie gedacht, daß jemand so blöd sein könnte, bei diesen Schwindlern anzurufen.

Ich war sauer auf ihn, aber er bekam kaum Luft. Ich setzte ihn aufrecht hin und stopfte die am wenigstens verdreckten

Klamotten in eine Sporttasche. Der Junge war wohl nicht ganz dicht, auch schon vor der Bandwurmarie. Jede Wette. Wo war eigentlich diese Büchse?

– Hab ich weggeschmissen, sagte Ledric. Ich weiß gar nicht mehr, was ich mir dabei gedacht hab.

Ich half ihm auf die Beine, doch in der Position konnte er sich nicht halten. Das Stehen fiel ihm schwer, aber als er sich an mich lehnte, gelang uns eine Fortbewegungsart, die im wesentlichen darin bestand, daß wir beiden unter unserem geballten Gewicht vorwärtsfielen. Sechshundert Pfund. Na gut, siebenhundert.

Er war kleiner als ich und hatte eine gewaltige Wampe; eine von dem Kaliber, die einem die Genitalien zerquetscht, wenn man sich hinsetzt. Aber er hatte überhaupt keine Hängetitten, und seine Beine waren schlank.

Bevor wir uns auf den Weg machten, sagte die Nigerianerin noch: – Er schuldet mir noch Miete für letzte Woche. Ihr Bruder hat zuletzt am Mittwoch gezahlt.

– Er ist krank, sagte ich.

– 'n Hunni.

Ich zahlte mit dem Geld, das ich in der Tasche hatte. Zehn Zehn-Dollar-Scheine, und sie zählte vor meinen Augen dreimal nach. Ich hatte kein Bankkonto, sondern trug Geldscheine in der Brieftasche mit mir herum und hatte den Rest in einem meiner Bücherkartons versteckt.

Obwohl es nur drei Blocks sind, brauchten wir eine halbe Stunde bis zur Jamaica Avenue. Seit zwanzig Minuten war Ledrics Aussprache immer undeutlicher geworden, und wenn er den Mund öffnete, lief ihm ein dünner Speichelfaden übers Kinn. Das war so ekelhaft, daß ich ihm eins seiner ärmellosen T-Shirts um die untere Gesichtshälfte wickelte, um den Speichel aufzusaugen.

Das machte es natürlich auch nicht leichter, ein Taxi an-

zuhalten; so wie Ledric aussah und ich mit seiner Sporttasche über der Schulter, mußten Taxifahrer vermutlich davon ausgehen, daß wir eine *White-Castle*-Filiale überfallen
und alle Burger und Brötchen geraubt hatten.

– Ruf deine Mutter an, daß sie uns abholt, bettelte er.

– Sie wohnt nicht mehr bei uns.

– Geht's ihr denn gut?

Ich hatte keine Lust, ihm zu antworten. Schließlich hielt
doch noch ein Taxi. Ich nannte dem Fahrer meine Adresse,
und so kam Ledric Mayo in mein Haus.

24

Noch am gleichen Abend heuerte ich bei *Saubermann* an. Denn selbst nachdem ich Ledric zu uns gebracht, Oma seine Bredouille erklärt und mich mit ihr gestritten hatte, weil sie ihn erst nicht ins Haus lassen wollte, selbst nachdem ich ihn auf die Wohnzimmercouch gesetzt und ein paar Dinge eingekauft hatte, von denen Nabisase meinte, daß Ledric sie brauchte, selbst dann war ich immer noch nicht müde.

Nabisase zu bitten, einen Job anzunehmen, kam sowieso nicht in Frage. Sie hatte bereits einen Schultag versäumt, und ich hatte nicht die Absicht, sie noch einen zweiten schwänzen zu lassen. Oma hatte zwar ein paar Ersparnisse, aber wir brauchten trotzdem Geld. Mir machte das alles nichts aus. Nicht etwa, daß ich meinen Erwachsenenstatus entdecken wollte; ich wollte ihn vielmehr erfinden.

Saubermann arbeitete in Abendschichten und zahlte deshalb doppelt soviel wie normale Reinigungsfirmen. Der Laden wurde klammheimlich von Claire gemanagt, der stellvertretenden Geschäftsführerin von *Blitzblank*. Sie sagte, daß ich mich mit ihr um neun vorm Büro treffen, aber keine Ausweispapiere mitbringen sollte. Ich nahm an, daß ich allein sein würde, aber als ich ankam, warteten schon zwanzig Frauen auf Claire. Green Cards, Visas oder Kreditkarten waren verpönt; wir durften uns nicht mal mit unseren Nachnamen anreden.

Um halb zehn fuhr Claire mit ihrem grünen Kleinbus vor. Er war bei weitem nicht so bequem wie die Linienbusse, in denen es vier gepolsterte Sitzreihen gibt. Sie hatte im Laderaum zwei lange Bänke festgeschweißt, auf denen einige von uns sitzen konnten. Die anderen mußten auf dem Boden zwischen den Bänken hocken. Wie alle Autofahrer in Queens fuhr auch Claire mit dem Bleifuß, und die Erschütterungen im Laderaum sorgten für wundgescheuerte Hintern. Jedesmal, wenn mein Steißbein auf Blech stieß, dachte ich: Das ist unter meinem Bildungsniveau.

Die Fabrik erstreckte sich nur über eine, allerdings sehr weitläufige Etage. Wir waren vom Einkaufszentrum in Long Island zurück zur Laurelton Street gefahren. Metallroste deckten Ladebuchten ab. Ein Mann, der die Figur eines Straußeneis hatte, erwartete uns an der einzigen noch nicht geschlossenen Tür. Er ließ uns aber erst rein, als Claire zurückkam, die den Bus mehrere Blocks entfernt abstellen mußte. Als sie uns dann hineinführte, schloß er die Tür von außen ab.

Wir wurden durch die Büros geschleust, die eher Zellen als Zimmern glichen, durch einen rechteckigen Aufenthaltsraum mit Tisch, Teebeuteln und Kaffeemaschinen. Wir konnten Claires Tempo kaum folgen, die Wanderstiefel und babyblaue Jeans anhatte. Sie redete nicht mit uns, sondern brüllte nur: – Auf geht's! Ihr habt ja keine Ahnung, was ich heut nacht noch alles zu erledigen hab!

Wir kamen in einen Raum, in dem Möbel in Kisten verpackt oder aus Kisten ausgepackt wurden. An der Decke baumelten Glühbirnen. Sieben Lagerkarren mit roten Bremsbügeln standen an einer Wand. Claire zog ihre Jacke aus und enthüllte einen dieser dünnen Oberkörper, die das Gegenteil von gut ernährt sind. Ihre Arme waren so steif wie die Hühnerbeine, die sie sich aus den schußsicheren Glasvitrinen chinesischer Restaurants kaufte. Jede Wette. Sie organisierte miese Schwarzarbeit und trug dabei ein weißes *Old-Navy*-T-Shirt.

– Das Wichtigste, was ihr über *Saubermann* wissen

müßt, ist, daß ich immer noch fleißiger bin als ihr alle zusammen. Während ihr einen Raum putzt, erledige ich inzwischen vier oder fünf andere Dinge. Also kümmert euch nicht um mich. Wenn ihr seht, daß ich mal 'ne Zigarette rauche, stört mich bloß nicht und fragt nach mehr Stunden, weil ich dann nämlich immer Inventur im Kopf mache.

Sie erwartete irgendwelche Reaktionen, vielleicht sogar Ovationen.

Sie sagte: – Für einen Amerikaner tät ich alles. Dann schrie sie: Falls jemand von euch Englisch spricht, zahl ich dem 100 Dollar pro Stunde.

– Ich spreche es ganz passabel, sagte ich.

Sie war überrascht. – Wie bist du denn hier reingeraten?

– Du hast mich herbestellt. Wir haben telefoniert.

Claire hatte ein Notizbuch in ihrer Gesäßtasche und schlug es auf. – Esmeralda bist du nicht. Also Anthony?

– Ja.

– Anthony, ich bin eine sehr beschäftigte Frau. Ich möchte nicht, daß du mich noch einmal unterbrichst.

Und damit ließ Claire uns dann unserer Arbeit nachgehen. Ich hatte gedacht, daß es hier nur was zu fegen geben würde, wenn auch im großen Stil. Fabrikstaub zusammenkehren, Flansche polieren und dafür den doppelten Tageslohn von *Blitzblank* kassieren. Ihr müßt euch mal klarmachen, wieviel Energie ich noch hatte! Die anstehende Arbeit schreckte mich nicht, obwohl ich am Vormittag sieben Stunden Auto gefahren war und wir vor vierundzwanzig Stunden noch in Virginia gesessen hatten. Obwohl ich Ledric vor seiner Vermieterin gerettet und ihn zur Erholung zu uns nach Haus gebracht hatte. Und jetzt also noch *Saubermann*. Kleinigkeit. Sechs Stunden Arbeit. Ich stand unter Strom.

Durch eine verstärkte Tür mit vier Schlössern verließen wir die Hauptetage und gelangten in ein offenes, düsteres

Treppenhaus. Ich vergaß, wo ich war. Elf Sekunden lang hatte ich einen Wachtraum, daß man uns in den Keller bringen wollte, um uns da in den Kopf zu schießen und uns unser Blut abzuzapfen. Ich weiß, daß das blöd klingt, aber außer mir sahen die zwanzig Frauen alle so aus, als kämen sie aus El Salvador, und welches Kind der achtziger Jahre würde da nicht sogleich an Todesschwadronen denken? In meinem Brustkorb spürte ich ein erregtes Schwindelgefühl, weil ich glaubte, ermordet zu werden, aber dann rastete die Realität wieder ein, als ich nach dem Treppengeländer griff und Claire uns nach unten führte.

Der Keller war doppelt so lang wie die obere Fabrik, aber nur halb so hoch, vielleicht zwei Meter fünfzig. Hier unten hielt Claire sich manchmal die Hand vor den Mund. Und zwar immer, wenn sie Luft holte.

In einer *King-Kullen*-Tüte hatte sie weiße Atemschutzmasken dabei. Wir setzten sie auf, aber die Gummibänder der Gesichtsmasken kratzten so fürchterlich auf unseren Wangen, daß sie Striemen hinterließen. Claire stieg auf den Treppenabsatz, der zum Erdgeschoß hinaufführte, und instruierte uns.

– Ihr sammelt die großen, rosa Stoffbahnen ein und schmeißt sie in die Fässer. Wenn eins voll ist, macht ihr es fest zu. Preßt die Bahnen fest zusammen, damit möglichst viele reinpassen. Wenn es staubt, setzt eure Atemluftfilter auf.

Sie machte die Tür hinter sich zu, und dann hörten wir vier Schlösser knirschen. Ich spielte mit der OP-Maske. Das sollte ein Atemluftfilter sein? Ich hatte schon festeres Klopapier in der Hand gehabt.

Wir rollten die langen, trockenen, rosa Bahnen zusammen; mit der obersten Lage ging das einfach. Der Kellerboden war zur Hälfte mit diesen übereinandergestapelten, rosa Matten bedeckt.

Sobald wir das richtige Tempo raushatten, bei dem der Asbeststaub nicht so stark aufgewirbelt wurde, war das Zusammenrollen ganz leicht. Wir stellten die Rollen senkrecht neben die Fässer.

Eine Frau sagte: – Pause. Wir sind viel zu schnell.

Zwei der zwanzig Frauen waren Schwestern. Sie trugen saubere, weiße Turnschuhe, die sie mit den Händen abwischten, sobald auch nur das kleinste Stäubchen darauf zu erkennen war. In der Pause zogen sie jetzt die Schuhe aus, pusteten darauf herum und wischten mit ihren Hemdsäumen die Absätze sauber. Billige Turnschuhe, vermutlich von *Pay Less*, aber ich bewunderte grundsätzlich jeden, der Sorgfalt auf seine Garderobe aufwandte. Ich rubbelte an den Staubflecken auf meinem purpurroten Anzug herum.

Die beiden Frauen drehten die Schuhe um und stocherten mit Kugelschreibern Steinchen aus dem Sohlenprofil. Die grüne Tinte gab den Turnschuhsohlen die matte Farbe unreifer Oliven. Wir machten eine halbe Stunde Pause und sahen dabei zu, wie die Schwestern ihre Schönheit in Schuß hielten.

Später war die Enttäuschung dann um so größer, als wir feststellten, daß der Keller vor kurzem überflutet worden sein mußte. Das war daraus zu schließen, weil die nächsten Lagen der rosa Bahnen steif und faltig wie eingetrocknete Waschlappen waren. Diese Stücke brachen beim Zusammenrollen auseinander, so daß der Staub unvermeidlich war. Darunter befand sich eine Lage, die noch so feucht war, daß sie überhaupt nicht gerollt werden konnte. Ich durchsuchte den Keller nach Blech- oder flachen Stahlstücken, die man als Schaufel hätte benutzen können.

Ich fand das untere Ende eines Besens und versuchte, damit Teile der Bahnen zu den Fässern zu fegen, aber die rosa

Masse zerbröselte unter den Borsten. Bald bestand der ganze Keller aus einem Tableau gebückter Gestalten, die Asbestplacken mit den Händen zusammenkratzten und die Bündel dann auf den Armen balancierten, wenn sie durch den langen Raum gingen, um das Zeug in die Fässer zu schmeißen.

Alle zwanzig Minuten machten je sechs von uns Pause, um ihre Glieder in einer Kellerecke auszustrecken, die nicht von rosa Staubteufeln verhext war. Als der Boden sich langsam leerte, latschten wir durch schlammige Pfützen, die auf dem Betonfußboden noch nicht abgetrocknet waren.

Als die Turnschuhe der Schwestern naß wurden, leckte Tinte von den Sohlen in die Pfützen. Die Lachen waren trübe, und nach und nach nahmen sie eine Grünfärbung an.

Eine der Frauen zeigte auf die Pfützen und sagte: – Das ist die Farbe von Dollarscheinen.

Wir waren wie besoffen. Wir waren halb durchgedreht.

Wir hatten jetzt vier Stunden hier unten geschuftet, und also waren wir verständlicherweise fix und fertig.

Unser Zustand war so übel, daß eine der Schwestern mit dem Fuß extra kräftig in die grüne Pfütze stampfte, und zwar nur deshalb, weil sie wie Geld war.

Ich stampfte auch hinein, weil sie wie Geld war.

Die anderen Frauen stampften ebenfalls aus einem sehr guten Grund hinein: Es war Geld.

Schließlich ging die andere Schwester durch die ganze Pfütze hindurch, aber nur, weil sie ihrer Schwester immer alles nachmachte.

Wir tunkten alle unsere Schuhe mehrmals ins Wasser, weil es wie Geld war.

Wir waren wirklich ein lustiger Haufen! Schlossen Freundschaft und beschworen den Frieden. Unsere Hosen waren vom Reichtum befleckt.

25

Mein langer Montag endete schließlich am Dienstag, dem 14. November 1995, um drei Uhr morgens.

Die *Saubermann*-Niederlassung lag so nah an meinem Haus, daß Claire sich bereit erklärte, mich an der Ecke abzusetzen, obwohl sie die anderen Frauen nur bis zur Zugstation 7 brachte.

Sie ließ mich an der Ecke 229. und 145. Avenue aussteigen, wo ich hinter einem geparkten Wagen in Deckung gehen mußte, weil vor Candans Haus vier streunende Köter lungerten, kläfften und rangelten. Sein roter Dobermann bellte, woraufhin die vier auf dem Gehweg kläglich jaulten. Ich hatte Angst, daß sie nach mir schnappen würden, wie es Ishkabibble bei meiner Grillparty passiert war, weshalb ich den Hunden ein paar Minuten Zeit ließ, Frieden zu schließen. Das Quartett zog dann auch bald Leine, und ich dachte schon, nun sei die Luft rein. Aber Candans roter Hund war immer noch da, preßte die Schnauze an sein Gartentor und sah zu, wie ich meins öffnete.

Als ich in der Küche meinen Mantel auszog, kam Oma aus dem Wohnzimmer gehumpelt. Bevor ich sie noch fragen konnte, warum sie wach war, flüsterte Oma: – Er bekommt keine Luft. Dieser Junge da.

Ich sagte: – Laß ihn schlafen.

– Deine Schwester sitzt die ganze Nacht bei ihm.

Ich öffnete die Kellertür, aber das Licht war ausgeschaltet. – Sind sie jetzt da unten?

Oma sagte: – Wir haben ihn nicht die Treppe runtergekriegt. Er ist so dick wie du. Er ist immer noch im Wohnzimmer.

Er lag auf dem Fußboden in einem Schlafsack, unter dem Kopf ein paar Couchkissen. Zwischen dem Ecksofa und dem Unterhaltungsregal; seine Stiefel standen ordentlich bei den anderen Schuhen in der Küche.

Drei Uhr morgens, und meine Schwester war immer noch wach und kniete an seiner Seite. Sie betete allerdings nicht, sondern spielte Tetris auf ihrem Game-Boy. Sie trug ein langes, gelbes Nachthemd, das ihr bis auf die Knöchel reichte. Die nackten Füße hatte sie unter ihrem Hintern verschränkt, so daß die Zehen auf mich zeigten, als ich im Flur stand. Neben ihr stand eine Schüssel mit Wasser, in der ein Waschlappen lag, und ein anderer nasser Lappen ruhte auf Ledrics Schlüsselbein.

– Du mußt mal heiße Bäder nehmen, sagte Nabisase zu ihm.

Er antwortete langsam.

– Es wäre mir lieber gewesen, wenn wir uns woanders kennengelernt hätten, sagte er. Wenn ich schick angezogen bin, seh ich echt gut aus.

Sie war dreizehn und er neunzehn, was aber nur Eltern von Teenagern wie ein gewaltiger Altersunterschied vorkommt. Diese Erwachsenen sollten ihre Augen lieber ganz fest zumachen, wenn sie in Einkaufszentren sind.

– Aus so was mach ich mir gar nichts, sagte Nabisase. Es gibt Schlimmeres, als fett zu sein.

– Hat dein Bruder dir erzählt, warum ich krank geworden bin?

– Er hat gesagt, daß du vergammelten Fisch gegessen hast.

– Ich war so verzeifelt. Ich will einfach nicht mehr so aussehen.

Sie tauschte die Waschlappen aus, rieb ihm das Gesicht ab, den Hals, die Arme.

Ich wollte sie nicht stören. Ich ging wieder in die Küche und ließ die Sicherheitstür so laut zufallen, als ob ich erst jetzt nach Hause gekommen sei. Bei dem Geräusch stand meine Schwester auf und ging sofort ins Bett. Ledric schloß die Augen.

Oma saß in der Küche und wartete darauf, daß ich sie trüge. – Du mußt dringender ins Krankenhaus als er, sagte ich.

– Mir geht's gut, sagte sie.

Für meinen ersten Schlaf seit Lumpkin konnte ich nun zwischen dem Keller oder dem abgeschlossenen Zimmer meiner Mutter wählen. Aber ich entschied mich gegen beide.

Ich kroch an Ledrics Seite und hörte seinem Stöhnen zu.

Er schlief drei Stunden, während ich kein Auge zubekam. Eigentlich hätte ich erschöpft sein müssen.

Um sechs stieß ich ihm in die Rippen. – Steh auf, sagte ich.

– Wohin?

– Ich denke, wir fahren ins Allgemeine von Queens, sagte ich. Wenn du so krank bist.

Ledric flüsterte: – Ich geh nicht ins Krankenhaus. Seine Arme lagen über dem Schlafsack, aber er konnte sie nicht anheben. Nur die Bewegung seiner aufgedunsenen Hände zeigte, wie aufgeregt er war.

– Sieh dich doch mal an. Du kriegst ja kaum Luft.

– Kein Krankenhaus.

– Siehst du immer noch doppelt?

– Ich mach die Augen einfach nicht auf. Zum Beweis machte er sie zu, brachte aber nicht mal die Energie auf, sie theatralisch zuzukneifen. Seine dicken Backen wölbten sich, und er atmete aus.

– Meine Schwester kann dich doch nicht mit Aspirin und Suppe behandeln.

– Kein Krankenhaus, beharrte er. Da verpassen sie mir 'ne Seuche.

Seine Sätze preßte er zwischen Gestöhn heraus, leises Murmeln nur. Ich mußte mich hinknien und tief zu ihm herunterbeugen. – Ich glaub, du hast schon eine, sagte ich.

Er öffnete ein Auge und sah mich an. – Letztes Jahr ist mal ein Mann ins Allgemeine von Queens gegangen, weil er sich Warzen entfernen lassen wollte, und sie haben ihm beide Beine amputiert. Ich kann dir sagen. Echt. Ich glaub an so 'n Scheiß.

Ich berührte Ledrics Stirn, aber da sank sein Kopf nach hinten, bis er gegen die Decke sah. Der Junge hatte kaum noch seine Muskeln im Griff.

– Okay, Ledric. Um neun gehen wir in die Klinik am Brookville Boulevard.

Das grüngefliese, einstöckige Gebäude an der Südwestecke 147. Avenue und Brookville Boulevard war mal ein Vereinslokal der *Söhne Italiens (Per Sempre)* gewesen und war dann in eine Tagesklinik umfunktioniert worden, in der Ärzte aus vier Kontinenten praktizierten; keiner kam aus Nordamerika, aber alle nahmen ausschließlich Bargeld.

Das Haus hatte die Form einer kambodschanischen Pagode mit angrenzendem, eingezäuntem Parkplatz, wo ich den Oldsmobile Firenza abstellte. Bevor ich den Dodge Neon zur Autovermietung zurückgebracht hatte, hatte ich in der Hoffnung, daß die Leute von *National* es nicht merken würden, das Kofferraumschloß mit Kraftkleber zugeklebt – sie merkten es nicht.

Ich ging in die Klinik, um einen Rollstuhl zu holen, aber Ledric paßte da nicht rein, weshalb ich einen der Karren nahm, die beim Ausladen von medizinischen Geräten benutzt werden. Ein breites, flaches Tablett auf vier Rädern.

Ledric ließ sich vom Rücksitz des Oldmobiles gleiten und plumpste mit dem Gesicht voran auf den Karren. Ich mußte ihn durch den Lieferanteneingang schieben.

Wir hätten drei Stunden im Wartezimmer verbringen müssen, wenn Ledric nicht zu japsen angefangen hätte. Als das passierte, erlaubte mir eine schlechtgelaunte Zwergeule von Krankenschwester, meinen Bruder in ein kleines Zimmer zu schieben, wo ein stiernackiger, russischer Arzt ein paar Fragen stellte und Ledrics Kopf hin und her bewegte. Die Diagnose fiel dem Doktor nicht schwer.

– Botulismus, sagte er.

26

Ein Zustand, der stationäre Behandlung erforderlich machte.

Für den russischen Arzt war es eine wahre Folter, daß er uns hiermit aus seiner hochprofitablen Behandlung entlassen mußte. In seiner winzigen Klinik an den drei Bezirksgrenzen von Laurelton, Rosedale und Far Rockaway verfügte er nicht über die entsprechende Ausstattung.

Obwohl Ledric wieder zu protestieren versuchte, blieb er unverständlich, weil er nicht mehr dazu in der Lage war, Worte zu formen: Er wäre auch als grunzende Seekuh durchgegangen.

Ich wollte ihn mit dem Oldsmobile ins Krankenhaus bringen, aber das ließ der russische Doktor nicht zu. Er hatte Angst, daß ich mich über seine Diagnose hinwegsetzen und Ledric in der Hoffnung, daß er's auch so schaffen würde, wieder nach Hause bringen würde. Mit der schlauen Paranoia von Leuten ohne Krankenversicherung war der Russe bestens vertraut.

– Botulismus ist kein Schnupfen, sagte er.

– Wie soll ich denn den Krankentransport bezahlen?

– Ihr Bruder überlebt das sonst nicht.

– Könnten Sie vielleicht den Preis runterhandeln?

Der Doktor war entrüstet, aber nur ein bißchen. Ich bezweifelte, daß er sich mit seiner Praxis in St. Petersburg eine goldene Nase verdient hatte.

– Ihr Bruder wird ins Allgemeine von Queens eingeliefert. Es ist erschwinglich, und die Versorgung ist gut.

Das Allgemeine Krankenhaus im Norden Jamaicas besteht aus einer Ansammlung grauer Gebäude, die höher sind als die meisten Häuser in Southern Queens. Man könnte es als runtergekommen bezeichnen, aber das gäbe den falschen Eindruck, daß man es für eine Quacksalberklinik halten könnte. Es war ein solides Unternehmen, und wenn man dort gelegentlich Geld in die Finger bekam, wurde es gleich wieder in die Ausstattung investiert.

Ich folgte dem Krankentransport zur Klinik und fragte mich die ganze Zeit, warum ich nun schon wieder eine Tagesschicht fürs klebrige Chaos von Ledrics Leben opferte. Ich parkte, ging über die Fußgängerbrücke über den Grand Central Parkway und die 163. Straße runter. Bog links auf die leichte Steigung ein, die zur Notaufnahme führt. Der Laden war ziemlich leer, weil es erst 11 Uhr vormittags war. Statt der an den meisten Abenden üblichen zwölfhundert warteten lediglich zweihundert ernsthaft Verletzte auf ärztliche Versorgung.

Ich hatte das Glück, ein Familienmitglied per Krankentransport eingeliefert zu haben, der auch noch mit einer Krankheit diagnostiziert worden war, die es in Amerika kaum noch gibt. Als ich der Schwester an der Aufnahme seinen Namen nannte (ich mußte brüllen, weil sie hinter Plexiglas saß), wurde ich sofort in Ledrics Zimmer geschickt. Im Fahrstuhl fragte ich mich, wieviel wohl ein Privatzimmer kostete. Ich hoffte, daß er zusammen mit anderen Patienten in Etagenbetten lag.

Er hatte aber derart viel Platz, daß er neben seinem Bett einen Ohrensessel mit verstellbaren Armlehnen und Fußbank hätte aufstellen können. Oder wie wär's mit einem Großbildschirmfernseher zuzüglich Hosteß zum Einlegen von Filmen nur für Erwachsene und 'ner Masseuse in Dauerbereitschaft? Es ist ja nur Anthonys Geld, das wir hier verprassen! Mir wäre wohler zumute gewesen, zumindest leichter, wenn ich daran hätte glauben können, daß Ledric irgendwo in einem Senfglas etwas Kleingeld gespart hätte. Der abgebrannte Fettwanst. Selber konnte er kaum das Zimmer verlangt haben, weil er viel zu schwach zum Sprechen war; also mußte ihm irgend jemand vom Klinikpersonal diesen Palast zugewiesen haben.

Ich ging, als endlich die Ärzte kamen. Sie forderten mich zum Gehen auf. Es waren zwei. Als ich nach zwanzig Minuten wiederkam, hatten sie sich Ledrics zahlreiche Symptome notiert, aber nichts unternommen, um seine Gesundheit wiederherzustellen.

– Was können Sie denn für ihn tun?

Die Ärzte nickten vor sich hin, ohne von ihren Papieren aufzublicken. Besonders wohlhabend schienen sie beide nicht zu sein. Beispielsweise trugen sie billige Uhren. Digitale Ziffernblätter mit Plastikarmbändern. Einer hatte ein schwarzes, und das Armband des auffälligeren Arztes war orange.

– Es handelt sich nicht um Botulismus, sagte der erste. Er sagte das so, als verriete er mir einen Zaubertrick.

Der zweite pflichtete ihm bei und lachte zum Beweis. – Es ist kein Botulismus.

– Aber der russische Arzt war sich ganz sicher, sagte ich.

Der erste hob die Hand. – Gut möglich, daß Ihr Freund von da drüben zu lange in einem Gulag verbracht hat.

– Dessen Diagnosen kann man nur mit einer Beruhigungspille verdauen.

– Wir werden Mr. Mayo vermutlich einen Einlauf verabreichen müssen. Das dürfte reichen.

– Ach, das ist ja gut, sagte ich.

– Er wird Durchfall bekommen, erläuterte der Arzt mit der orangefarbenen Uhr. Er deutete auf alle möglichen Sachen, wahrscheinlich aber nur, um sein billiges, buntes Armband zur Geltung zu bringen. Wir lassen Mr. Mayo jetzt erstmal eine Weile ausschlafen und sehen dann morgen wieder nach ihm.

– Aber er schläft ja gar nicht. Ich glaube, daß er nicht mal mehr atmet, sagte ich.

– Er atmet unter seinem eigenen Gewicht.

– Falls Sie mal wieder Beschwerden haben sollten, kommen Sie lieber gleich zu uns. Ich wette, daß dieser Russe Ihnen den Fuß amputieren würde, wenn Sie mit Keuchhusten kämen.

Sie amüsierten sich über den Arzt und, weil er abwesend war, offenbar auch über mich.

Ich bedankte mich trotzdem bei ihnen, als sie dann gingen. Ich setzte mich neben Ledric auf einen Stuhl und streckte die Füße aus. Wenn es sein muß, kann es in Krankenhäusern sehr still sein.

Ich war total erschöpft, konnte aber nicht schlafen. Ich zog meine Schuhe aus und fühlte mich besser. Ledric war so breit wie das Bett. Die Schwestern hatten die Metallstreben an den Seiten runtergeklappt, weil er sonst nicht auf die Matratze gepaßt hätte.

Ich schlich auf Socken durchs Zimmer und betrachtete ihn von allen Seiten. Hockte mich sogar ans Bettende und blickte von seinen Füßen zum Gebirge seine Bauchs empor. Und als ich da hockte, zog ich das Laken von seinen Knöcheln, um einen Blick auf die fünf Pfund schweren Kartoffeln zu werfen, die er Füße nannte.

Es war, als hätte ich eine Audienz mit meinem eigenen Körper: eine Gelegenheit, mich selbst ausgestreckt auf einem Bett liegen zu sehen. Abgesehen von seinem Gesicht, sahen wir uns erschreckend ähnlich. Ich ging zum Fenster, um an der Jalousie das Tageslicht zu dämpfen, weil seine Erscheinung mich beunruhigte. Ich meine nicht sein Gewicht, sondern die Einsamkeit. Außer mir würde ihn niemand besuchen.

Als ich mich wieder neben ihn setzte und seinen röchelnden Atem hörte, vergaß ich meine Sympathieanwandlung und dachte nur noch an die Last, die ich mir da aufgehalst hatte. Wie war es dazu gekommen, daß ich für ihn verantwortlich war? Nabisase und Oma warteten zu Hause auf mich. Hatte sich meine Mutter so gefühlt, bevor wir nach Virginia gefahren waren?

Da Ledric mir ja wohl keine Witze erzählen würde, riß ich den Umschlag vom Telefonverzeichnis der Klinik ab und verbrachte die nächste Stunde damit, noch ein paar Filme zu skizzieren. *Nacht des Hackebeils, Tod auf Garantie, Mahlzeit des Grauens*. Warum nahm der einäugige Landstreicher sein Henkersbeil mit, als er zu den Leuten in Tarpenny, Florida, kam? Die überraschende Lösung: Die Stadt war von Hexenmeistern und Hexen bevölkert, und der Landstreicher erwies sich als rechtschaffener Mann.

Als ich las, was ich da aufgeschrieben hatte, bekam ich Schuldgefühle, weil ich Ishkabibble niemals einen Film würde liefern können. Nur Inhaltsangaben. Keinen Film, sondern nur Buchstaben.

Nach anderthalb Stunden verließ ich das Zimmer und rief Oma an. Als ich erfuhr, daß Nabisase nun schon den zweiten Schultag geschwänzt hatte, wurde ich laut. Sie freuten sich aber, daß Ledric in ärztlicher Obhut war.

Zu Hause aßen wir im Wohnzimmer zu abend. Wir sahen ein bißchen fern, saßen auf dem Sofa beieinander und sahen das gleiche Programm. Das war eigentlich sehr gemütlich.

Der Vorteil eines Jobs als Reinigungskraft ist der, daß einem ein gewisser Spielraum für persönliche Krisen zugebilligt wird. So fix kann der Nachwuchs aus der dritten Welt die freien Stellen gar nicht stopfen.

Zwischen einer kurzen Tagesschicht für *Blitzblank* und noch einer Nachtschicht für *Saubermann* besuchte ich Ledric am 15. November. Seit ich ihn am gestrigen Nachmittag verlassen hatte, schien er sich keinen Millimeter bewegt zu haben. Es war allerdings ein gutes Zeichen, daß er immer noch ohne Beatmungsgerät Luft bekam. Ich glaubte jedenfalls, daß das ein gutes Zeichen war.

Ich wartete und berührte seine Hand. Ich zupfte Fussel aus seinen Haaren. Er hatte sogar Fussel auf den Augenbrauen. Was für ein Blödmann! Ich hoffte sehr, daß es ihm besser ging.

Nachdem ich eine Stunde gewartet hatte, erschienen wieder die beiden Allgemeinmediziner mit ihren kompletten, medizinischen Unterlagen und lächelten. Ich dachte erst, sie wollten ihn jetzt entlassen und die Papiere seien Rechnungen.

Statt dessen übertrumpften sie sich gegenseitig in puncto Freundlichkeit. Wenn mir einer die Hand schüttelte, legte mir der andere die Hand auf die Schulter. Der erste bot mir ein Kaugummi an, und der zweite schenkte mir gleich eine ganze Packung. Ich dachte, daß sie mich auf eine horrende Rechnung vorbereiten wollten.

– Wir haben noch einmal die Befunde überprüft und einen Neurologen hinzugezogen, der Mr. Mayo untersucht hat. Wir sind uns nun vollkommen sicher, daß Mr. Mayo sich Botulismus zugezogen hat.

Vom Bett aus reckte Ledric einen Finger empor. Er mußte sich anstrengen, um mit dieser Minikarotte auf mich zu zeigen. Hätte er sprechen können, hätte Ledric jetzt geächzt:

Und ich sag noch, kein Krankenhaus. Er hätte, wenn er gekonnt hätte, konnte es aber nicht, weil die Ärzte seinen Arm
runterdrückten und ihm die Decke bis zum verschwitzten
Hals wieder über den Bauch zogen. Sie steckten die Decke
an den Seiten fest, und er grinste.

27

Ein Problem mit Hunden besteht darin, daß sie unvernünftig sind. Ich meine damit nicht nur verwilderte Hunde.

Als ich am Mittwochnachmittag aus dem Krankenhaus zurückkam, waren meine Reserven erschöpft. Jetzt war ein zweitägiges Nickerchen angesagt. Zumindest wollte ich es mal versuchen.

In der Nähe meines Hauses hielt ich bei dem alten, weißen Haus an der Ecke an und lehnte den Kopf auf einen niedrigen Zaun. Mein Blickfeld war gesprenkelt, und mir dämmerte, daß ich nichts mehr gegessen hatte, seit ich Ledric aus dem Haus befreit hatte, in dem er zur Untermiete wohnte.

Du warst das, bewunderte ich mich selbst. Du hast dem Jungen das Leben gerettet.

Aber mit meinem Stolz war es nach fünf Minuten schon wieder vorbei, weil Candans roter Dobermann mich den halben Block entlangjagte. Ich glaube, er stromerte nur so durch die Gegend.

Er hätte mich erwischen können. Erwischen müssen. Aber er trieb mich nur vor sich her und blieb immer einen Zentimeter hinter mir. Schnappte eigentlich auch nicht nach mir, sondern ließ nur die Zähne klappern. Ich war so durcheinander, daß ich stolperte. Als ich, nur noch zwei Häuser von meinem entfernt, hinfiel, blieb der rote Dobermann stehen und wartete, bis ich mich wieder aufgerappelt hatte.

Dann ging es zähnefletschend weiter, immer weiter, bis ich den Garten erreichte und das Tor hinter mir zuzog.

Der Hund lief an unserem Haus vorbei, auch an Candans, bis zum Einfamilienhaus von Henry und Althea Blankets. Ältere Leute mit einem fetten deutschen Schäferhund. Der rote Dobermann machte halt, bellte hysterisch vor ihrem Garten, bis der deutsche Schäferhund aus dem Gebäude heraus Antwort kläffte.

Nachdem der deutsche Schäferhund zu bellen begonnen hatte, lief der rote Dobermann zum nächsten Haus und zog da die gleiche Nummer ab, bis ein Irischer Setter die Beschlußfähigkeit der Versammlung bestätigte.

28

Als ich ins Haus kam, entschuldigte sich meine Schwester.

– Morgen geh ich wieder hin, sagte sie, bevor ich etwas sagen konnte.

– Morgen gehst du aber wirklich wieder zur Schule, sagte ich trotzdem. Hast du die Hunde da draußen gesehen?

Sie deutete in Richtung ihres Schlafzimmers. – Ich hab meine Schultasche schon gepackt. Und wie sieht Ledric aus?

– Dick. Bin ich etwa auch so fett?

– Geht's ihm denn wenigstens besser?

– Die haben noch gar nicht mit der Behandlung angefangen.

– Bist du das, Anthony? rief Oma vom Ecksofa. Sie stampfte mit dem gesunden Fuß auf den Teppich, um mich herzuzitieren.

Sie versank in Klatschillustrierten. Nabisase war zum Kiosk gegangen und hatte Limonade und Lesefutter beschafft. Oma saß seitwärts auf der Couch und hatte das rechte Bein hochgelegt.

– Rubbel mir mal das Bein ein.

Oma meinte die Mentholsalbe, aber die war für Erkältungen und nicht für Knochenbrüche. – Davon hören die Schmerzen aber nicht auf, sagte ich zu ihr.

– Ich will nichts von Krankenhäusern hören.

– Ledric wird da aber geholfen, sagte ich. Endlich.

– Na klar. Also rubbel jetzt bitte. Rubbel jetzt bitte. Deine Mutter hat das auch immer gemacht. Los doch.

Als ich mit Rubbeln fertig war, schob ich ihr das Nachthemd wieder übers rechte Bein und wusch mir im Badezimmer die Hände. Anschließend trat ich die Tür zum Schlafzimmer meiner Mutter ein.

Das Schloß hielt, aber nicht der billige Holzrahmen. Nach neun kräftigen Tritten brach die Tür aus den Angeln, und dann war es gar nicht mehr so schwer, das Zimmer zu betreten.

Es roch nach *Geisterduft*, einem Parfüm, das in Zeitungsläden verkauft wird. Normalerweise liegt's gleich neben dem *South Queens Tattler*, einer Lokalvariante der Klatschillustrierten. In dem Blatt erfuhr man alles über den Gesetzesentwurf des 6. Bezirksabgeordneten Floyd Flake sowie das Neueste über die Ziege in Cambria Heights, die wie Billy Dee Williams aussah.

Eine Parfümflasche war gegen die Wand geschmettert worden und hatte dort einen inzwischen getrockneten Abdruck hinterlassen, der so groß wie ein Otter war. Glasscherben klebten in den Teppichhaaren.

Trotz ihrer vier Beinchen hing Mamas Kommode durch, weil alle vier Schubladen rausgerissen waren und in der Gegend herumlagen, und ohne deren Halt war der billige, seit Jahren mit Tritten malträtierte Holzrahmen nicht mehr stabil.

Auf dem Fußboden lagen ein paar Klamotten. Die ausgebreiteten Ärmel eines Hemds wie die dynamische Pose eines Turmspringers. Eine Hose mit wie zum Sprint übereinander geschlagenen Beinen.

Meine Mutter hatte noch nie im Leben ein unordentliches Zimmer hinterlassen. Was glaubt ihr wohl, wo ich gelernt habe, so perfekt zu putzen? Wie viele Wochen hatte sie in diesem Chaos geschlafen und sich auf ihren Abgang eingestimmt?

Wenn ich die Tür wieder eingehängt und blockiert hätte, hätte Nabisase das alles nicht gesehen. Es stimmte mich unbehaglich, wenn ich daran dachte, wie oft wir an Mamas

Zimmer vorbeigegangen waren und nicht ahnten, was darin vorging. Oder es einfach leid waren, danach zu fragen.

Als sie das verwüstete Zimmer sah, machte Nabisase sich sofort dünn. Ich glaube, sie war verstört, raste durch den Flur ins Wohnzimmer, wo sie zwar nicht schrie, aber mit etwas knallte. Sie zerschmetterte die kleine Büste Sidney Poitiers.

Sie hätte natürlich auch die Fensterscheiben einschmeißen können, aber die hatte meine Mutter ja nicht selbst gebastelt. Nabisase hob den kleinen Kopf auf und knallte ihn noch einmal auf den Boden. Als das Stück zerbrach, zog sie sich die Schuhe aus, um die Reste so präzise wie möglich zerkleinern zu können.

Von ihrem Krankenlager auf dem Sofa sah Oma zu.

Ich ging ins Schlafzimmer meiner Mutter und schmiß das Bett um.

29

– Du siehst ja aus wie Fritz Pomm, sagte ich zu Ishkabibble, weil er noch gegrillter wirkte als vor einer Woche. Solange meine Schwester Sidney Poitiers Überreste pulverisierte, hielt ich es zu Hause nicht aus. Nachdem ich mit Mamas Matratzen um mich geschmissen hatte, brauchte ich frische Luft.

Ishkabibble zerrte sich den Kragen seines Button-down-Hemds von der Haut, zog eine zwei Finger breite Plastikflasche hervor und rieb sich dann verschiedene Stellen seines geröteten Halses mit Lotion ein.

Er hatte sich mit mir treffen wollen, weil ich ihm einen von Oma unterschriebenen Scheck für Hypothekenraten geben mußte und Oma nicht wollte, daß er zu uns nach Haus kam. Wir verabredeten uns an der Ecke 147. und 223. Avenue, aber wenn der Duft von Omas Scheckbuch vom Wind davongetragen worden wäre, hätte dieser Mensch mich auch noch in Sierra Leone aufgespürt.

Bevor ich ihm das Geld gab, händigte ich ihm einen dicken Umschlag aus.

Iskabibbles Begeisterung verflog augenblicklich, als er merkte, daß es kein Drehbuch war.

– Das wollte ich auch gar nicht machen. Sondern das hier.

– Ein Buch? schrie er, nachdem ich ihm mein Projekt erläutert hatte.

– Ein Buch.

Er war platt. – Ein Buch! Er schmiß es auf den Boden.

Aber keine Bange. Ich hatte die Seiten in einen grauen, flexiblen Plastikordner gebunden und alle hübsch beisammen: die Rückseiten der Flugblätter von Onkel Langarm, Papierservietten aus dem Café in Lumpkin. Das abgerissene Deckblatt des Klinik-Telefonverzeichnisses und viele Seiten ganz normalen Papiers, das ich zu Hause gefunden hatte.

– Gefällt's dir nicht?

– Sag mir lieber, was aus dem Film geworden ist.

– Warum willst du dir denn den Kopf über *einen* Film zerbrechen, wenn du hier gleich zweihundert auf einmal hast?

Iskabibble mußten solche Enttäuschungen nur allzu vertraut sein. Er meint, daß sich eine Frau einen Jeep Wrangler kaufen sollte, aber sie will nur einen Acura. Ein Typ leiht sich von ihm Geld, um ein Geschäft zu eröffnen, aber verpraßt es dann, indem er sich ein Boot kauft. Niemand wollte seine Ratschläge, alle wollten nur Kredit von ihm.

– Das kann ich ja kaum entziffern. Was steht hier?

– *Das Hotel der Toten*, las ich vor. 1974. Als Dorie, eine etwa fünfzigjährige Frau, das runtergewirtschaftete Motel erbt, das früher ihr Großvater geführt hat, reist sie in der Hoffnung nach Michigan, das Geschäft wieder in Gang zu bringen. Als sie dort eintrifft, findet sie bei einigen Frauen aus dem örtlichen College Unterkunft. Anfangs läuft alles in geregelten Bahnen, und die ältere Frau freundet sich mit den College-Studentinnen an. Schließlich werden die Studentinnen aber eine nach der anderen umgebracht. Und immer ist es Dorie, die die Leichen findet. Sie kommt dahinter, daß ihr Großvater sie von jenseits des Grabs ermordet. Er will nämlich nicht, daß Dorie ihrem Rat folgt, das Hotel zu verkaufen und nach Chicago zu ziehen, wo sie immer schon hinwollte, um in einer Band Musik zu machen. Eine dezentere Version von *Das texanische Kettensägenmassaker*, nämlich Geschichten von scheiternden Familienunternehmen.

– Soll das ein Witz sein? fragte Ishkabibble.

– Soll ich dir noch einen vorlesen?

– Ich hab's schon kapiert. Ich nehm es. Kein Problem.
Ich denk mir schon was aus. Er tippte auf die gebündelten
Blätter. Hab allerdings noch nie was von diesen Filmen ge-
hört.

– Dafür kennst du aber bestimmt das Bankengesetz besser als ich.

– In dem Anzug siehst du wie ein Footballspieler aus,
sagte er. Kräftiger Kerl. Wenn ich dir jetzt helfe, könntest du
mir eigentlich auch mal einen Gefallen tun.

Er bat mich höflich darum, und der Ton macht schließlich die Musik.

Wir gingen noch etwas weiter über die 147. bis zur Kreuzung Farmer's Boulevard. Auf einer Straßenseite standen
Wohnhäuser, aber auf der gegenüberliegenden Seite befand
sich ein Komplex von Lagerhäusern, in denen fünfzehn
Stunden am Tag Lieferungen aus nah und fern eingingen.

Neben einem verwitterten, roten Imbiß, klein wie eine
Streichholzschachtel, stand ein gelbes Haus, das so mickrig
war, das seine Rückseite direkt an den Straßenrand grenzte.
Vorderfenster und Veranda wiesen nicht zur Straße, sondern
auf einen verwahrlosten Garten. Iskabibble postierte mich
da auf dem Rasen. Er sagte mir ausdrücklich, wie ich mich
hinstellen sollte, nämlich mit gekreuzten Armen, und daß
ich den Mund halten sollte, auch wenn der Typ aus dem
Haus etwas sagen sollte. Ishkabibble klopfte an die Seitentür, die zur Straße wies.

Es gab keine Sicherheitsgitter vor den Fenstern, was aber
weniger eine friedliche Atmosphäre schuf, als vielmehr darauf hindeutete, daß es hier nichts zu holen gab.

Als die Seitentür geöffnet wurde, machte Ishkabibble
einen Schritt zurück, damit der Mann herauskommen

konnte. Er hatte eine Glatze, aber auch einen sorgfältig gepflegten, langen Bart. Eher grau als schwarz. Das Inbild wah-
rer Rechtschaffenheit. Er zog die Haustür hinter sich zu. Sie
wechselten ein paar Worte.

Ishabibble zeigte nach hinten in meine Richtung. Ich
nahm an, daß er Verhandlungen über meine Filmenzyklopä-
die führte und schon mal ein paar Subskribenten warb. Er
lächelte, aber der Hausbesitzer lächelte nicht. Ich winkte
dem Glatzkopf zu, und er zeigte mit dem Finger auf mich;
eine Geste, die ich als freundlich mißverstand.

– Du jagst mir keine Angst ein! schrie er. Kapiert?

Ich sagte: – A, Ar?

Ich war so verblüfft, daß ich stotterte, aber er verstand
nur, was er verstehen wollte.

– Arschvoll? sagte er zu mir. Du kriegst gleich den Arsch
voll, du Ratt...

Bevor er das Schimpfwort ausgesprochen hatte, sagte
Ishkabibble: – Ich will nicht, daß es soweit kommt, und er
will das auch nicht.

Ishkabibble meinte damit mich. Ich war der «er» in diesem Satz.

Der Hausbesitzer hatte sich wacker gehalten, wirkte jetzt
aber doch ziemlich eingeschüchtert, als ob bei Keilereien
Gewichtsklassen von Bedeutung seien. Ich lehnte nämlich
an seinem Zaun, und der machte natürlich Geräusche.

– Willst du jetzt etwa auch noch meinen Zaun ruinie-
ren?!

Ishkabibble warf mir einen Blick zu. – Er bezahlt ja
schon, Anthony. Alles klar. Stell dich grade hin. Ganz ent-
spannt.

Der Mann ging wieder ins Haus, und zwei seiner Kinder
kamen ans einzige Fenster auf dieser Seite. Wahrscheinlich
ein Badezimmer, weil die Scheibe beschlagen war. Zwei

Mädchen, jünger als Nabisase, die mich anstarrten, als sei ich gekommen, um die Seele ihres Papas zu holen.

Aber ich will gar nicht so tun, als hätte ich da lange ein Pokergesicht aufgesetzt. Als ich dahinterkam, daß ich als gedungener Schläger für Ishkabibble die Muskeln spielen lassen sollte, fand ich das toll. Bloß weil meine Arme so dick wie anderer Leute Oberschenkel waren, glaubte der Mann tatsächlich, daß ich ihn einschüchtern wollte.

Als er mit einem Briefumschlag für Ishkabibble wieder rauskam, linste er zu mir hinüber, aber ich blieb teilnahmslos. Fixierte sein Haus und nicht ihn. Er kam auf mich zu. Baute sich dreißig Zentimeter vor mir auf. Da bekam ich es mit der Angst zu tun. Diese drahtigen Typen sind ja immer die unangenehmsten Brocken. Hätte er mich wirklich geschlagen, hätte meine beste Verteidigung darin bestanden, nach vorn zu kippen und ihn unter meinem Gewicht zu zermalmen.

– Wenn du dich mit 'nem Mann wie Ishkabibble einläßt, gerätst du ganz tief in die Scheiße.

Ich hielt die Augen geschlossen, öffnete sie aber wieder, als er nichts mehr sagte. Der mächtige Bart des Mannes sah aus der Nähe viel weicher aus. Ich fragte mich völlig grundlos, wie viele Kugelschreiber er wohl darin wohl verstecken konnte.

– Wer ist dieser Junge? fragte er Ishkabibble.

Aber mein Kumpel trat schon den Rückzug an. – Also los, Anthony, sagte er.

Der Mann klopfte mir so sanft auf den Nacken, daß ich überhaupt nicht mehr aufgeregt war. Ich kam mir wie ein Tier vor, das instinktiv weiß, wann es ein wohlmeinendes, menschliches Wesen vor sich hat. Er schrie Ishkabibble nach: – Das ist 'ne Sauerei, daß du so 'nen Jungen mißbrauchst. Er ist dick, und er weiß gar nicht, was er tut. Schon gut, Anthony, sagte er. Anthony, nicht wahr? Ich bin nicht böse auf dich. Ich hab schon von dir gehört. Leute, die Probleme haben, tun mir immer leid.

Ich folgte Ishkabibble in weitem Abstand. Wegen mir würde er sowieso nicht langsamer gehen. An jeder Ecke fürchtete ich, daß er meinen Ordner wegschmeißen würde, aber er behielt ihn. Ich war mir nicht sicher, wie weit ich ihn eigentlich eskortieren sollte, und außerdem wurde ich mehr als einmal von Passanten aufgehalten. Meistens von Paaren mittleren Alters. Vierzig-, fünfzig- und sechzigjährige.

Mr. und Mrs. Blankets begrüßten mich und fragten, wie's mir so gehe. Sie gingen Gassi mit ihrem stämmigen deutschen Schäferhund. Er zerrte an der Leine, so daß sie sich nicht weiter aufhalten konnten.

Als mir Mr. Rumtower und Mr. Brace begegneten, klopften sie mir auf die Schulter und sagten: – Alles klar, Anthony?

Miß Tandyamara, die als Treckerfahrerin für die Stadt New York arbeitete, schenkte mir fünf Dollar. Nie hat Popularität einen schaleren Geschmack hinterlassen.

Ich bedankte mich bei ihr. Ich bedankte mich bei jedem. Sie zuckten mit den Schultern oder lachten, manche freundlich und manche gequält. Glaubt es ja nicht, wenn euch einer weismachen will, daß Geisteskranke immer mies behandelt werden und wurden. Mitleid kollidiert mit Irritation und Peinlichkeit. Das Ergebnis sind unschöne Szenen.

An Ishkabibble hatte ich schon gar nicht mehr gedacht, als ich ihn langsam aus dem Blickfeld verlor. Ein langes, dürres Männlein weit vor mir.

30

Ich hatte Oma nun schon seit vier Tagen geradezu angebettelt, sich von mir helfen zu lassen. Nachts schlief ich nicht länger als zwanzig Minuten. Ich legte mich hin, aber die Augen wollten mir nicht zufallen; ich lag auf dem Rücken, und wenn mir das zu langweilig wurde, rollte ich mich auf die Seite. Ich versuchte, die kühlen Stellen auf dem Kopfkissen zu erwischen. Da Mama immer noch weg war, wohnte ich in ihrem Zimmer. In dem Zimmer, das seine Bewohner zu vertreiben schien.

Am 17. November, einem Freitag, ließ Oma sich endlich von mir einpacken. Natürlich hätte sie auch noch bis Samstag warten können, weil ich dann nicht arbeiten mußte, aber die Leute suchen sich ja immer gern den ungünstigsten Zeitpunkt aus, um sich helfen zu lassen. Ich rief also bei *Blitzblank* an, daß ich einen Tag fehlen würde, und die Telefonistin grunzte nur.

Nabisase mußte ich zur Schule chauffieren, weil sie Donnerstag schon wieder geschwänzt hatte, um Ledric im Krankenhaus zu besuchen. Ich kam dahinter, weil die Schule mich anrief. Ledric konnte schon wieder so gut sprechen, daß er meiner Schwester die Telefonnummer seiner Eltern in Chicago nannte. Sie sagten, daß sie Geld schicken wollten; entweder würden sie ihn besuchen kommen oder eben das Geld. Ich war entschieden gegen die Flugreise, weil ich sie dann am Kennedy Airport hätte abholen und ins Allgemeine von Queens und wieder zurück hätte chauffieren müssen. Und ich konnte den Typ ja sowieso nicht ausstehen! Der hatte ein Auge auf meine Schwester geworfen.

Ich kontrollierte, ob Nabisase tatsächlich auch ins Schulgebäude ging, und fuhr dann wieder zu Oma.

– Nimm die Post mit, sagte sie, als sie sich anzog. Wir werden warten müssen.

Vom Parkplatz der Klinik bot sich ein Ausblick auf den Brookville Park, ein bewaldetes Gelände, das Rosedale in zwei Hälften teilte, eine, in der zumeist Weiße, und eine, in der zumeist Schwarze wohnten.

Ledric hatte ich durch den Lieferanteneingang geschoben, aber Oma trug ich zum Vordereingang. Das Wartezimmer der Klinik war klein, aber der Patientenkreis war auch überschaubar. Die Praxis lebte von Immigranten. Aus der Karibik, aus Westafrika, Ostindien und ein paar aus Irland. Schwarze Amerikaner, ja doch, und Chinesen aus Valley Stream. Wenn keine Firma oder Krankenkasse die Behandlungskosten deckte, kam man hierher.

Im Wartezimmer standen Stuhlreihen, die in Siebenergruppen angeordnet waren; sie waren orange. Zwanzig Leute warteten bereits. Ich zog eine Nummer aus einem roten Spender, der wie ein Getränkeautomat aussah. Unsere Nummer, A 44, wurde so schnell aufgerufen, daß ich hoffte, bald wieder zu Hause zu sein.

Es handelte sich aber nur um einen ersten Gang zur Rezeption, um uns anzumelden. Man durfte sich den Arzt auswählen, und also entschied ich mich für den Apparatschik. Dann gab mir die desinteressierte Frau hinter Plexiglas eine andere Karte, noch eine Nummer, und sagte, daß ich wieder Platz nehmen sollte.

– Einer ist für dich, sagte Oma, als ich mich neben sie setzte, und legte mir den Brief in den Schoß.

Ich hätte gerne die Briefmarke als Souvenir abgepult, aber es klebte gar keine drauf. Nur der blaßrote Stempel einer Frankiermaschine. Auf der linken Ecke des Umschlags waren der Name der Gruppe und die Anschrift in Boston aufgedruckt.

Stiftung Freiheit für Ahmed.

Lieber engagierter Mitstreiter (die Anrede war auf dem Briefpapier vorgedruckt, der Rest handschriftlich),

vielen Dank für Ihren Brief. Wir haben Sie in unseren ständig wachsenden Postverteiler aufgenommen.

Sie haben recht: Ich habe viele Freunde. Mit jedem Tag, an dem mein Fall mehr Aufmerksamkeit auf sich zieht, wächst ihre Anzahl. Der Herrgott meint es gut mit uns.

In meinem Interview habe ich aus einem Comicheft zitiert. Würden Sie mich eher respektieren, wenn ich Diderot wäre? Finden Sie nicht auch, daß am Ende sowieso alles auf reine Unterhaltung hinausläuft?

Viele Menschen haben sich nach meinem Namen erkundigt, aber ich verstehe ihre Irritation nicht. Ich habe hier Freunde gefunden, die mich mit den Tugenden des Islam bekannt gemacht haben. Im Gefängnis ist der Glaube von großer Bedeutung. Ich glaube, Sie verstehen Religion als ein Spielzeug, aber sie ist eine Waffe. Vor ihr sinken auch die mächtigsten und niederträchtigsten Menschen auf die Knie.

In Ihrem Brief wirkten Sie sehr verärgert. Hoffentlich irre ich mich in dieser Hinsicht, und Sie haben Ihren Seelenfrieden gefunden. Sie fragen, ob ich den Wunsch verspüre, schwarz zu sein. Dem ist nicht so. Ich bin nicht wahnsinnig. Haben Sie je den Wunsch verspürt, eine Frau zu sein?

Manche Menschen, die mir schreiben, wollen von mir wissen, wie sie produktiv werden können. Oft klingen sie genau wie Sie. Irregeleitet. Lassen Sie mich schließen, indem

ich Ihnen zurufe, was ich auch schon vielen anderen zuge-
rufen habe. Werdet aktiv. Engagiert euch!

Ahmed Abdel

Um 14 Uhr dreißig wurde Omas Name ausgerufen.

Ich trug sie ins Behandlungszimmer und legte sie auf einen Behandlungstisch. Ich blieb bei ihr und sah auf die Uhr. Die Fenster waren opak, so daß sich das Sonnenlicht im Glas buttergelb färbte.

Oma sagte: – Danke, daß du mich hergebracht hast.

– Mußt du das denn unbedingt so sagen, als seien wir Fremde?

Sie drehte den Kopf weg. – Warum hast du diese Leute reingelassen? Deine Schwester hätte vielleicht gewonnen.

– Miß Unschuld? Was hat sie denn schon für ein Talent? Den Conferencier k.o. zu schlagen?

– Aber du hast ihr den Spaß verdorben.

Als der Russe hereinkam, schüttelte er mir flüchtig die Hand. Sonst nichts. Er blickte kaum auf. Sagte nur: – Hallo. Hallo. Ich ziehe jetzt diesen Vorhang zu, damit sie und ich ungestört sind.

Ich war echt beleidigt, daß er in mir nicht den Botulismusbruder wiedererkannte.

Hinterm Schutz des beigen Plastikvorhangs hörte ich, daß Oma sich auszog, während der Arzt sich Gummihandschuhe überstreifte. Ich kannte das Schnappen, als er sie sich auf die Knöchel herunterzog, aus der Zeit, als ich die gleichen Handschuhe beim Herdputzen getragen hatte.

– Wir müssen die Hüfte röntgen, sagte der Arzt zu mir, als er wieder zum Vorschein kam.

– Soll ich sie tragen?

– Wir haben einen Rollstuhl. Kommen Sie in zehn Minuten wieder.

– Und was ist mit Ihrer Handtasche?

– Wenn Sie sich Sorgen drum machen, nehmen Sie sie mit.

Draußen in der Kälte war es so lange angenehm, bis ich merkte, daß ich zum Objekt der Neugier der Wartezimmerkundschaft geworden war. Der Fernseher war nämlich kaputt, und ich stand draußen vor dem großen Fenster: auch eine Art Bildschirm.

Ich wollte nicht, daß die Leute mich da einfach so mit Omas Handtasche herumstehen sahen, weshalb ich meine Jacken- und Hosentaschen abklopfte, als ob ich Zigaretten dabeihätte, sie aber nicht finden könnte. Ich klopfte heftiger. Aber je länger ich mich so verhielt, desto befremdeter glotzten die Leute aus der Klinik, und mit dem Klopfen tat ich mir fast schon selber weh. Das machte mich nur noch fummeliger, weil ich unbedingt normal aussehen wollte, und so drehte ich mich einmal um sich selbst, als suchte ich nach einer Zigarette, die ich in Wirklichkeit nie gehabt hatte.

Ich überlegte, ob ich im Park spazierengehen sollte, um für einen Moment von hier wegzukommen, aber bei meinem sprichwörtlichen Glück wäre Oma inzwischen garantiert mit dem Arzt fertig, würde nach draußen kommen und nach mir suchen, durch die Straßen irren und von einem Müllabfuhrlaster überfahren werden.

Eine Frau mit weißer Hose und Krankenschwesterschuhen kam nach draußen. – Was hüpfen Sie denn eigentlich hier so rum?

– Ich suche meine Zigaretten.

Sie hatte eine für mich. Und auch ein aquamarinfarbiges Plastikfeuerzeug. Herauszukommen, um zu sehen, was mit mir los war, lieferte eine gute Entschuldigung für sie, selber eine zu rauchen.

Im Grunde wußte ich gar nicht, wie man Zigaretten raucht.

Als ich sie mir in den Mund steckte, schob ich sie zu weit hinein, mußte husten und sabberte die halbe Zigarette voll. Da mußte mir die Frau eben noch eine geben. Die nächste ließ ich so lässig zwischen den Lippen hängen, daß der Wind sie mitriß und den Block hinunterwehte.

– Das ist aber die letzte, sagte sie.

Sie hielt das Feuerzeug dicht an die Spitze. Sie hatte große Hände. Wir standen vor der Klinik auf der Rollstuhlrampe.

– Also los, sagte ich.

Ich gab mein Bestes und zog kräftig. Ein gelungener Coup. Da dies erst meine vierte Zigarette in dreiundzwanzig Jahren war, inhalierte ich nicht richtig, aber die Aktion als solche war ein voller Erfolg. Die Frau drückte ihre Zigarette an dem Geländer aus, an dem ich lehnte.

So nett, wie sie mich behandelte, muß ich wirklich einen schlimmen Eindruck gemacht haben.

Sie sagte: – Ich will Ihnen mal was sagen, okay? Weil Sie das garantiert mal gebrauchen können. Gehen Sie nie ins St. Luke. Falls Sie mal in Manhattan sein sollten und man sie da einliefern will. Nie ins St. Luke. Da bindet man Sie drei Tage lang in der Gummizelle fest und läßt Sie nicht mal zum Scheißen aufstehen.

Ich war überrascht und konnte das auch nicht verbergen.

– Wie wirke ich denn auf Sie?

Sie sagte: – Sympathisch.

Während ich mit ihr rauchte und hustete, trotteten fünf Hunde aus dem Park und liefen die 147. Avenue hinunter, ignorierten Autos, Busse und Kleinbusse. Ihre Mäuler standen offen. Eine eitle Prozession im Pelz.

Nachdem die Hunde an der Krankenschwester und mir vorbei waren, liefen sie quer über die stark befahrene Kreuzung an der Ecke Brookville Boulevard. Alle Fahrer traten auf die Bremsen. Eine Menge Leute bekam das mit, nicht nur ich. Als die Hunde trotz roter Ampel die Kreuzung sicher passiert und den Verkehr zum Erliegen gebracht hatten, jaulten sie. Dann liefen sie unbehelligt weiter die 147. Avenue runter.

31

Mit einem flauen Gefühl im Magen, das ich den Zigaretten zu verdanken hatte, ging ich in die Klinik zurück und rieb mir dabei den Bauch. Die Leute, die im Wartezimmer saßen, versuchten wohl, mich anzulächeln, aber sie glotzten nur dämlich. Falls ihr je in die Lage kommen solltet, auf keinen Fall als mental labil zu gelten, müßt ihr es unbedingt vermeiden, mit der sperrigen Handtasche einer alten Dame in der Hand vor den Augen einer Jury eure erste Zigarette zu paffen.

Weil die Tür zum Behandlungszimmer des russischen Arztes verschlossen war, mußte ich anklopfen.

– Da bist du ja wieder, stammelte Oma und blinzelte.

– Na klar. Ich tätschelte ihr die Schulter. Ich geh doch nicht einfach weg.

Sie lag mit angewinkelten Knien auf dem Behandlungstisch, so daß ihre Fußsohlen auflagen und die Schienbeine zur hinteren Wand zeigten.

– Die Hüfte ist in Ordnung, sagte der Arzt, als er um den Behandlungstisch herumging. Aber in ihrem Alter heilen starke Prellungen nur langsam ab.

Falls er in meiner Abwesenheit mit ihr gesprochen haben sollte, tat er das jetzt nicht mehr. Ab sofort war ich hier die Autorität. – Aber es gibt noch eine andere Komplikation. Ich schneide es raus.

– Wo denn was rausschneiden?

– Aus meinem Bein, murmelte Oma.

In ihr Schienbein hatte er ein silbernes Gerät gerammt, das wie ein Kuchenmesser aussah. An der Einstichstelle trat Blut aus. Tropfte am Bein meiner Großmutter herunter.

– Scheiße! schrie ich.

Er zog das Löffelskalpell heraus. In der Mulde des Instruments lag jetzt ein kleines, zylinderförmiges Fleischstück. – Ich mache jetzt ein paar Stiche, sagte er.

Oma verrenkte ihren Kopf so stark, als wollte sie ihn sich selbst abreißen.

– Spürst du das etwa noch durch die Betäubung? fragte ich.

– Sie ist nicht betäubt, sagte der Chirurg.

– Wieso das denn nicht?

– Weil sie keine bekommen hat, sagte der Doktor. Viele Leute verzichten darauf. Zu kostspielig für alle Beteiligten.

Er hielt ein dünnes, schwarzes Stück Faden in der Hand. – Sie wollte keine, fügte er hinzu.

Oma rieb unmittelbar über ihrem Gesicht ihre dünnen Ärmchen an den Ellbogen gegeneinander.

– Wieso schreist du eigentlich nicht? Ich hol die Polizei! Du blutest ja, Oma.

Sie sagte zu mir: – Ich wollte das aber so.

Der Russe nähte die Wunde zusammen. Erklärte, daß er die Gewebeprobe, die er Oma entnommen hatte, ins Labor schicken würde, um sie auf Krebs zu testen.

Ich sank auf einen Stuhl und hielt mein eigenes Bein fest.

– Tut mir leid, flüsterte Oma. Für euch alle. Hab mich schon so manche Nacht gefragt, wie ich diese Krankheit über meine Kinder gebracht habe.

Statt wegzulaufen, zog ich den Stuhl näher heran. Die Nadel des Arztes fuhr lautlos durch Omas Haut, und Oma wimmerte. Sie sagte: – Was hab ich euch bloß angetan?

– Sie werden nie wieder auf diesem Bein laufen können, Oma.

– Warum sollte mir das auch erspart bleiben?

Der Arzt wollte wohl charmant sein. Er hatte das als Witz gemeint.

Der Russe sagte: – Ab jetzt müssen Ihre Kinder Sie tragen.

32

Ich war Mitglied einer *Heiße-Affären-Familie*, gehörte medien-demographisch zu *Knallharte Fakten, Rettungsteam 911, Autobahnpolizei im Einsatz, Ungelöste Geheimnisse* mit Robert Stack. Seit dem 14. November erklärten sämtliche Fernsehnachrichten und alle seriösen Zeitungen, daß die komplette US-Regierung ihren Laden dichtgemacht hatte, weil es Haushaltsquerelen zwischen Demokraten und Republikanern gab. Aber uns tangierte das kaum.

Die bedrohlichen Einschnitte in unseren Staatshaushalt wurden wahlweise als Vorstufe allgemeiner Glückseligkeit oder Wiederkunft des Teufels verkauft, je nach politischer Ausrichtung. Sogar Atheisten und letzte, versprengte Marxisten waren dieser Ansicht, wenn ihnen in Kabelprogrammen ein paar Minuten Redezeit eingeräumt wurde, um ihren Sermon abzulassen. So, wie die Politiker herumkrakeelten, rechnete ich damit, daß von Kriegsfürsten angeführte Banden bald über unsere Häuser und Töchter herfallen mußten. Das Ende der Fahnenstange für die Bundesregierung flimmerte durch jedes bessere Fernsehprogramm, was natürlich zur Folge hatte, daß viele von uns einfach auf einen anderen Kanal umschalteten.

Und zwar auf unterhaltsamere Programme. Wie Nabisase war auch ich ein Fan der *Morton Downey Jr. Show*. Wenn Oma den *Star* ausgelesen hatte, nahm ich die Zeitung mit aufs Klo und schmökerte in aller Ruhe. Einer von uns hockte immer vor der Glotze.

Außerdem berichteten seriöse Nachrichten nur dann über das Leben kleiner Leute wie unsereins, wenn sie von irgendeiner Waffe ins Visier genommen wurden. Ansonsten ging's um Kriegsverbrechen, Flächenbrände und salbungsvolle Abgeordnete. Hunger im Wüstengürtel des Planeten. Zugegeben, schon etwas wichtiger.

Dagegen waren unsere Probleme eher zweitrangig. Mary Jo Buttafuoco wurde erschossen. Ein Priester, der sich einer Geschlechtsumwandlung unterzog. Ein Mann aus Hartford, der mehr Arbeitsunfälle vorgetäuscht hatte als jeder andere Amerikaner. Mythen des Alltags. Schließlich müssen Legenden immer wieder neu geschaffen werden.

Zu diesem Eintopf rühre man nun noch eine Mißwahl für Jungfrauen. Kein landesweiter Skandal, aber immerhin ein Fünf-Minuten-Beitrag.

Aufgeschlagen auf Seite 1249 lag die überarbeitete *Norton-Lyrik-Anthologie* auf meinem Schlafsack. Eines Abends, als mir meine Collegezeit besonders fremd vorgekommen war, hatte ich mir das Buch vorgenommen und so getan, als hätte ich damals das Proseminar *Amerikanische Lyrik im Überblick* richtig genossen. Ich grub die Anthologie aus einer meiner Bücherkisten aus und schmökerte ein bißchen darin herum, legte sie aber beiseite, als mich Oma aus dem Wohnzimmer rief. – Anthony! Komm mal her, Anthony!

Sogar meine Schwester sprach meinen Namen aus, was sie seit dem 12. nicht mehr getan hatte, und jetzt schrieben wir schon den 20.; Nabisase mit mir sprechen zu hören war wahrlich ein Wunder, für das ich Selwyn zu danken hatte.

Als ich nach oben kam, saßen sie auf dem Ecksofa. Oma beugte sich vor, stützte den linken Ellbogen auf ihren gesunden Oberschenkel, stützte das Kinn in die linke Hand und tippte sich mit dem ausgestreckten Zeigefinger gegen die Nase.

Nabisase sagte: – Anthony, sieh dir das an.

Jetzt sprach der Fernseher.

Der Showmaster war ein kohlköpfiger Mann, der aber aus Seriositätsgründen einen Anzug trug. Weil er mit australischem Akzent sprach, klang er irgendwie besonders schlau. Ohne den Anzug hätte er wie jeder vom Alkohol gezeichnete, rotbäckige Schluckspecht ausgesehen, aber hinter seinem Moderatorentisch wirkte er irgendwie anders.

– Schönheitswettbewerbe haben dies Land groß gemacht, sagte er. Sie gehören zu Amerikas geheiligten Institutionen. Heute verdienen Frauen mehr Geld und haben mehr Macht als je zuvor in der Menschheitsgeschichte, aber hoffentlich werden wir niemals die wundervollen Gesichter der Damen vergessen, die Jahr für Jahr zu diesen Wettbewerben antreten. Hier kommt jetzt unser Reporter Jerry Ganz mit seinem Beitrag *Bildhübsch*.

Sein Gesicht verschwamm im Pixelgestöber des Bildschirms, der dann mit dem Bild eines noch dunklen Laufstegs wieder scharf wurde. Es war zwar ein Bericht über eine Mißwahl, aber nicht über Miß Unschuld. Frauen um die zwanzig in Gewändern; das ging schnell vorbei, gefolgt von Teenagern in ähnlichem Aufzug.

Eine tiefe Stimme ertönte: Jerry Ganz.

– Schönheits..., begann er. ...wettbewerbe, schloß er.

Jeder Bundesstaat veranstaltet sie jährlich zu Dutzenden. Amerikas Fitneß-Königin, Bikini-Wahl zur Miß Knäckebrot, Miß Italien, Der Schwarze-Mutter-Tochter-Wettbewerb. Und für die Herren der Schöpfung gibt's sogar Mann-O-Mann-International.

Obwohl die meisten von uns sehr genau wissen, daß diese Veranstaltungen im Geist des Wettbewerbs Souveränität und, wer wollte es leugnen, Schönheit feiern, gibt es doch auch immer wieder ein paar notorische Nörgler. Am Wochenende um den 10. November reisten mehr als vierzig Familien in eine kleine Stadt namens Lumpkin an der Grenze zwi-

279

schen Virginia und West-Virginia. Ein Städtchen, in dem Kriminalität so gut wie unbekannt ist.

Die hiesige Mentalität kommt beim jährlichen Apfelerntefest zum Ausdruck, zu dem sich Familien aus ganz Frederick County versammeln, um gemeinsam Apfelwein, Apfelkuchen und Bratäpfel zu genießen.

Die Bilder sonnendurchfluteter Apfelplantagen wurden nun abgelöst durch blitzlichtgrelle Schnappschüsse schlanker und fröhlicher Männer und Frauen im Studentenalter, die vor einem *Wendy's*-Restaurant standen.

– Unser aktueller Filmbericht zeigt diese Studentenhorde, wie sie im vergangenen Jahr wehrlose Touristen terrorisierte. Die alten Damen, die man hier von streitsüchtigen Zwanzigjährigen umzingelt sieht, wollten lediglich Videos des Disneyfilms *Das doppelte Lottchen* für ihre Neffen und Nichten kaufen. Prompt wurden sie 1994 an einer *Parsipany*-Raststätte in New Jersey aufs übelste belästigt. Die Miß-Unschuld-Wahl unterschied sich insofern von vielen anderen Wettbewerben, als sie ausschließlich Bewerberinnen zuließ, die sich ihre Unberührtheit bewahrt hatten. Eine Veranstaltung für Mädchen zwischen elf und siebzehn Jahren, denen gelungen ist, was heutzutage nur den wenigsten gelingt – Jungfrau zu bleiben. Hier sieht man das *Blue-Ridge*-Theater, in dem regelmäßig Musicals wie *Oklahoma* oder *The Music Man* zur Aufführung kommen. Im ersten Stock proben Gospelchöre. Und am Samstag, dem 11., traten diese Mädchen bei einer der wunderbarsten Shows auf, die das Haus seit vielen Jahren gesehen hat.

Der Filmbericht lieferte auch Bilder vom dem Abend, an dem die Veranstaltung gesprengt worden war: die Demonstranten, die vor dem *Blue Ridge* aufmarschierten und dann die Tür zum Versorgungsflur öffneten. Ein Kameramann hatte sich an einem der Fenster des Auditoriums aufgebaut, und so gab es auch Bilder des Publikums, das drinnen im Schein der Fackeln in Panik herumirrte und schrie. Man konnte sogar die Sirenen hören, aber die Fensterscheibe dämpfte das Geräusch. Es gab auch Bilder vom Inneren des gelben Busses, aber keine von Onkel Langarm.

Jerry Ganz war der hünenhafte Mensch, der mir bei dem Tumult vor *McDonald's* aufgefallen war, als er sich Notizen gemacht hatte. Er trug auf der Nase eine sehr kleine Brille, deren Bügel kaum die Ohren erreichten.

– Gerüchteweise hatten die Studenten irgendwo im Publikum eine Bombe versteckt. Niemand vermag zu sagen, wie viele Menschenleben es gekostet hätte, wenn sie explodiert wäre.

Jerry Ganz stand gerade vor der marmornen Bibliothek von Lumpkin, als ein Mann in zerschlissenen Jeans und ausgeleiertem T-Shirt hinter dem Reporter die Stufen hinaufstieg.

– Aber wenn es sich nur um eine weitere deprimierende Geschichte handeln würde, würden wir Ihnen diesen Bericht gar nicht zeigen. Es gibt schon genug Trauriges auf der Welt. Es ist richtig, daß die Miß-Unschuld-Wahl aus den Fugen geriet. Aber an diesem Wochenende fanden gleich zwei Wettbewerbe statt. Beim zweiten handelt es sich um eine regionale Veranstaltung, die nun bereits im dritten Jahr durchgeführt wurde. Sie ist von einem ganz ungewöhnlichen Mann ins Leben gerufen worden.

– Ich habs nie leicht gehabt, nich für 'ne Minute in meim Lem.

– Sein Name ist Onkel Allen. So läßt er sich gern nennen. Während des Jahres arbeitet er in seinem Büro in Lumpkin und ist Menschen aller Einkommensgruppen dabei behilflich, ein Eigenheim zu erwerben. Onkel Allen vermittelt Hypotheken. Und wie hat das alles angefangen?

– Wenn Se mein Rücken sehn könntn, dann wüßtn Se aber Bescheid, das kann ich Ihn sagn. Hab da mehr Schläge drauf gekriecht als 'ne ganze Footballmannschaft. Ich hab immer hart malocht, und ich glaub, daß gute Menschen am Ende immer belohnt wern.

– Onkel Allen stammt aus einer Familie von Frauen und Männern, die noch auf ihren Knien arbeiten mußten, und heute verfügt er selbst über die Mittel, anderen zu helfen. Und wie macht er das? Mit seinem eigenen Wettbewerb. Hier werden Mädchen für ihren Charakter belohnt. Wenn sie die Bühne betreten, stellt er ihnen nur eine einzige Frage: Hast du gelitten? Denn Onkel Allen weiß besser als jeder andere, daß nur Leiden Großes hervorbringt.

– Ich nenn se meine Anständjen Mädjens. Die Gewinners.

– Und jetzt haben Onkel Allen und seine Anständigen Mädchen auch noch das Glück, das sie verdienen! Wenn die Miß-Unschuld-Wahl ohne Zwischenfälle über die Bühnen gegangen wäre, hätten wir niemals Onkel Allen kennengelernt, dessen Wettbewerb den Mädchen Modell-Verträge einbringt, und zwar unabhängig von ihren Maßen und Formen.

Zum Beweis rollte man einige der Gewinnerinnen der letzten Jahre mit ihren Werbetätigkeiten über den Bildschirm. Onkel Langarms Ansprüchen entsprachen sie alle perfekt. Nur etwa ein Drittel der Mädchen hatte Taillen. Sie führten Ponchos, lange Jacken, Overalls und Capes vor. Prospekte für die Arbeiterwohlfahrt und für gebrauchte Armeebestände.

– Unser Bericht endet jedoch mit einem Geheimnis. Eins der Anständigen Mädchen wird bis zum gegenwärtigen Zeitpunkt vermißt. Sie hat ein Foto von sich hinterlassen, aber ihr Name ist uns nicht bekannt. Vielleicht rechnete sie nicht damit zu gewinnen. Ein Kind, das, mit Onkel Allens Worten, die Herzen des Publikums im Sturm eroberte, sobald sie die Bühne betrat. Uns liegt nur das Polaroidfoto vor, das von ihr gemacht wurde, als sie sich anmeldete. Sie trägt da ihre kranke Großmutter auf dem Rücken. Onkel Allen hofft, daß sie sich in seinem Büro meldet, falls sie diesen Bericht verfolgt haben sollte. Die Telefonnummer sehen Sie unten auf dem Bildschirm eingeblendet. Aber vielleicht paßt es auch zum Geist dieser Veranstaltung, daß sie spurlos verschwand. Denn ein schönes Mädchen ist nichts anderes als ein Tagtraum. Wir verabschieden uns von Ihnen mit ihrem Schnappschuß, damit Sie sehen können, wie, mit Onkel Allens Worten, ein Engel aussieht.

33

Feiern wollte Nabisase allerdings nicht mit mir. Ich streckte den Arm übers Sofa aus und rieb ihr mit meinen süßen, kleinen Fingerknöcheln den Kopf, aber sie sprang angewidert auf.

Sogar Oma erhob sich schmerzverzerrt und sagte: – Anthony, laß das!

– Ich will ihr doch nur gratulieren!

Meine Schwester klammerte sich ans Unterhaltungsregal und legte eine Hand auf den Fernseher, als ob der Bildschirm ihr mehr Wärme geben könnte als ich.

Sie wollte überhaupt nicht feiern.

Nabisase zog ihren Mantel an und verließ das Haus. Sie sagte nicht mal Oma Bescheid, daß sie ging. In die Apostolische Kirche von Dingsbums. Und von dort rief sie Onkel Langarm an. Noch am gleichen Abend, an dem der Fernsehbericht gelaufen war.

Nachdem sie weg war, sagte ich zu Oma: – Sie muß doch keine Angst vor mir haben.

– Wär's dir umgekehrt lieber? Meine Großmutter lachte.

Zumindest wurde ihr Preis nach Hause geliefert, per Paket. Als Postfach benutzte Nabisase unser Heim immerhin noch.

Als der Typ von *Federal Express* eine Unterschrift verlangte, war ich allein zu Hause. Na gut, nicht ganz. Oma war auch da, aber hätte ich sie gerufen, hätte sie eine halbe Stunde gebraucht, um sich aus ihrem Zimmer zu schleppen.

Ich nahm das Paket in Empfang. Nachtexpress-Lieferung. Es kam am frühen Morgen des 22. an. Ich schloß die Tür.

Ich öffnete es nicht, aber ich ließ das Paket ein paarmal fallen, in der Hoffnung, daß es dann von selbst aufgehen und mir seinen Inhalt enthüllen würde.

Candan klingelte an der Haustür, und als ich öffnete, sagte er: – Ich hab den FedEx-Mann gesehen.

Ich ließ ihn nicht eintreten, sondern ging nach draußen. Er war einen Kopf größer als ich. Ich hätte ihm gern an seinen kümmerlichen Öhrchen gezogen; sie waren so winzig wie Knöpfe.

– Ich frag mich, ob das was für deine Mutter war.

– Die Sendung war für Nabisase.

– Von deiner Mutter?

– Von Onkel Allen, sagte ich.

– Ich denk, dein Onkel ist tot.

– Es ist eine Botschaft aus dem Jenseits. Ich ging die Stufen hinunter, und er lief mir nach. Gibt's irgendeinen Grund, warum du auf sie wartest? fragte ich.

Er zuckte die Schultern: – Ich gehör ja nicht zu ihrer Familie. Du müßtest es doch besser wissen.

– Ich weiß jedenfalls, daß sie nicht wegen dir zurückkommt, Candan.

Ich stand vor meinem Oldsmobile und sah mein Spiegelbild im Wagenfenster, aber Candan blieb vor den Stufen stehen und schnickte mit den Fingern. Ich dachte schon, er wollte mich damit zu sich herankommandieren, aber er meinte seinen Hund, den Dobermann, der seine Schnauze durch die Hecke schob. Er wollte sich durch die Hecke wühlen, vielleicht um mich zu fressen, aber als Candan schnickte, trollte sich das Tier in den Hinterhof.

– Hat sie was über mich gesagt? fragte er.

Ich drehte mich nicht einmal zu ihm um. – Dafür hatte sie keine Zeit, weil sie mit irgendsonem Inder durchgebrannt ist, sagte ich.

– Nein!
– Doch!

Er öffnete unser Gartentor, warf es zu und ging zu seinem Haus zurück.

34

Nachdem Candan sich verkrümelt hatte, verließ auch ich das Haus, weil ich nicht stundenlang allein vor Nabisases Paket sitzen konnte, ohne es zu öffnen. Stundenlang nicht!

Bevor ich ging, brachte ich Oma noch ein Kännchen Tee und zwei Sandwiches aufs Zimmer. Wechselte ihr die Socken und half ihr aufs Klo. Ich wollte mit dem Kleinbus ins Allgemeine von Queens fahren, um der Affäre zwischen der Bazillenschleuder und meiner Schwester auf die Schliche zu kommen. Ich hätte hinfahren und ihm die Schläuche aus den Venen reißen sollen, aber ich war zu müde. Ich hatte das Gefühl, als hätte ich in meinem gesamten Leben noch keine einzige Nacht durchgeschlafen.

Ich wollte Ishkabibble treffen, aber ich hatte seine Telefonnummer nicht. Er rief einen zwar an, war aber selber telefonisch nie erreichbar. In welchem Haus müßte ich suchen, um ihn aufzuspüren? Da fast jeder bei ihm Schulden hatte, verriet er niemandem seine Adresse.

Schließlich machte ich mich zum Brookville Park auf, weil ich wußte, daß er sich dort gern herumtrieb. Ruhig. Leer. Kein Ärger in Sachen Schuldeneintreiben. In den kleinen Teichen wuchsen braune Gräser, die sich trocken aneinanderrieben.

Das hervorstechendste Kennzeichen des Brookville Parks war das klotzige, rote Monument am Eingang. Ein abgewrackter Wohnwagen, der im Lauf der Zeit zerkratzt, verbeult, besprayt und bemalt worden war. Er war mit braunen Rostflecken gesprenkelt.

Die Stützräder waren schon vor langer Zeit abgebrochen,

so daß der Wohnwagen wie ein Moslem beim dritten Tagesgebet nach vorn gekippt war und den Boden küßte.

Ich freute mich für meine Schwester, war aber auch eifersüchtig auf sie. Sie war zehn Jahre jünger als ich und hatte dennoch schon etwas Spektakuläres erreicht. Zumindest hatte sie Spaß. Ich fragte mich, ob meine Verbitterung immer noch wachsen würde, bis ich eines Tages nicht einmal mehr meinen eigenen Namen wissen würde und mich nicht mehr um mich selbst kümmern könnte. Vielleicht war es eine angenehme Nebenwirkung des Wahnsinns, daß ich dann vergessen würde, wie wenig mir im Leben gelungen war.

– Versteck mich!

Ishkabibble kam mit wehendem Mantel zwischen den Bäumen hervorgerannt, und er hatte einen Schuh verloren. Er lief so schnell, daß er fast an mir vorbeistürmte; der Aktenkoffer in seiner rechten Hand schlug gegen den rechten Oberschenkel.

– Ich nehm dich mit nach Hause, sagte ich.

– Du bist nicht schnell genug. Er sah über die Schulter zurück. Versteck mich hier!

Ich zog an der Tür des Wohnwagens. *Er* war ein schneller Junge, aber *ich* konnte stark sein. Keine Muskelkraft, sondern Gewicht. Drückte die Klinke und lehnte mich einfach gegen die Tür.

Sie gab nach; drinnen war es stockdunkel. Er zögerte. Es roch nach Mehltau; im Wasser, das auf dem Boden stand, wuchsen kleine Pflanzen. Als ich die Tür öffnete, ergoß sich Wasser über unsere Füße.

– Die Füße kannst du dir auch später noch abtrocknen, sagte ich.

Ich drückte die Tür wieder zu und ging weiter. Nicht sehr weit, nur zehn Meter, bis zu einer der Baseballmarkierungen. Ich stampfte auf die Abwurfstelle, die gar nicht mehr erkennbar war. Ein Loch statt eines Hügels. Während ich dort noch herumtrampelte, stürmte ein Stoßtrupp zwischen den Bäumen hervor.

Schwarze Jungs auf Mopeds. Zwanzig Jungs auf zehn Maschinen. Saßen zu zweit auf den Sitzen. Zwei hockten sogar auf Lenkstangen, was ja sehr gefährlich ist. Sie fuhren schnell und riskant und brüllten Ishkabibbles Namen.

Als ich ihn wieder aus dem Wohnwagen ließ, war er mir etwas schuldig.

Ich wartete. Er ging nach Hause und kam nach einer Viertelstunde wieder.

Als er weg war, öffnete ich noch einmal die Wohnwagentür. Da ich keine Schuhe, sondern Stiefel anhatte, störte mich das Wasser nicht weiter. Ich stieg hinein und schloß die Tür. Die Schräglage war nicht sehr stark. Gras und Unkraut wuchsen im Innenraum. Ich konnte sie nicht genau erkennen, spürte sie aber an meinen Hosenbeinen. Manche reichten mir bis zum Schienbein. Ein Wattenmeer im Wohnwagen; der Wohnwagen im Park; der Park in meiner vorstädtischen Wohngegend. Ich kann die Leute einfach nicht verstehen, wenn sie «Zurück zur Natur» sagen. Als ob es die nicht mehr gäbe!

Ishkabibble kam zurück und rief nach mir. Als ich aus dem Wohnwagen kletterte, sagte er: – Ich weiß, daß du davon geträumt hast.

Ich sah mir das Buch nicht an, sondern nahm es nur ganz fest in meine Hände.

Gebunden. 184 Seiten. Damit hätte ich Nägel einschlagen können. So stark kam ich mir vor. Ich wog es ein paarmal in einer Hand, um das Gewicht abzuschätzen. Die Seitenzahlen standen unten, zentriert unter dem Text. Das

Papier war dünn, und ein paar Seiten waren verschmutzt, aber ich erkannte jede einzelne Zeile wieder. Es hatte knallrotes Vorsatzpapier. Auf der ersten Seite prangten mein Name, der Verlag (Rahsaan Robinson Press; Tattleback, Connecticut) und der Titel: *Mord ist mein Geschäft*.

Es hatte keinen Schutzumschlag, aber das war mir egal. Diese Plastikdinger verliere ich sowieso immer.

– Was ist hier denn passiert?

– Das hat der Drucker versägt, sagte Ishkabibble. Tut mir leid.

Auf dem türkisfarbigen Einband stand kein Titel, sondern nur mein Name. In Goldprägung. In Großbuchstaben. ANTHONY JAMES.

Ich zeigte auf die beiden Worte. – Da kommen die Leute doch auf ganz falsche Ideen, was drinsteht.

Und trotzdem. Konnte ich da überhaupt noch verärgert sein? Mit diesem Kleinod in meinen Händen?

Auf den meisten Seiten standen zwei Artikel, auf manchen auch drei. Sie waren angeordnet wie in jedem Wörterbuch. Alphabetisch. A. G. J. Sogar unter Q gab es welche. *Quallen des Schreckens, Quälgeister der Hölle, Quetzalcoatl wittert Blut.*

– Setzen wir uns doch einen Moment, schlug er vor.

– Hast du denn Lust dazu?

Er lachte, und wir gingen zu einer Bank. Als wir uns gesetzt hatten, las ich ihm vor. Nur ein paar ganz kurze Einträge. *Es erwachte bei Nacht. Verblutet. Willie, der Ausweider.*

Er fragte: – Warum bist ausgerechnet du mein bester Freund?

35

Ich hatte mein Buch. Und was hatte meine Schwester gewonnen?

Auch ein Buch. Ein Coupon-Buch. 40 Prozent Preisnachlaß in den meisten Geschäften von Lumpkin. Eine kostenlose Busreise nach Lumpkin. Und eine Einladung, am Wochenende vom 5. bis 7. Januar nächsten Jahres für zwei Farbfotos zu posieren. Anschließend sollten die Fotos in *Hoddman's Sonntagsblatt* veröffentlicht und bei Erscheinen mit 600 Dollar honoriert werden.

Onkel Langarm profitierte aber noch mehr. 1997 kamen Anständige-Mädchen-Aspirantinnen bereits aus jedem Landkreis in Virginia.

Besser als das alles zusammen war aber eine Enzyklopädie. Sobald ich sie in Händen hielt, hüpfte ich vor Freude durch die Gegend.

Als ich aus dem Park wieder nach Haus kam, fragte ich Nabisase, ob sie mit mir ins Kino gehen wollte. Wir beide hatten ja Erfolge zu feiern. Sie lehnte ab und rief statt dessen Ledric im Krankenhaus an. Quasselte die ganze Nacht mit ihm.

Am nächsten Tag, dem 23., fragte ich sie abends nach der Arbeit noch einmal. Am Freitag, dem 24., desgleichen. Nabisase blieb bis Samstag gegen 13 Uhr unnachgiebig. Ich hauste in Mamas altem Zimmer. Das war jetzt meins.

– Ledric sagt, daß ich mehr aus mir machen soll.

Ich lag auf dem Bett, das ich aus dem Keller hochgeschleppt hatte. – Wieso hast du ihn denn überhaupt gefragt?

– Weil ich jeden Tag mit ihm rede, sagte sie. Er wird morgen entlassen.

– Hat seine Familie je das Geld geschickt, das sie ange-
kündigt hat?

– Ich hab's bislang nicht gesehen.

Es war der 25. November. Statt mit dem Wagen zu fahren, gingen Nabisase und ich zu Fuß. Sie war dreizehn, und
ich war dreiundzwanzig.

Wir gingen durch den Brookville Park zur Innenstadt, einem aus drei Häuserblöcken bestehenden Geschäftsviertel.
Key Food, zwei Eckläden, ein koreanischer Lebensmittel-
laden und vier Friseursalons. Es gab auch eine kleine Filiale
der öffentlichen Bibliothek, die aber zumeist nur wegen
ihrer freien Toiletten frequentiert wurde. Ich zog meine
Schwester über die Straße und kniff ihr in die fleischigen
Ohrläppchen.

– Die lassen wir jetzt mal stechen, sagte ich.

Nabisase klammerte sich an eine Parkuhr. – Du hast gesagt, daß wir nur ins Kino wollen.

– Ich dachte nur, daß du dir die Ohrläppchen jetzt auch
gleich stechen lassen kannst, wo wir sowieso unterwegs
sind.

Sie lächelte nicht. Aber ich. Ich hatte endlich meine
Enzyklopädie der Horrorfilme. Hab ich das eigentlich schon
erwähnt?

Nabisase blickte den Häuserblock entlang. – Ich hatte
immer gedacht, daß ich das mal mit Mama machen würde.

Meine Schwester legte das Kinn auf die Parkuhr. – Sie
fehlt mir.

Ich zog Nabisase in das Juweliergeschäft, in dem auch
Kleintiere verkauft werden. Es lag zwischen einem Waschsalon und einer Pizzeria. Sie war empört, weil sie den Laden
unter Niveau fand.

– Wie wär's mit der *Piercing-Pagode* im *Green-Acres*-Ein-
kaufszentrum? fragte sie.

– Das ist genausoweit weg wie das Kino. Zwanzig Minuten von hier. Und hier sind wir nun mal.

Nabisase rieb sich so heftig die Ohren, als wollte sie sie sich abreißen. – Ich hab gesehen, daß du bei Miß Unschuld die Leute reingelassen hast, sagte sie.

– Aber du siehst doch, wie toll das alles für dich gelaufen ist.

– Soll ich mich jetzt etwa auch noch wegen der Anständigen Mädchen bei dir bedanken?

Im vorderen Teil des Ladens wurden Tiere verkauft, und hinten lag der Schmuck unter einem Glastresen. Bekanntlich gibt es mehr als eine Weise, an Geld zu kommen. Mit etwas mehr Platz hätten sie auch noch Kekse in Tüten verkauft, 50 Cent pro Stück.

Die Ladenbesitzerin war hinten beim Schmuck; sie trug ein hellgrünes Kopftuch. Bei ihr war noch eine andere, großgewachsene Frau, die sich von der Schmuckauswahl bislang unbeeindruckt zeigte. Die Kundin schob sich die Handtasche von einer Schulter auf die andere, machte aber keine Anstalten, sie zu öffnen und ihr Geld zu zücken. – Geht's dir gut? fragte sie plötzlich.

Ich wollte schon antworten, als eine Kinderstimme erscholl. – Ja, Mama, komm mal die Fische gucken!

An den Ladenwänden standen Terrarien mit Eidechsen und Schlangen, manche grün, andere braun oder schwarz. Zwei zwei Meter fünfzig hohe und fünf Meter lange Aquarien teilten den Laden in Gänge auf.

Die Sonne schien, aber wir hatten noch unsere warmen Winterklamotten an. Im Laden war es stickig. Es roch nach feuchten, bemoosten Steinen. Ich reckte meine Wampe vor, bis sich mein Hemd so stark spannte, daß beinah die Knöpfe abrissen. Ich machte das, um meine Schwester zum Lachen zu bringen, aber meine Unzulänglichkeiten fand sie längst nicht mehr lustig.

Nabisase und ich sahen in ein Terrarium, in dem zehn Eidechsenbabys herumkrochen. Sie purzelten übereinander und standen sich gegenseitig auf den Köpfen. Alle zusammen wandten sich uns zu und glotzten uns an.

Das Kind, das seine Mutter gerufen hatte, Fische zu gucken, erschien jetzt in schwarzen Jeans, einem schwarzen Sweatshirt und blauer Mütze, aber ohne Ringlöcher in den Ohren.

– Das sind bärtige Drachen, sagte sie.

Ich klatschte mir auf den Bauch wie der alte Mann, für den sie mich sowieso halten mußte.

– Ach, wirklich? fragte meine Schwester.

– Schlangen sind aber besser. Eidechsen und Fische sind langweilig.

– Vielleicht finden die dich auch langweilig, sagte ich zu dem Mädchen.

Nabisase sagte: – Halt die Klappe, Anthony.

– Tut mir leid, aber wie kommt sie denn dazu, die Tiere zu kritisieren?

Das Mädchen lächelte, als hätte ich etwas Nettes gesagt, weil ich einen freundlichen Ton angeschlagen hatte. Dann reckte sie ihren Daumen hoch.

– Das ist dein Daumen, sagte ich beiläufig.

– Und das ist mein kleiner Finger.

Die Mutter blickte streng zu uns hinüber. – Was machst du denn da, Samarra?

– Nichts, Mama.

Das kleine Mädchen sah mich an, als ob sie mir einen Dienst erwiesen, mir vielleicht sogar das Leben gerettet hätte.

Sam zog Gummibonbons aus ihrer Hosentasche, warf

das Päckchen hoch und fing es auf. Zwischen ihrem Sweatshirt und den Jeans lugte ihr kleiner Bauch hervor. – Pop-Rocks! kreischte sie.

– Samarra Kroon, du hörst sofort mit dem Gebrüll auf!

Sam kaute auf einer Handvoll der roten Bonbons herum und öffnete dann den Mund, um den wissenschaflichen Beweis zum Phänomen der Aufblähung zu demonstrieren.

– Hast du dir die etwa alle auf einmal in den Mund gesteckt? fragte Nabisase. Sie hockte zwischen mir und dem Mädchen, aber durch Freundlichkeit ließ das Kind sich nicht bestechen. Sam sprach exklusiv mit mir. – Weißt du, welcher Finger das ist?

– Weißt du's denn? fragte ich zurück.

Sie schielte schüchtern zu ihrer Mutter hinüber und wandte sich dann Nabisase zu, die gegen ein Terrarium mit Schildkröten klopfte, um die Gesprächshoheit von mir zurückzuerobern.

– Das ist der Mittelfinger, antwortete ich für sie.

Sam grinste breit. – Ah, ah, sagte sie. So heißt der nicht.

– Dann sag mir doch mal, wie der heißt.

– Das ist der Fick-dich-Finger, flüsterte sie.

– Und den willst du mir zeigen? fragte ich.

Sam lachte.

Nabisase lachte nicht. – Laß uns gehen, Anthony.

– Nein, sagte ich laut zu Samarra Kroon. Fick dich doch selbst.

Und jetzt rauschte ihre Mutter heran, umgeben von einer blauen Flamme der Empörung.

– Hände weg! schrie sie. Verdammte Scheiße, nehmen Sie bloß Ihre schmutzigen Finger von meiner Tochter!

Die kleine Samarra fing an zu heulen. Die Ladenbesitzerin griff unter den Tresen, und ihr Mann eilte aus einer Bürotür hinzu. Meine Schwester hätte mir beistehen und erklären können, daß ich immer Scherze mit Kindern mache, aber meine Schwester nahm Reißaus. Ich mußte ganz allein auf die Straße laufen und an der nächsten Ecke auf sie warten.

Vor dem Kino schäumte ich vor Wut und japste nach Luft. Von dem Eidechsenladen waren wir sehr schnell bis hierhergelaufen. Ich hatte Angst, daß Sams Mutter mich verfolgte.

– Ich hatte gehofft, daß du mir helfen würdest, sagte ich.

Nabisase wollte die Angelegenheit nicht weiter diskutieren. Ich stand hinter ihr in der Warteschlange vorm *Sunrise Cinemas Multiplex* und drückte ihr mit dem Daumen gegen den Rücken. Wenn sie mir nicht antworten wollte, mußte ich sie eben ärgern, denn einfach ignoriert werden wollte ich nicht. Seit der Einführung von Metalldetektoren war der Einlaß in Kinos zu einem langwierigen Prozeß geworden. Meine Schwester sah mich nicht so an, wie ich es gern wollte.

– Welchen Film willst du sehen? fragte ich sie.

Sie war abgelenkt, rieb sich einen kleinen Korken unter die Nase. Und ich war zu wütend, um mir darüber Gedanken zu machen.

– Warum bist du überhaupt mitgekommen, wenn du nicht mit mir reden willst?

Sie merkte, daß ich die Stimme gehoben hatte, und drehte sich zu mir um. – Den gleichen Film, den du sehen willst.

Dann sah sie wieder an mir vorbei oder durch mich hindurch, wandte mir den Rücken zu und schnüffelte wieder an dem kleinen Verschluß herum.

– Was ist das? fragte ich sie, als die Schlange vor uns ins Stocken geriet.

– Hat Onkel Allen mir geschickt, sagte sie. Es war auch

in meinem Gewinnpaket, aber ich weiß nicht, warum. Er riecht so merkwürdig.

Sie gab mir den Korken mit einer so selbstverständlichen Geste, daß sie wohl wirklich eine Antwort von mir erwartete und hoffte, daß ich auch eine hatte. Hätte sie von mir keine Hilfe erwartet, hätte sie mir erst gar nichts erklärt.

Nachdem ich eine Minute an dem Korken herumgeschnüffelt hatte und den Geruch nicht identifizieren konnte, nahm ich ihn in den Mund.

– Ach, Anthony, sagte meine Schwester.

– Es ist scharf und süß zugleich. Paprika und Pfefferminz.

– Hast du das denn schon mal gerochen? Sie wurde zutraulicher.

– Noch nie, log ich.

Der Korken war jetzt vollgesabbelt. Ich hielt ihn ihr unter die Nase. – Kann ich ihn behalten?

Sie zuckte mit den Schultern. – Du tust ja so, als wär das 'ne Weihnachtskarte.

Der Film lief im kleinsten Saal ganz links hinten. Ich ging hinter meiner Schwester her. Den Süßigkeitenstand passierte ich so souverän, daß das komplette *Haus der Heilung* mir applaudiert hätte. Das einzige Anzeichen dafür, daß ich die Süßigkeiten im Vorbeigehen wahrgenommen hatte, bestand in einem Schweißfleck auf meiner Oberlippe.

Ich hatte Probleme mit dem Sitz. Für mein Format war er einfach nicht ausgelegt. Ich mußte mich hineinzwängen. Ich wand und drehte mich und stöhnte dabei ein paarmal.

– Bitte, sagte Nabisase leise, nun entspann dich doch endlich.

– Der Sitz ist zu klein, und ich bin zu dick, aber vergiß das jetzt mal. Ich möchte mit dir über ein paar Dinge reden, die ein Mädchen in deinem Alter wissen muß.

Aber sie ließ sich von allem möglichen ablenken, von Paaren, einer Familie, dem Luftzug, der durch die offenen Türen wehte. Alles interessierte sie. Nur ich nicht. Aus den Saallautsprechern säuselte Musik, und das Licht war noch an.

– Hast du schon mal was vom toxischen Schocksyndrom gehört? fragte ich sie.

Das Vorprogramm hatte begonnen, und im Saal war es jetzt nur noch halb so hell wie zuvor. Wir waren noch sichtbar. Ich sah, daß sie sich die Stirn rieb. – Anthony, bitte.

– Toxisches Schocksyndrom, sagte ich laut. Niemand machte pst. Für eine Unterhaltung saßen wir im richtigen Kino. In unserer Nähe plauderten auch andere Paare angeregt miteinander.

– Ich hab das gefunden, als ich Mamas Zimmer aufgeräumt habe.

Es handelte sich um die Gebrauchsanweisung aus einer Schachtel Playtex-Tampons, in der nicht nur die Anwendung beschrieben wurde, sondern auch das TSS.

Ich muß zugeben, daß meine Schwester sich sehr reif verhielt. Sie stand einfach auf und ging weg.

Sie setzte sich ein paar Reihen weiter auf die andere Seite des Gangs. Ich sah, wie sie auf einem freien Sitz Platz nahm. Ich sank tiefer in meinen eigenen Sitz und kam mir besiegt vor. Ich zog den Korken aus der Tasche und schmeckte die Nacht in Miser's Wend, Virginia. Onkel Langarm und ich waren jetzt quitt.

Hinter mir! Die Kinotüren öffneten sich. Beide. Ließen Licht hinein, und ich sah mich um. So wütend, daß ich mich hätte prügeln können. Er war es! Ledric Mayo. Stand in der Tür.

Kam in den Saal. Reckte seine erdbeerförmige Nase vor, als wollte er meine Schwester erschnüffeln.

Ich hatte gedacht, daß er erst morgen entlassen werden sollte, aber jetzt war er hier bei uns im Kino am Sonntagnachmittag. Er war nicht mal richtig angezogen. Der Typ hatte immer noch seinen Krankenhauskittel an. Vorn war er geschlossen, ließ sich aber nicht zubinden, und so stand er hinten offen und ließ tief blicken.

Er bewegte sich ganz langsam, weil in seinem Arm noch eine Kanüle steckte. Außer mir nahm niemand im Kino Notiz von ihm. Die Kanüle war mit einem Schlauch verbunden, den Ledric hinter sich her zog. Ein Zeppelin von Mann zog einen langen, dünnen Silberfaden mitten durch ein Kino.

Ledric kam an mir vorbei, setzte sich aber neben sie. Nabisase reagierte so erfreut, als hätte sie ihn erwartet. Er streckte einen seiner fetten Füße auf den Gang hinaus.

Die Leinwand wurde hell, flackerte über unsere Gesichter. Ein Lagerfeuer.

Ich lehnte mich so weit im Sitz zurück, daß ich das Gefühl bekam zu fallen. Das verursachte ein fürchterliches Krachen im Kino. Als ich mich wieder vorbeugte, suchte ich meine Schwester und ihn.

Da waren sie!

Nein.

Da.

Sein Arm schon über ihrer Schulter, ihre rechte Hand auf seinem Schoß.

Sie massierte seinen Oberschenkel.

Ich hätte gern weiter weg gesessen.

Ich versuchte aufzustehen, war aber so fest in den Sitz gepreßt, daß ich ohne fremde Hilfe nicht mehr hochkam.

Also blieb ich sitzen.

Ich versuchte, mich auf den Film zu konzentrieren.

Als ich wieder zu meiner Schwester blickte, war von ihrer rechten Hand kaum noch etwas zu sehen. Sie steckte in seiner Hose. Im Reißverschluß. Fummelte da herum, als würde sie Drähte entwirren.

Er senkte den Kopf und versuchte sie zu küssen, aber ihr Gesicht war immer noch unten, um die Fummelei im Blick zu behalten. Außerdem war ihm sein Bauch im Weg.

Als der Soundtrack anschwoll, schien auch die Leinwand heller zu werden.

Oh, was war denn das?

Hing er raus?

Wieso riß meine Schwester an ihm herum?

Sie bog seinen Penis wie einen Plastiktrinkhalm, und er hatte Glück, daß er immer noch weich genug war, um so verdreht werden zu können.

Nabisase ging jetzt richtig ran. Mit Erfolg. Die Leinwand erleuchtete sie so, wie ich sie nie sehen wollte.

Er lehnte sich zurück.

Es gibt nie den richtigen Moment, in dem man gern seine Schwester beim Schwanzlutschen beobachtet.

Ich beugte mich vor, aber nicht um zu kotzen, sondern um nach Luft zu ringen. Ich konnte einfach nicht wegsehen. Die dunkle Silhouette von Nabisases Kopf bewegte sich langsam hin und her. Dann stieß Ledric seine Zehen vor und zurück, als strampelte er auf einem Fahrrad.

Je heftiger er mit den Füßen trat, desto dicker wurde sein Bauch. Er blähte sich zur Größe eines Wetterballons auf, aber weder sie noch er begannen zu schweben. Bald konnte ich kaum noch das Gesicht meiner Schwester erkennen, weil es hinter seiner aufblasbaren Wampe verschwand.

Ich wollte ihr zurufen: Sei doch nicht so. Nicht so ungezogen. Anständiges Mädchen.

Es war Samstag, der 25. November, 17 Uhr. Und es war das erste Mal, daß ich aus einem Kino geworfen wurde. Nur weil ich meiner Schwester verbieten wollte weiterzulutschen, löste ich einen Tumult aus und zerbrach fast den laut knarrenden Kinositz. Beugte mich vor und zurück, wieder und wieder, weil ich hoffte, daß das Knirschen meine Schwester ablenken würde, aber das klappte nicht. Sie machte weiter. Ledric auch. Sie waren die einzigen im ganzen Saal, die nicht sauer auf mich waren.

Ich schwitzte an der Taille, aber meine Füße waren eiskalt. Ich war so überdreht, daß ich schließlich doch die Kraft fand, mich aus dem Sitz hochzureißen. Dann schrie ich den Namen meiner Schwester. – Nabisase!

Als kleiner Junge war ihre Geburt das einschneidendste Ereignis meines Lebens. Als ich zehn Jahre alt war, besuchte uns einmal mein Vater. Eines Nachmittags trank er mit mir Dosenbier auf einer Parkbank. Er brachte mich auf den Gedanken, daß Männer mit Brillen gut aussehen können. Den Rest seines Besuchs verbrachte er damit, meiner Mutter nachzusteigen. Nach ein paar Tagen machte er sich wieder aus dem Staub. Neun Monate später kam meine Schwester zur Welt.

Ihre Existenz war für mich wie eine Beförderung: Ich war nun kein Einzelkind und auch kein kleiner Junge mehr. Im Verlauf von zehn Jahren war ich nicht so schnell gereift wie an dem ersten Abend, als ich sie auf den Arm nahm. Stützte mit einer Hand ihren Hinterkopf.

– Nabisase! brüllte ich noch einmal.

Hinten öffneten sich die Türen, und ein Platzanweiser kam herein, während ich beobachtete, daß meine Schwester aufstand. Ledric hatte sich in Luft aufgelöst, und ich wunderte mich, daß ein fetter Mann so schnell verschwinden kann. Nabisase lief zum anderen Ausgang unter der Leinwand. Die Hände vor Mund und Nase geschlagen, um ihre Schande zu verbergen.

36

Als ich aus dem Kino nach Hause ging, waren meine Hände so steif, als litte ich unter einer Knochenerkrankung. Unser Block an der 229. Straße war jetzt am frühen Abend sehr still. Als ich mich räusperte, hallte das Geräusch nach.

– Na, biste auch hier draußen? fragte der Präsident, der auf seinen Eingangsstufen saß. Die Silhouette der Hecke sah aus wie das böse Ende einer Messerstecherei.

– Nur wir beiden, stimmte ich ihm zu und lehnte mich an den Zaun, was allerdings eine grundfalsche Bewegung war, weil sie den Dobermann aufschreckte. Er kam knurrend aus dem Hintergarten.

– Kusch, befahl der Präsident. Kusch! versuchte er es ein zweites Mal.

Half aber nichts. Der Mann mußte erst seinen Sohn rufen. Candan erledigte es auf die lässige Tour. Als er auftauchte, sagte er einfach: – Ruhig, Viper. Der Hund fixierte mich nicht mehr und folgte Candan ins Haus.

– Wie kann man nur seinen Hund nach 'ner Schlange nennen? fragte ich, sobald Candan mit Viper im Haus verschwunden war.

– Er hat ihn nach dem Autotyp genannt, sagte der Präsident.

Ich würde zwar nie behaupten wollen, daß dieser Mann meine Gesellschaft genoß, aber sein eigener Sohn war garantiert nicht sein Freund. Der Präsident nahm seine Brille ab, so daß seine sowieso schiefstehenden Augen nun aus den äußersten Winkeln schielten. Ich schaute weg, um nicht lachen zu müssen, weil der Mann eigentlich ganz in Ordnung war.

– Er arbeitet hart, nickte der Präsident. Der Junge wird bald 'n Haufen Geld verdienen, und seine Mutter und ich können die Unterstützung gut gebrauchen. Er zahlt jetzt schon die halbe Hypothek, sagte der Präsident.

– Ach, tatsächlich?

– Scheiße, ja doch. Da kann er sich dann im Haus auch ruhig etwas breiter machen. Ich versteh das ganz gut, sag ich immer zu mir.

Candan kam dreimal an die Seitentür. Ich hielt das erst für Eifersucht, aber dann verstand ich es als Revierinstinkt. Ich hatte den Eindruck, daß Candan seinen Vater am liebsten in einem Einmachglas gehalten hätte, wenn das möglich gewesen wäre.

Der Präsident trank sein Bier aus. Das Etikett hatte er von der Flasche gelöst. Er klebte es neben zwei andere Etiketten auf die Treppenstufe. Ich brachte die drei Flaschen zum Recyclingeimer, und als ich wiederkam, sagte er: – Du bist wirklich der netteste Nigger seit Moses.

– War der denn nett?

– Scheißegal! Ich rede doch von dir.

Es sah nicht danach aus, als würde es in diesem Jahr viel Schnee geben; das war mir aber ganz recht, weil es dann auch nicht so viel zu schaufeln gäbe.

– Du schiebst ganz schön viel Überstunden, sagte der Präsident. Ich seh ja, wenn du kommst und gehst. Frag mich, ob du arbeiten gehst oder ficken.

– Die Frau, mit der ich zuletzt was hatte, ruft nicht mehr an.

– Kann vorkommen. Meine Frau läßt mich auch nicht mehr ran, seit unser Sohn wieder zu Hause wohnt.

– Wie lange ist das schon her?

– Etwa 'n Jahr, würd ich sagen.

– Ich hab's noch viel länger ohne ausgehalten, gab ich an.

– Aber ich hab sie schließlich geheiratet!

– Hör auf mit dem Scheiß! kommandierte Candan von drinnen.

Der Präsident leckte sich ein paarmal die Lippen und setzte sich dann eine frische Flasche Bier an den Hals.

– Deine Mutter ist weg, stimmt's?

– Woher wissen Sie das?

– Vier Leute fahren los, und nur drei kommen wieder. Sieht doch 'n Blinder. Und C.D. hat gestern abend geweint.

Ich klopfte mir gegen die Schenkel, weil ich nicht die Absicht hatte, Mitleid für Candan aufzubringen.

– Ich hab mir schon allerlei Hoffnungen gemacht, als du eingezogen bist, sagte der Präsident. Dachte, daß du euer Familienleben auf Vordermann bringst.

– Und wie sieht's mit Ihrem Familienleben aus?

– Wieso er und ich so miteinander umgehen, darauf kommst du nie. Das ist ganz anders als bei euch.

Candan rief, sein Vater solle hereinkommen, aber ich sagte, er solle noch bleiben.

– Er braucht wahrscheinlich meine Hilfe, um seine Mutter vom Fernseher wegzuschaffen. Die Pferdewetten haben uns in diesem Jahr mehr Geld gekostet als die Steuern.

– Klingt ja so, als müßten Sie sich mit 'nem Haufen Probleme rumschlagen, sagte ich.

– Tja, wer muß das nicht, Dickerchen? Hast du vielleicht 'ne Idee?

– Manchmal kann das richtige Wort den ganzen Tag retten, sagte ich.

Der Präsident schüttelte den Kopf. – Sag mir, daß du mich liebst, und ich mach dir 'ne Szene.

– Papa! kommandierte Candan. Der Präsident ging hinein.

Ich stand auf ihren Stufen und starrte die Tür an. Es war egal, ob ich es schrie oder flüsterte, aber ich sagte es immerhin.

– Engagier dich.

37

Solange sich Vater und Sohn drinnen anbrüllten, blieb ich noch im Präsidentengarten, suchte allerdings das Weite, als Candan den Dobermann durch die Seitentür hinausließ. Ich hörte seine Krallen über den Zement der Einfahrt kratzen und machte mich vom Acker.

Ein veritabler Volkswagen Jetta parkte hinter meinem Oldsmobile Firenza in unserer Einfahrt, aber Oma hatte sich ja wohl kein neues Auto gekauft, während Nabisase und ich im Kino gewesen waren. Vom Garten aus konnte man nicht ins Haus blicken, weil sich das Vorderfenster in zwei Meter Höhe befand. Ich überquerte die Straße, stellte mich in den Garten des Ehepaars mit dem Campingbus und sah, daß in unserem Wohnzimmer Licht brannte. Der Schein fiel durchs Vorderfenster.

Drinnen sah ich meine Schwester mit zwei unheimlich riesigen Gestalten. Ob es Männer oder Frauen waren, konnte ich nicht erkennen, aber sie waren so groß wie Luftschiffe. Und sie waren im Haus, bewegten sich dort langsam hin und her und sprachen mit meiner Schwester; es war, als sähe ich die Albträume im Kopf eines Monsters mit eigenen Augen.

Ich wollte auf keinen Fall einfach so ins Haus marschieren, weil sie vielleicht zwei Schläger angeheuert hatte, um mich wegen des Debakels im *Sunrise*-Kino zu verprügeln. Aber warum sollte sie überhaupt wütend auf mich sein?

Also lief ich durch den Garten zum Hintereingang, wo die Luft vom Honigduft des Waschmittels geschwängert war. Im Garten des Nachbarhauses, nicht das des Präsidenten, sondern das der High-School-Lehrerin von der anderen Seite, hing noch Wäsche auf der Leine. Beim Duft der sauberen Wäsche sehnte ich mich zu meinem Putzjob zurück.

Die Kellertür, der dritte Eingang zu unserem Haus, ließ sich so leicht öffnen, als stünde ich unter Atomstrom. Ich berührte die schwere Tür nur flüchtig mit der Hand, und schon schwang sie auf.

Ich spürte gewaltige Kräfte in mir, hatte allerdings auch den Schlüssel.

Es war düster, aber den Grundriß des Kellers hatte ich im Kopf. Ich war jetzt im Haus, und die anderen ahnten von nichts. Wieder fühlte ich mich stark. Ruhig. Unverwundbar.

Nur noch fünf Meter von meinem Buch entfernt; es lag in der Dunkelheit auf meinem Bett.

Die Tür am oberen Ende der Kellertreppe stand ein paar Zentimeter auf, weit genug, um ins Wohnzimmer äugen zu können. Die Stufen knarrten nicht; ich war auf einmal ganz leicht.

Die beiden größeren Gestalten waren Frauen. Sie schienen mit einer unsichtbaren Kette aneinandergeschmiedet zu sein. Beide trugen schwarze Taschen, nicht aus Leder, sondern aus Plastik. Sie setzten sie gleichzeitig auf dem Wohnzimmertisch ab und nahmen dann Platz. Da kein Tuch auf dem Tisch lag, ließ die weiße Platte die Taschen gleichzeitig dunkler und heller erscheinen.

Nabisase kochte Tee für die Frauen.

Sie stellten sich Oma als Merril und Devona vor. Das hörte ich genau. Dann halfen sie meiner Großmutter aus dem Wohnzimmer zurück in ihr Bett.

Vielleicht waren es Bullen. Ob Nabisase mich wegen der heutigen Szene im Kino verhaften lassen konnte? Wir hatten meine Mutter nie abholen lassen, aber ich hatte gehört, daß so etwas grundsätzlich möglich war.

Merril und Devona trugen die Hare kurz, knapp und dicht an den Schädeln. Während sie auf meine Schwester warteten, spielten sie mit Dingen herum, die sich in ihrer Reichweite befanden. Einige Fotos. Das Coupon-Buch. Stifte. Mein Buch. Mein Buch! Mein Buch war aus meinem Zimmer entwendet worden!

Am liebsten wäre ich ins Wohnzimmer gestürmt und hätte es an mich gerissen, aber was, wenn es sich nun wirklich um Ermittler handelte?

Nabisase kochte Wasser in einem Topf und warf dann den Tee hinein. Nicht in einen Kessel, sondern in einen kleinen Topf mit Deckel. So hatten Mama und Oma uns das beigebracht. Als nächstes schüttete sie Milch dazu. Dann krümelte Nabisase noch etwas Ingwer hinein. Sie schaltete den Herd ab, als der Tee aufbrodelte und sich dann in eine stille Flüssigkeit verwandelte. Das Getränk atmete steigenden Dampf aus. Sie schüttete den Tee durch ein Sieb, um die Blätter abzugießen.

Die Frauen waren von ihrer Kirche. Aber konnte man das so genau wissen? Eine halbe Stunde lang sprach keine der beiden vom Herrgott. Schließlich kam das Gespräch auf Nabisases Fernsehauftritt. Sie brauchten derart lange, um das Thema anzuschneiden, daß sie haarklein geplant haben mußten, wie sie die Sache angehen wollten.

– Und als uns klar wurde, daß es um dich ging, da sind wir fast vom Stuhl gefallen.

Merril, die dickere der beiden, sagte: – Das stimmt. Ist nicht übertrieben. Mrs. Hubbard hat's uns erzählt. Sie hat dich auf Video aufgenommen! Du hast da wirklich gut ausgesehen.

– Kann ich davon eine Kopie bekommen? fragte meine Schwester.

– Das läßt sich bestimmt machen.

Devona sagte: – Nachdem wir davon erzählt haben, wollten dich viele Leute aus der Kirche kennenlernen.

Meine Schwester fragte: – Tatsächlich?

– Ich meine natürlich die Jugendlichen in deinem Alter. Sie wollten hören, was du zu erzählen hast. Ich meine, du warst immerhin im Fernsehen! Du könntest so viele Leute erreichen.

Merill schien die Seriösere der beiden zu sein. Devona stand immer mal wieder auf und sah sich die gerahmten Familienfotos auf dem Unterhaltungsregal an. Sie erkundigte sich nach jeder einzelnen Person. Nachdem sich diese Erklärungen erschöpft hatten, gelang es ihr nicht länger, höflich zu bleiben, sondern sie fragte: – Was ist das denn?

– Devona!

– Tut mir leid, ich möchte es ja nur wissen.

– Das hat meine Mutter gemacht, sagte Nabisase. Es war die Büste Sidney Poitiers, die zerbrochen war.

– Schade, daß wir sie nicht kennenlernen können, sagte Devona.

Nabisase rieb sich das Zwerchfell. – Ich weiß nicht. Vielleicht klappt das ja noch mal.

Ich bückte mich jetzt nicht mehr, sondern stand aufrecht hinter der Tür. So konnte ich erkennen, daß Nabisase alle Scherben zusammengesucht hatte, nachdem ich Mamas Schlafzimmer aufgebrochen und sie die Büste zerschmettert hatte. Sie lagen in einem kleinen, orangefarbenen Blumentopf. Die Stückchen reichten bis zum Rand. Das einzige Teil, das noch halbwegs an menschliche Gesichtszüge erinnerte, war Mr. Poitiers runde, platte Nase. Nabisase hatte die Nüstern oben auf die Scherben gelegt und den Blumentopf mitten auf den Wohnzimmertisch gestellt. Das mußte sie heute nach dem Kino gemacht haben. Von meinem Standpunkt sah es so aus, als wollte sie eine Person im Topf züchten.

Devona berührte den unteren Teil des Topfes. – Die Nase sieht ja wirklich gut aus.

– Sie sah noch viel besser aus, bevor die Büste runtergefallen ist, sagte meine Schwester.

Gut! Im Sinne von «gut gemacht»! Ich wäre fast rückwärts die Treppe runtergefallen. Ich dachte erst, daß sie log oder einen Witz machte oder etwas durcheinanderbrachte, aber das wehmütige Flüstern meiner Schwester ließ erkennen, daß sie die Büste so in Erinnerung behalten wollte. Ich stellte mir vor, wie sie zu Ledric sagen würde: Meine Mutter war eine große Künstlerin. Und das dann auch noch selbst glauben würde.

Wenn sie gekonnt hätte, wäre Devona nach einer geschlagenen Stunde gedämpfter Konversation wohl am liebsten aus dem großen Vorderfenster gesprungen. Während sich Merril und meine Schwester immer näherkamen, riß bei Devona der Geduldsfaden. Sie rückte mit ihrem Stuhl Stück für Stück vom Tisch ab.

Merril sagte: – Um auf den Punkt zu kommen, Nabisase. Warum hast du uns heute abend angerufen?

Meine Schwester schluchzte unterdrückt vor sich hin. Die Tränen ließen Devona wieder dichter an den Tisch rücken.

– Ich möchte niemanden hassen, flüsterte meine Schwester. Aber ich glaube, daß ich jemanden hasse.

Merril trank ihren Tee aus, ein oder zwei Schlückchen.

Das gab Nabisase die Gelegenheit zu zittern, bis Merril dem Mädchen mitleidsvoll um den Hals fiel. Man hörte Oma in ihrem Schlafzimmer rumoren, aber ihre Aktivitäten klangen eher vernachlässigbar. Ich bezweifelte, daß sie heraushumpeln und etwas sagen wollte.

Nabisase sagte: – Ich erinnere mich daran, daß die Kir-

che Ms. Petit geholfen hat, eine Wohnung zu finden, als sie
mit ihren Kindern ihren Mann verlassen wollte.

Devona nickte.

Merril schlug entschlossen auf den Tisch. – Die Leute
wissen jetzt, wer du bist. Ich bin sicher, daß sie sich darum
reißen würden, einen Fernsehstar bei sich aufzunehmen.
Das können sie dann all ihren Freunden erzählen!

Nabisase lachte mit.

– Wir wollen ja nur helfen, sagte Merril.

Als sie die Heilige Schrift lasen, setzte sich Merril eine
Brille auf, und sogar Devona feixte nicht mehr soviel herum.
Ich kroch auf die andere Seite der Tür.

Nabisase sagte: – Ich weiß, daß viele Leute so etwas sagen, aber wenn ich Selwyn auch nur eine einzige Frage stellen dürfte, würde ich gern wissen, warum er einige Menschen in meiner Familie so krank gemacht hat.

– Ist das die einzige Frage, die du an Ihn richten würdest? fragte Merril. Wenn das so ist, liebes Kind, dann bist
du ein glücklicher Mensch.

Ich sah, daß Merril nun erstmalig wütend wurde; damit
entlarvte sie sich mir gegenüber, aber nicht gegenüber meiner Schwester. Eine fünfzigjährige Frau, die gekommen war,
um einem hübschen Teenager zu helfen, einem Mädchen, das
aus purem Zufall in eine landesweit ausgestrahlte Fernseh-
show geraten war. Ein paar lockere Schräubchen in der Familie waren da doch wohl leicht zu verschmerzen.

Merril sagte: – Wir müssen lernen, die ganze Bibel zu
lesen, und nicht nur die Abschnitte, die uns erleichtern.

– Selwyn hatte auch Brüder, sagte Nabisase.

– Bei Markus steht es so geschrieben, pflichtete Merril
ihr bei.

– Als ich das gelesen habe, habe ich mich erschrocken,
weil ich vorher nie darüber nachgedacht habe.

Merril sagte: – Vielleicht liegt es daran, daß du weißt, was die Bibel ist, aber sie noch nicht richtig gelesen hast.

– So ist es aber leichter, sagte meine Schwester.

– Deshalb kommen viele Leute auch nur sonntags in die Kirche.

– Zu denen möchte ich nicht gehören. Nabisases Hände lagen, die Handflächen geöffnet, auf dem Tisch. Ich möchte, daß Jesus mich beschützt.

Devona war selbst jetzt noch ungeduldig, ließ ihre Bibel Bibel sein und fragte: – Was ist das denn?

– Eine Landkarte von Uganda als Telleruntersetzer, erklärte meine Schwester.

– Und das hier?

– Sehen Sie es sich ruhig an, sagte Nabisase.

Devona schlug mein Buch auf und las:

– Sammler

In der Hoffnung, einen seit langem verstorbenen Mystiker wieder zum Leben zu erwecken, durchstreift Jimmy Larson die Morgue seiner Heimatstadt, da er von einem wissenschaftlichen Experiment weiß, gemäß dem frischer Großhirnrinde ihre Lebenskraft abgerungen werden kann, indem man sie zu einer dunkelroten Paste verquirlt. Verfügt man über hinreichende Mengen der Substanz und injiziert sie einer Leiche, lassen sich Tote wiedererwecken.

Devona sagte: – Was ist das denn für 'n Scheiß?

– Devona!

– Tut mir leid, Merril, aber das ist einfach abstoßend. Devona blätterte ein paar Seiten weiter: – *Mord ist mein Geschäft*? Ich seh mir mit meinen Söhnen auch schon mal Horrorfilme an, aber von diesen hier hab ich noch nie was gehört.

Merril schlug das Buch so heftig zu, daß ich zusammenzuckte. – Können wir uns jetzt bitte wieder auf die entscheidenden Dinge konzentrieren? Auf diesem Tisch gibt es nur eine einzige Sache, die mir etwas bedeutet.

Devona sagte: – Na schön, Merril, nun blas dich mal nicht gleich so auf. Du hast mir ja fast den Finger gebrochen.

Merril sagte: – Du mußt noch viel lernen, Nabisase. Du solltest die Heilige Schrift studieren, damit du geistigen Beistand findest. Es geht um die Kraft Jesus. Aber das wirst du schon verstehen, wenn wir von Abraham und Ur lesen. Wie er nach Kanaan und Ägypten zog. Du wirst dann verstehen, daß es nicht nur um einen einzelnen Menschen geht, sondern um die Entwicklung eines ganzen Volkes. Und deren Arme sind nun so weit geöffnet, daß sie auch dich und mich umfassen. Heute. Hier. Dies Volk drückt dich an sein Herz. Und die Schrift handelt auch von uns selbst.

38

Als er mir die Druckkosten für zweihundert-
neunundneunzig weitere Exemplare meiner Enzyklopädie
präsentierte, wünschte ich mir, Ishkabibble wäre tatsächlich
mein bester Freund. Oder daß er mir zumindest diesen Preis
genannt hätte, bevor er sich an jenem Tag im Brookville
Park mit mir auf einer Bank niederließ und mir die gebundene Ausgabe in die Hände legte. Vor meiner Weißglut des
Glücks. *Bevor* ich das Buch zwei Tage lang stolz besitzen
durftc. Bevor ich mich in mein Buch verliebte.

– Fünftausend Dollar sind schon ein Freundschaftspreis,
beharrte er am Telefon.

Es war der 26. November, und Nabisase war mit Merril
und Devona weggegangen. Nicht für immer, nur für den
sonntäglichen Gottesdienst. Sie verschwanden am Abend
zuvor und erschienen dann wieder um 8 Uhr morgens. Verschwanden gemeinsam erneut gegen Mittag.

Habt ihr schon mal ein selbstgeschriebenes Buch in Händen gehalten? Ich würde ja gern so tun, als sei das gar nichts,
aber ich bin nun mal nicht in der Stimmung, mich selbst zu
betrügen.

– Hast du etwa schon alle dreihundert Exemplare druk-
ken lassen? Während ich das fragte, schenkte ich Tee für
Oma ein und brachte ihn ihr dann ans Sofa im Wohnzimmer.

– Und dir vertraut, daß du so eine hohe Rechnung beglei-
chen kannst? Du zahlst, Anthony. Ich lasse nur drucken.

– Und woher soll ich wissen, daß du nicht gleich ein paar
tausend Exemplare druckst und dann mit meinem Werk den
großen Reibach machst? Vielleicht kannst du mit mir einen
Vertrag machen, damit du mich nicht bescheißt.

– Tu mir mal 'n Gefallen und hol das Buch her. Und jetzt lies mir mal was vor.

– *Homunculus,* begann ich. 1987. Ein namenloses Fischerdorf in Maine wird von einer Macht heimgesucht, die alle Frauen des Orts schwängert. Die Frauen reden davon, an verschiedenen Tagen mit einem winzigen Männlein neben sich im Bett aufgewacht zu sein. Das Männlein sei in sie hineingestiegen. Schmerzen hätten sie keine verspürt. Der unholde Dämon befällt jede Frau einmal und nie wieder. Die Kinder, die sie zur Welt bringen, sind mißgebildet, verströmen ekelhaften Gestank und altern schnell. Mit einem Monat sind sie schon so groß wie kleine Kinder. Die Männer des Dorfs sind entsetzt und gehen den Mutantenkindern aus dem Weg. Anfangs sind auch die Mütter noch unentschlossen. Bis sie merken, daß nichts diese Kinder verletzen kann. Total unzerstörbar. Diese Entdeckung versetzt die Mütter in Verzückung. Die Männer verlassen angeekelt das Dorf. Die Frauen altern schnell, und obwohl sie sterben müssen, sind sie glücklich: Ihren Kindern wird niemals Schmerz zugefügt werden können. Der Film endet damit, daß alle Monster des Dorfs untereinander heiraten und sich somit fortpflanzen. Sieg auf ganzer Linie. Ein Horrorfilm mit Happy-End. Das ist mein Lieblingsfilm.

Ishkabibble war noch am Telefon, sagte aber nichts, sondern atmete nur still.

– Ich versteh nicht, was du meinst, sagte ich.

– Vergiß es. Hör mal. Ich geb dir keinen Vertrag, weil ich nicht auch noch Geld für 'n Notar rausschmeißen will, bevor du nicht die Kohle abgedrückt hast.

– Aber ich bin doch dein Freund!

– Das ist der einzige Grund, warum ich dir das Exemplar, das du jetzt in der Hand hast, nicht berechnet habe.

– Ich hab keine fünftausend Dollar. Aber wie wär's denn,

wenn ich Vorbestellungen sammeln würde? Dann würdest du wissen, wie viele Leute das Buch kaufen wollen.

– Besorg dir Geld. Keine Namen auf 'nem Stück Papier.

– Wieviel könnte man denn verlangen?

– Bestimmt keine hundert Dollar, das ist ja wohl klar. Zehn wären wohl angemessen.

– Dreihundert Bücher für zehn Dollar das Stück macht aber nur dreitausend.

– Wenn du die zusammenkratzt, kannst du mir den Rest in Raten abstottern.

– Das ist ja sehr großzügig. Soll wohl heißen, daß du glaubst, daß ich nicht mal fünfzig Stück verkaufen kann.

– Diese Möglichkeit ziehe ich in Betracht.

– Willst du ein Buch kaufen? fragte ich ihn.

– Wieso sollte ich?

– Weil wir Freunde sind.

– Nein. Da mußt du schon mit überzeugenderen Argumenten kommen.

– Kauf eins, weil für einen erfolgreichen Geschäftsmann wie dich zehn Dollar 'n Klacks sind.

– Arme Leute denken immer darüber nach, wieviel sie nicht haben. Alle anderen denken darüber nach, wieviel sie behalten wollen.

– Um eine große, künstlerische Leistung zu unterstützen?

– Deine Hoffnungen kauf ich dir nicht ab.

– Um ein regionales Talent zu fördern?

– Vergiß jetzt mal alles, was du zu sein glaubst, und denk lieber daran, wie die anderen Leute dich sehen.

– Du solltest eins kaufen, damit der Pleitegeier unserer Nachbarschaft von deiner Veranda verschwindet.

Ishkabibble kicherte. – Wenn wir uns das nächste Mal sehen, schulde ich dir 'n Groschen.

Die Nachbarschaft kann einem wie eine Nation vorkommen, wenn man Klinken putzen geht. Das Geschäft ist besonders einträglich, wenn man etwas Trauriges zu verkaufen hat. Amerikaner sehnen sich nach Tragödien und nicht nach Altruismus.

Der schwierigste Schritt bestand darin, in die Wohnzimmer gelassen zu werden, aber diesen Schritt hatten mir Leute wie Candan, Mr. und Mrs. Blankets und vermutlich auch meine Mutter vorab leichtgemacht. Über den armen Anthony war man im Bilde. Daß mein Verstand so löchrig wie ein Stück Käse war. Nach neun Hausbesuchen hatte ich 90 Dollar zusammen. Einige tausend Häuser harrten noch meiner. Meine Zuversicht stieg proportional. Im Erfolg schwindet die Scham.

Viele Leute waren zu Hause; es war der Spätnachmittag eines Sonntags, und da hatte man eigentlich nichts Besseres zu tun, als einen Gast willkommen zu heißen.

Ich klingelte bei Mr. Goreen, der als Klavierlehrer außer Haus arbeitete.

Er war milde mißtrauisch und sah sich jede Seite einzeln an, bevor er mir das Geld gab. Während ich seinen Namen, die Anschrift und die Summe auf den letzten, leeren Seiten meines Buchs notierte, ließ ich ihn blättern.

– Die Kursivschrift ist ja wirklich toll, sagte er. Möchtest du ein Glas Wasser? Ich kann dir auch ein Sandwich machen.

Für die fünftausend Dollar mußten mich nur fünfhundert Leute sponsern. Nach drei Stunden hatte ich schon tausend Dollar beisammen. Weniger wohltätig ging man mit mir nur in jenen Häusern um, in denen die Besitzer nicht anwesend waren. Meine Nachbarn waren alle freundlich. Viele Familien gaben mir zu essen, zumindest ein Stück Bananenbrot.

Je mehr Geld ich einnahm, desto weniger sah ich den Leuten ins Gesicht, aber meine Beschämung machte sie nur noch freigiebiger. Sie versuchten, sich auf unauffällige Weise meiner anzunehmen.

Wenn ein Diplomat durch die Welt reist, findet er sich vor den Türen wichtiger Leute wieder. Schlußendlich muß er auch den Präsidenten aufsuchen.

Er fragte: – Wie viele Leute haben dir denn schon Geld gegeben?

– Alle.

– Dann wär ich wohl der erste, der nein sagt, was?

– Sagen Sie denn nein?

Das Buch hatte er schon in der Hand, und jetzt sah er es sich auch richtig an. – Und du willst mir also erzählen, daß so viele Leute diese Gruselhorrorfilme mögen? Kann ich mir die denn jedenfalls mal auf Video ausleihen? Als Blockbuster hab ich nämlich noch keinen einzigen von denen gesehen.

– Das ist so, als wenn Sie ein Buch über Madagaskar hätten. Sie fahren wahrscheinlich nie hin, aber Sie kriegen doch 'ne Ahnung davon, wie's da aussieht.

– Was kostet's denn?

– Zehn Dollar.

– Willst du's gleich haben?

– Ja, bitte.

Er ging ins Haus und kam im Handumdrehen wieder an die Tür. – Komm später noch mal wieder, sagte er. Ich muß mal sehen, ob ich mir was leihen kann.

– Schon gut, Mr. Jerome. Ich notier Sie mir, und Sie zahlen einfach später.

– Komm noch mal in 'ner halben Stunde vorbei, aber ganz leise.

Schließlich erreichte ich die Häuser, die an den Kennedy Airport angrenzen. Hier war es so laut, daß ich meine einleitenden Sprüche brüllen mußte. Sogar der bärtige Glatzkopf aus dem Haus ohne Fensterläden steckte mir Geld zu. Um 19 Uhr hatte ich tausendfünfhundert Dollar und weiche Knie. Mit dem Auto hätte ich dreimal soviel geschafft.

Dem Präsidenten ließ ich eine Stunde Zeit, das Geld zusammenzukratzen, aber es gelang ihm nicht. Als ich klingelte, kam Mrs. Jerome an die Tür, die Präsidentengattin, eine schöne Fette, die ein Telefonbuch von Manhattan in der Hand balancierte. Als sie den Präsidenten rief, kam er hinaus; sie tätschelte ihrem Mann den Bauch und verschwand wieder im Hausflur.

– Ich kann keins kaufen, sagte er. Ich krieg das Geld einfach nicht zusammen. Ich hab Candan gesagt, was du verkaufst, aber das interessiert ihn nicht.

– Ich trag Sie trotzdem auf meiner Liste ein, Mr. Jerome. Das geht schon klar.

Er starrte den Türknopf an. – Candan hört mir ja nicht mal zu.

In Rosedale schienen der Präsident und ich wie Zwillinge zu sein: Beide waren wir einmal stark gewesen, hatten uns aber einer Macht unterwerfen müssen, die uns unterdrückte. Für Kameradschaftsgeist blieb allerdings keine Zeit, weil der rote Dobermann heranscharwenzelte und hinter dem Rücken des Präsidenten knurrte, bis der Alte wieder ins Haus ging. Nachdem er das Feld geräumt hatte, setzte sich der Hund auf seinen Hinterläufen vor die Tür und glotzte mich an.

Ich streckte dem Hund die Zunge heraus. Die Geste fiel mir gar nicht auf. Ich zog tausendfünfhundert Dollar aus der Gesäßtasche, hundertzwanzig Scheine, Zehner und Zwanziger, alle auf einmal. Ich wedelte damit in der Luft herum, und bei dieser Bewegung hob Viper den Kopf.

Ich ging zum nächsten Grundstück und hatte schon ganz vergessen, daß das ja uns gehörte. Oma packte in der Küche einen Koffer aus, während Nabisase einen anderen Koffer einpackte.

– Ledric kommt, sagte Nabisase.

– Soll der etwa hier einziehen?! fragte ich Oma. Ich schmetterte mein Buch auf den Küchentisch, nahm es aber sofort wieder auf, um zu überprüfen, ob es heil geblieben war.

Oma zog ein paar von Nabisases winzigen Höschen aus dem weißen Koffer.

– Er kommt vorbei, um mich zu meiner Freundin Devona zu bringen. Hör auf, Oma!

Meine Großmutter saß vornübergebeugt auf einem Stuhl. Sie setzte sich aufrecht hin und berührte die Holzschränke hinter sich. – Wollt ihr mich denn hier allein lassen?

– Ich bin ja noch da, Oma.

Sie sah mich an und sagte: – Ja.

Oma schleppte sich zu dem kleineren, braunen Koffer und zog einige zusammengefaltete Jeans heraus. Während sie das tat, legte Nabisase ihre Höschen zusammen.

– Geht's um Geld? fragte ich. Haust du deshalb ab? Ich zog meinen Tagesumsatz aus der Tasche und legte ihn auf den Tisch.

– Ich laß mich nicht bestechen.

– Du wirst da kein Geld kriegen und mußt trotzdem Schwänze lutschen. Das kannst du deinen frommen Freundinnen mal sagen.

Nabisase hatte zu packen aufgehört. Die Lichter brannten in der Küche, im Flur, im Wohnzimmer und in den Schlafzimmern. – Es wär echt besser, wenn du mal für 'ne Weile tot wärst, sagte sie.

Oma stand nicht auf, ruckte aber mit ihrem Stuhl einen Meter über den weißgefliesten Küchenboden vor. So kam sie, ohne aufzustehen, dichter heran. An den Tisch. An mein Geld.

– Hast du das geklaut?

– Für wen hältst du mich?

– Woher hast du denn soviel Geld?

– Mr. During. 227. Straße, Nr. 143-44. Zehn Dollar.

Nabisase hatte sich meine Enzyklopädie gegriffen.

– Gib die her!

– Mrs. Binni. 229. Straße, Nr. 145-46. Zwanzig Dollar.

Die Leute haben dir alle Geld gegeben?

– Sie haben bezahlt.

– Wofür? fragte Oma.

Nabisase hielt mein Buch am Rückeneinband fest und schüttelte es in der Hoffnung, daß die wertvollen Bestandteile herausfallen würden. Dann schmiß sie es frustriert im hohen Bogen über meinen Kopf. Es knallte mit einem so furchtbaren Geräusch auf den Boden, daß ich nicht mehr wußte, was ich tat. Ich war aufgeregt gewesen, als ich gekommen war, und ich war immer noch erregt, aber jetzt wurde ich auch wütend.

– Dafür! schrie ich und zeigte auf die lädierte Enzyklopädie. Für mein Werk.

Oma warf mit meinem Geld nach mir; das Bündel flatterte in der Luft auseinander. Eine schockierende, sanfte Explosion. Der Rücken meines Buchs war gebrochen. Die Klamotten meiner Schwester lagen unordentlich auf dem Boden.

Oma hob die gebundene Erstausgabe auf und roch daran.

Sie erhob sich vom Stuhl, öffnete das Buch und warf einen flüchtigen Blick auf die Seiten.

Oma hielt das geöffnete Buch in beiden Händen und fragte ganz ernsthaft: – Für diesen Quatsch?

Da habe ich sie geschlagen.

39

Schon mal einen Mann gesehen, der eine Frau schlägt? Meistens kein schöner Anblick.

Ich schlug meine Großmutter, aber ich schlug sie nicht zu Boden.

Es war ein flüchtiger Schlag, eher gegen die Schulter als gegen's Kinn; ich zielte nicht richtig. Sie fiel zur Seite, ging aber nicht zu Boden. Oma lehnte am Kühlschrank.

Meine Schwester hieb mir mit dem Unterarm gegen den Rücken, als ob sie nicht mich, sondern mein Gewicht haßte. Zum Ausgleich trat sie mir dann aber gleich vor's Schienbein. Oma ließ sich auf den erstbesten Stuhl sinken, langte unter den Tisch, erwischte einen Stiefel und warf ihn in meine Richtung. Nabisase, die immer schon zu Übertreibungen neigte, fegte daraufhin Tassen und Flaschen vom Küchentisch. Das Glas zerbrach aber nicht, sondern landete weich in ihren herumliegenden Klamotten.

Ich drehte mich um und verpaßte ihr auch einen Hieb. Mit etwas mehr Nachdruck aus der Schulter heraus. Die Nase meiner Schwester platzte auf. Blut floß über ihre Zähne.

Oma stand auf, knallte mir einen Besenstiel auf den Rücken und sank wieder auf ihren Stuhl. Da der Besenstiel zerbrochen war, robbte sie in Richtung einer billigen, dünnen Taschenlampe und schlug mir damit gegen die Knie.

Nabisase prügelte mit dem zerbrochenen Besenstiel auf mich ein; er traf mich an der Schulter und zersplitterte in zwei zehn Zentimeter kurze Stücke. Sie prügelte dennoch weiter und rammte mir das Holzende gegen die Backe. Oma blieb in der Küche. Nabisase und ich rangen miteinander und bewegten uns dabei ins Wohnzimmer.

Beim Fernseher zog sie mir ein Lineal über den Schädel. Schmiß mit Batterien und Selleriestangen.

Als Oma mich mit Salzbrezeln bewarf, hob ich die Hände und schrie: – Ich hab's begriffen!

Nabisase griff aber nach einer Schere, und Scheren können auch tödlich wirken, wenn man sie in aller Ruhe benutzt; also nahm ich Zuflucht zu meiner besten Verteidigungsstrategie und warf mich auf sie. Sie war schnell genug, mir auszuweichen und wegzulaufen, aber mein Brecher, wenn nicht gar meine Flutwelle, war zu mächtig. Nabisase fiel vornüber, landete auf dem Bauch und gab einen Laut von sich, der eher wie ein Rülpsen als wie ein Schrei klang.

Dann heulten Sirenen an der Straßenecke auf. Im nächsten Moment erschienen drei Polizeiwagen.

Ich lief ans Fenster. Oma war ins Wohnzimmer gehumpelt, hielt aber keinen Telefonhörer in der Hand.

– Hast du etwa einen Erste-Hilfe-Notruf in der Küche?! schrie ich.

Als letztes der Einsatzfahrzeuge hielt nun ein Rettungswagen vor unserem Haus.

Ich rannte an Oma vorbei, die gerade zu meiner Schwester robbte, und hob mein Buch vom Boden neben dem Kühlschrank auf. Ich hatte die Vorstellung, daß Mama aus einer Zweizimmerwohnung in Virginia die New Yorker Polizei angerufen hatte. Sie hatte uns im Griff und beschützte uns noch immer.

Die vier Autos hatten auf der Straße angehalten, machten aber immer noch Lärm. Die Alarmlichter zuckten über ein ständig wachsendes Publikum.

Meine Schwester lag auf dem Bauch, Oma kniete neben ihr, und meine Nachbarn verließen ihre Häuser und strömten auf die Straße. Ich sah sie durchs Vorderfenster. Bevor ich verhaftet werden würde, wollte ich die Situation erklären. Ich öffnete die Haustür. Die Polizisten stiegen aus den Streifenwagen. Drei von ihnen drängten die Menge zurück, einer sprach mit den Rettungssanitätern.

Zwei weitere legten die Hände auf die Pistolengriffe, als sie den Präsidentengarten betraten.

Die Sanitäter folgten ihnen mit einer Rollbahre ins Präsidentenhaus. Anwohner der 144. und 145. Avenue hatten sich auf der 229. Straße versammelt – und es war nicht meine Schuld!

Die Polizei brachte den Präsidenten heraus. Ich freue mich, mitteilen zu können, daß er keine Handschellen trug.

– Mr. Jerome! rief die Menge.

– Mr. Jerome, was ist passiert?!

Ledric traf ein, konnte seine *Rent-A-Wreck*-Rostlaube aber nicht an der 229. Straße parken, weil die voller Leute war. Daß er einen Leihwagen fuhr, beruhigte mich; hätte er einen eigenen gehabt, wär ich stinksauer gewesen. Ich stand auf den Verandastufen und konnte sehen, daß er das graugrüne Auto am nächsten Block abstellte und auf unser Haus zuging. Den weißen Krankenhauskittel hatte er jetzt nicht mehr an.

Statt dessen hatte er sich die Haare schneiden lassen und trug einen scharfen, langen Ledermantel. Er hatte sich auch endlich den öligen Glanz aus dem Gesicht gewaschen. In seiner aschfarbenen Hose stachen noch die Bügelfalten hervor. Ledric Mayo war voll durchgestylt.

Er kam in den Garten, blieb aber vor der Treppe stehen. Auf der obersten Stufe stand ich.

Ledric blickte zur Polizei und zum Präsidenten und wieder zu mir. – Als ich die Bullen gesehen habe, dachte ich schon, daß ich genau wüßte, wer da Probleme hat.

– Du bist derjenige, der Probleme in unser Haus gebracht hat.

Er kam näher, aber nicht ganz auf meine Höhe. – Ich hab ihr doch nur gesagt, daß sie dir nicht so auf den Keks gehen soll, Anthony.

– Du kannst nicht mit 'ner Dreizehnjährigen rummachen. Ich hetz dir gleich selbst die Bullen auf den Hals.

Er schien Angst davor zu haben, an mir vorbeizugehen, traute sich schließlich aber doch.

– Nicht jede Familie sollte zusammenbleiben, sagte er.

Dann betrat er mein Elternhaus.

Ich ging die sechs Stufen hinunter und mischte mich unters Volk.

Die Rollbahre der Sanitäter muß wohl schon ziemlich hinfällig gewesen sein, jedenfalls gab sie quietschende Geräusche von sich, als sie aus dem Präsidentenhaus und über die Unebenheiten des Gehwegs gezogen wurde. Eigentlich klang es mehr wie ein Wimmern.

Als die Sanitäter die Bahre an mir vorbeischoben, sah ich den roten Dobermann, Viper, auf der Bahre. In seinem Hals steckte ein Zimmermannshammer. Ausgestreckt auf dem weißen Laken, sah der Hund noch länger aus. Viper lag auf der Seite, so daß man nur ein geschlossenes Auge erkennen konnte, das sich nun langsam öffnete. Der Hammer war so tief eingedrungen, daß nur noch der Holzstiel herausschaute. Der Metallkopf steckte sowohl mit der scharfen als auch mit der stumpfen Seite tief in der Muskulatur. Viper öffnete den Mund, brachte jedoch kein Bellen mehr zustande. Er konnte nur noch durch die Nase seufzen.

Die Sanitäter waren zu zweit, eine Frau und ein Mann. Der Typ hatte eine Figur wie eine Telefonschnur; er stand am Fußende der Bahre und massierte dem Dobermann die Pfoten. Dabei weinte er. Die Frau schien nicht ganz so betroffen zu sein. Sie popelte sich dauernd in der Nase herum.

– Holen Sie jetzt auch schon Hunde ab? fragte ich die Frau.

– Bei dem Notruf war nur von einem Angriff die Rede, sagte sie. Wir wußten nicht, wer verletzt ist, bis wir angekommen sind.

– Oh, verdammte Scheiße! Ledric kam aus unserer Haustür gerannt, die Stufen runter und auf die Sanitäter zu.

– Sie blutet, sagte er zu ihnen.

– Noch so'n Scheißköter? fragte die Frau.

– Meine geliebte Freundin, sagte Ledric.

Ich erkannte klar, wie die Sympathien der Sanitäter verteilt waren. Die eher humanitär eingestellte Frau rannte mit ihrem Erste-Hilfe-Koffer ins Haus, Ledric hinterher, während ihr Partner Viper zum Rettungswagen schob. Die Menge machte nur zögerlich Platz. Schließlich wollte man was sehen.

Die Polizei nahm ein paar Minuten lang Zeugenaussagen auf. Ich fragte mich, was sie mich wohl fragen würden.

Die Sanitäterin, die meine Schwester versorgt hatte, kam gleich darauf wieder die Stufen runter und schleppte ihren großen, schwarzen Koffer, der ihr gegen den rechten Oberschenkel stieß. – Lad den Köter bloß nicht in meinen Rettungswagen, Ricky! Scheiße!

Aber Ricky lud Viper bereits ein.

Der Präsident wurde gegen einen Streifenwagen gedrückt, während er von zwei Polizisten befragt wurde. Er war müde; die Polizisten waren auch müde. Die Präsidentengattin kam mit einem dritten Polizisten aus dem Haus, aber Candan blieb in Deckung.

– Ricky! Hör auf! Wir rufen den Tierschutzverein!

Eine schwere Frau lehnte am Rettungswagen und hatte sich bislang nicht von der Stelle gerührt. Die an der Straße geparkten Autos waren zu Sitzplätzen umfunktioniert worden. Drei Jungs kletterten in zwei Bäumen herum. Als die Menge lauter wurde, hielt sich das jüngste der Kinder die Ohren zu.

Nabisase und Ledric erschienen in der Tür. Unter weißem Verbandsstoff und Pflaster konnte man kaum noch ihr Gesicht erkennen. Sie sah aus wie eine Giftwarnung. Das Gift war ich.

Ich winkte ihnen vom Gehweg aus zu. Erleichtert. Glücklich gar.

– Hallo, Anthony, sagte Mrs. Blankets und lächelte mich an. Ist das Buch, von dem ich soviel gehört habe, wirklich von dir? fragte sie.

Ich zeigte es ihr, und sie klatschte zweimal begeistert in die Hände. Total begeistert. Eine festliche Stimmung ergriff die Massen.

Meine Schwester und ihr Freund gingen wieder ins Haus. Während ich andere Leute begrüßte, stand Oma in der Tür. Sie öffnete sie und schob eine Tasche nach draußen auf die oberste Stufe.

Ich stieg hinauf. In der Tasche waren ein paar meiner Sachen. Die Jeans und T-Shirts interessierten mich überhaupt nicht. Jemand hatte aber auch meine beiden anderen Anzüge eingepackt. Den grünen hatte ich an. Nachdem ich meine Habseligkeiten durchsucht hatte, richtete ich mich wieder auf. Oma verriegelte die Sicherheitstür. Sie tat das vor meinen Augen.

– Die Tür könnte ich mit links aufbrechen, sagte ich.

Sie lehnte sich gegen die Klinke. – Laß es sein.

– Wo ist mein Geld?

– Bei deinen Sachen, sagte sie. Tut uns leid, Anthony, aber hier ist für dich kein Platz mehr.

– Und wer kümmert sich jetzt um dich?

– Deine Schwester bleibt ja hier.

– Ich dachte, sie wollte ausziehen?

Oma nickte. – Sie oder du.

– Ich könnte ja im Keller bleiben. Ich komm dann auch nicht mehr nach oben.

– Tut mir leid, Anthony.

– Du übertreibst, sagte ich.

– Das tue ich nicht.

Oma schloß die Tür.

Sollte die doch zusehen, wie sie mit dem Gehalt eines Briefumschlagstopfers zu Rande käme! Der müßte ja 80 000 Briefe pro Monat raushauen, um die Hypothek zahlen zu können. Ich beschloß, glücklich zu sein. Zu so etwas ist der Mensch fähig.

Es gab schlimmere Situationen als meine; zum Beispiel Vipers, der 'nen Hammer im Hals hatte.

Die Umstehenden lachten, als die Sanitäter sich wegen des Dobermanns am Rettungswagen in die Haare gerieten, den sie wie eine Kommode hin- und herschoben. Die Frau schrie Ricky an und zog die Bahre wieder raus, aber Ricky wollte nicht nachgeben und schob die Bahre wieder hinein. Sogar der Präsident schaute zu. Ich winkte ihm, aber er bemerkte mich nicht.

Auf meinen Verandastufen sah ich über die Menge hinweg, hoch über ihre Köpfe und weit in die Ferne.

Zur 145. Avenue.

Wo der alte deutsche Schäferhund, der mal der Familie Blankets gehört hatte, ohne Leine entlangtrabte. Ohne Herrchen lief er vorbei.

Nach dem deutschen Schäferhund rannten zwei Pitbulls hinter der Menge vorbei.

Ein Jack-Russell-Terrier.

Ein lahmender Basset.

Ein Rottweiler. Ein Rottweiler. Ein Rottweiler. Ein Boxer.

Noch ein paar Pitbulls.

Bald flitzten so viele Hunde über die 145. Avenue, daß die Autos nicht mehr vorbeikamen. Die Hunde schienen sehr genau zu wissen, was vorging. Der Verkehr kam zum Erliegen.

Ein bibbernder, fiepender Chihuahua kam vorbei. Elf verschiedene Hunderassen.

In der Luft schwang schon der nassen Socken ähnelnde Atemgeruch der Hunde.

Die Sanitäter hörten auf, sich zu streiten. Beide stiegen auf die hintere Stoßstange des Rettungswagens. Eltern hoben sich ihre Kinder auf die Schultern. Die Polizei steckte ihre großen, schwarzen Notizbücher weg. Viper atmete noch.

Es war nicht zu glauben, daß es in Rosedale so viele frei-laufende Hunde geben sollte. Selbst wenn noch ein paar aus dem benachbarten Laurelton importiert gewesen wären. Es ergab keinen Sinn. Jetzt mußten es schon an die zweihun-dert sein.

Den fetten, alten deutschen Schäferhund erkannte ich sofort wieder, als er zum zweiten Mal die 229. Straße ent-langlief. Sechs Minuten später kam er zum dritten Mal vor-bei. Sie kamen alle wieder vorbei. Die dänische Dogge. Der Mastiff. Sogar der Affenpinscher. Sie liefen nicht etwa weg. Sie drehten Runden.

Es gibt in der Tat nur zwei Möglichkeiten, auf das Außer-gewöhnliche zu reagieren. Die erste besteht darin, so lange auf die Frage nach dem Sinn des Ganzen zu pochen, bis der Spaß vorbei ist; die zweite besteht darin, den Spaß einfach zu genießen. Die Präsidentengattin ließ ihren Mann stehen und warf sich mitten ins Getümmel des Publikums. Sie schrie: – Ich setz 80 Dollar auf Mr. Frames Boxer! Mein Ein-satz steht auf diesem Scheck!

Sofort brach allgemeines Wettfieber aus.

Die Hunde rasten über die 145. Avenue bis zur 225. Straße. Dort bogen sie rechts ab und nach dem ersten Block gleich wieder rechts in die 144. Avenue, runter zum Brookville Park, noch einmal rechts zur Ecke der 145., und dann ging alles wieder von vorne los. Eine angemessene Rennstrecke. Ich dachte, daß irgendein Fahrer, ein einziger nur, hupen oder die Hunde anfahren würde, aber nichts geschah.

Bald wurde auch Bier ausgegeben. Wer immer Bier im Kühlschrank hatte, holte es auf die Straße. Alle Zocker zahlten, wenn ihre Favoriten eine Runde verloren, und setzten dann sofort auf einen anderen Hund. Die Polizei verfrachtete den Präsidenten in einen Streifenwagen, ließ aber die Seitenfenster offen und teilte ihm mit, wieviel seine Frau verlor.

Der 26. November 1995 war der letzte Tag, den ich im Schoß meiner Familie verbrachte, aber das wußte ich damals noch nicht. Ich hatte geglaubt, unser Streit sei nur ein Versehen gewesen, keine Tragödie. Mama hatte derlei schon tausendmal inszeniert. Konnten sie da nicht auch das tausendunderste Mal ertragen? In der ersten Nacht versuchte ich, wieder ins Haus zu gelangen, aber meine Schwester rief die Gesetzeshüter. Und das überraschte mich wirklich.

An jenem Abend bildeten die Hunde eine Art Barriere. Ihre kräftigen Körper schlossen uns ein. Innerhalb dieser Barriere konnten wir uns frei bewegen, aber nicht über sie hinaus. Man konnte von einer Ecke zur nächsten laufen, aber man konnte niemals entkommen. Wir waren zusammen. Wir waren umzingelt.

Und ich war ein erwachsener Mann in einem guten, purpurroten Anzug. Die schwarzen Schuhe saßen perfekt. Ich drückte mein Buch gegen die Brust. ANTHONY JAMES. Ich spürte die geprägten Großbuchstaben durch mein Hemd. Es war, als schrie ich meinem Herzen meinen eigenen Namen zu. Das brachte mich zum Lachen. Das brachte mich zum Tanzen. Ich fühlte mich stark. Ich hätte den Mond in zwei Stücke reißen können.

DANK AN

Chris Jackson. Strenges Lektorat von einem freundlichen Menschen ist der Traum jedes Schriftstellers. Die Literatur braucht fünfzig mehr von deiner Sorte. Freunde.

Jenny Minton. Von Anfang an dabei. Klug, präzise. Du bist wunderbar.

Dr. Raymond Smith lieferte notwendige Informationen über Botulismus und dessen Behandlung. Und bewies den Snobismus amerikanischer Ärzte im Hinblick auf ihre abartig abgerichteten Haustiere.

John McCarthys *The Official Splatter Movie Guide* diente als Modell für Anthonys Horror-Enzyklopädie.

Schließlich möchte ich allen dicken und verrückten Menschen meine Zuneigung versichern.

ANMERKUNGEN
DES ÜBERSETZERS

Seite 43, «Black Hebrew Israelites»:
Radikale, schwarze Sektenorganisation, die glaubt, daß die schwarze Bevölkerung der USA von den zwölf Stämmen Israels abstammt, und die weiße Bevölkerung für Teufel hält.

Seite 160, «Brass Ankles»:
Spitzname des alten, amerikanischen Südens für Schwarze mit relativ hellem Teint.

Seite 174, «Vardaman und Bilbo»:
US-Senatoren, die während der zwanziger Jahre gegen Rassendiskriminierung kämpften.

Seite 175, «Old Remus»:
Fiktive Gestalt, unter deren Pseudonym der Journalist und Schriftsteller Joel Chandler Harris (1848–1908) soziale und kulturelle Traditionen der schwarzen Südstaatenbevölkerung sammelte und beschrieb.

Seite 194, «Harry Reems»:
US-Pornodarsteller der siebziger und achtziger Jahre.

Seite 199, «Prince Hall»:
Name einer zum größten Teil aus Schwarzen bestehenden Freimaurersekte.